不微笑的蒙娜丽莎

蔡骏 著

北京联合出版公司
Beijing United Publishing Co.,Ltd.

图书在版编目（ＣＩＰ）数据

不微笑的蒙娜丽莎 / 蔡骏著 . -- 北京 ：北京联合
出版公司，2021.5
ISBN 978-7-5596-4976-8

Ⅰ．①不… Ⅱ．①蔡… Ⅲ．①中篇小说－小说集－中
国－当代②短篇小说－小说集－中国－当代 Ⅳ．
① I247.7

中国版本图书馆 CIP 数据核字（2021）第 015643 号

不微笑的蒙娜丽莎

作　　者：蔡　骏
出 品 人：赵红仕
责任编辑：李艳芬
封面设计：吴黛君

北京联合出版公司出版
（北京市西城区德外大街83号楼9层 100088 ）
北京新华先锋出版科技有限公司发行
涿州汇美亿浓印刷有限公司印刷　新华书店经销
字数264千字　620毫米×889毫米　1/16　18印张
2021年5月第1版　2021年5月第1次印刷
ISBN 978-7-5596-4976-8

定价：49.00元

目录

不微笑的蒙娜丽莎

Tu mi ami？

一

我的名字叫弗朗西斯·瓦卢瓦。

1526 年，早春。加斯科尼荒凉的山野，残留皑皑积雪与狼群足迹。我们骑马走了几天几夜，除了个光着脚的圣方济各会苦行僧，只见到几个破衣烂衫的牧羊少女。她们大胆地靠近领头的骑士，发出放荡诱人的笑声，差点就要把火枪手们拖去路边茅屋。我充分怀疑这些乡下女孩们，是否诱惑过那位可怜的托钵僧；我也充分怀疑那位可怜的托钵僧，是否从那些女孩们身上得到过违背誓言的短暂欢乐？

一只鸟雀在光秃秃的枝头欢唱，就像及时行乐的乡村牧羊女们，她们为何如此无忧无虑？即便还有荒淫无耻的贵族领主，残暴无情的总督税吏，寡廉鲜耻的神父主教，滥杀无辜军纪败坏的瑞士雇佣兵……这里的人离上帝比较远吧？

这些乡巴佬不会多看我一眼，而我小心地让帽檐掩盖脸庞，像个落魄的南方小骑士，依靠出卖祖上的磨房维持生计，偶尔到巴黎谋份好差事顺便勾搭漂亮的寡妇，或是跟随使团前往比利牛斯山背后那个国家。

没错，大山背后就是西班牙。一个月前，我还是关押在西班牙监狱里的囚徒。

我就是法国的国王，弗朗西斯一世，蒙我主之命统治法兰西的至高君主，瓦卢瓦王朝的第九位国王。

我从不把哈布斯堡的皇帝放在眼里，他们名义上统治的大片领地，既不神圣也无罗马更不算帝国。不过，美男子菲利浦与西班牙公主疯女胡安娜的儿子查理，从他强悍的外公手中，继承了蒸蒸日上的西班牙和刚被征服的新大陆，又从他的祖父手中继承了神圣罗马帝国的帝位。查理的无敌舰队横行在世界的每个角落，最近派人完成了环球航行——上帝不会饶恕他的傲慢！

我二十一岁登上法国王位，便率大军入侵意大利。上帝啊！我爱意大利，从波河流淌灌溉的伦巴底平原，到巍峨崎岖的亚平宁群山，再到被地中海包围的西西里岛，每一方田野都是从小阅读的书籍，每一座山谷都是少年时代的梦境，每一片海湾都是青春理想的情人。寒冷贫瘠的欧洲大陆，死气沉沉的法兰西平原，上帝脚下的半个世界都在敲响威尼斯人口袋中的金币，听到佛罗伦萨的但丁激情四溢的《神曲》，披挂米兰工匠打造的坚固盔甲，穿着那不勒斯少女们织出的轻柔丝绸，要聆听"永恒之城"罗马的教皇陛下布道。在米兰东南的马林诺，我彻底击败了横行百年的瑞士步兵，大半个意大利被我征服，无尽的财富与艺术品，以及伟大的文艺复兴将照耀法兰西。

然而，只要还没得到那个人，我就等于没来过意大利。

列奥纳多·达·芬奇。

列——奥——纳——多——我从少年时代起无比崇拜的偶像，欧洲最璀璨辉煌的星辰，人类有史以来最伟大的画家，还有成百上千个关于他的奇妙传闻。他早已不仅是一位大师——举世闻名的列奥纳多大师，他更是一位先知——能发现这个世界无穷奥秘的先知。

占领米兰不久，我亲自拜访了列奥纳多大师的宅邸。这栋并不起眼的房子，有大师亲自设计的走廊和楼梯，让人很容易走失在迷宫般的门廊里。房间里有许多稀奇古怪的东西——闻所未闻的画稿，宛如古代传说中的恶龙。

在一间狭窄的画室里，我第一次见到了列奥纳多大师。

他是个六十多岁的老人，长长的胡须覆盖胸前，脸部棱角分明。他戴着意大利流行的帽子，彬彬有礼、不卑不亢地看着我，眼睛放射出睿智的目光。他就是我梦寐以求想要成为的人，一个能用画笔揭开历史真相的人，能用想象力预见未来的人——我牺牲了那么多无辜的生命，耗尽了法兰西的国力进行远征，就是为了见到这位大师。

"列奥纳多大师，很荣幸能见到您。"说罢，我做了一个令所有人惊讶的动作，单腿跪在大师面前，就像臣子向国王下跪，亲吻这位老人的手背——而且还是左手，因为大师的画都是用左手画出来的。

"尊敬的国王陛下！"大师从容地让我亲吻他的左手，又从容地将手抽回来，"您不必如此屈尊，我有礼物要进献给陛下。"

大师带着我来到画室，轻轻拉动一根绳子，整面木墙向上打开，露出宽敞明亮的房间，房间中央蹲着一只黑色狮子。侍卫们短暂骚动后，才发现狮子是一尊铜像，就像列奥纳多大师为斯福尔扎家族铸造过的巨大战马。大师拿过一条皮鞭，对着狮子后背抽了三下，狮子的胸部骤然打开，竟开出一朵鸢尾花。

我赞叹道："多么伟大的机器啊！它足以改变这个世界，列奥纳多大师，您是否愿意跟我回到法国？那里有更广阔的天空施展您的抱负。"

列奥纳多大师考虑了三天，最终答应了我的邀请。第二年，大师离开米兰，第一次告别意大利，跟随我的卫队翻越阿尔卑斯山，来到法国的昂布瓦斯，这年大师六十四岁。

大师住在王室城堡里，带着众多弟子和画作。在意大利漫长征途的间隙，我经常回到法国拜访大师。我听说他拥有一幅神奇的肖像画，任何人只要看那幅画一眼，就会立即被画中人的微笑捕获，再也无法忘却画中女子。我多次向大师提出请求，想欣赏一下那幅肖像画，但每次都被大师婉拒。他总说这幅画还未最终完成，这些年来一直在不断修改，如果把一幅未完工的半成品给国王欣赏，那是对国王权威的亵渎。这样的理由让我无法拒绝，我始终保持君主应有的风度，从不对大师施加压力，或直接下道命令让他交出那幅画。我不敢对大师有任何冒犯，否则会立即传遍欧洲——法王弗朗西斯一世是个霸道的君主，所谓对文艺复兴和艺术家的保护，纯粹出于贪婪的占有欲。我不想留下这样一个骂名，瓦卢瓦家族把名誉看得比生命更重要，即便后来我成为宿敌的俘虏，坐在神圣罗马帝国皇帝查理的脚下，我也丝毫没有低下我高贵的头颅。

1525 年 2 月，列奥纳多大师辞世已过去六年。在意大利的帕维亚，大师最爱的伦巴第平原，我仓促率军向哈布斯堡的西班牙军队进攻。查理的步兵组成西班牙大方阵，不断用火枪射击勇敢的法国骑士。我们再次面临百年战争时阿金库尔的耻辱，骑士们再次倒在卑微的步兵面前。糟糕的是，我没能在战场上英勇阵亡，而是被敌人俘虏了。

欧洲有了一个新主人，那个人不是我。

为拯救关押在西班牙监狱中的我，法国派使节前往君士坦丁堡，与异教徒的土耳其人结盟，苏丹回了一封极度傲慢的信："皇帝战败与被俘丝毫不足为奇。因此要鼓起勇气，不要灰心。我光耀的先人和在我以前有名的苏丹（愿上帝保佑他们的陵墓），为了击退敌人和征服新地方，从来没停止过战斗……"我成了异教徒眼中的笑柄。

最终，我把大量土地割让给西班牙，我最爱的米兰和那不勒斯，成为哈布斯堡的财产。查理扬着家族遗传的大下巴，以胜利者的姿态恩赐我自由。

我没有先回巴黎，而是去了昂布瓦斯——列奥纳多大师生命最后几年度过的地方。抵达王家城堡，春天已悄然降临，农夫开始耕田和播种，鸟儿在枝头打情骂俏，少女们躲进草堆引诱男人，只有我感受不到丝毫欢乐。城堡中一个宽敞的屋子早已落满灰尘与蛛网，我想独自停留片刻，命令侍卫退到门外——这里曾是列奥纳多大师的房间。

1519年5月2日，我匆忙来到这个房间。大师的弟子们纷纷跪下，侍女们躲在角落里哭泣，烛光在风中晃动。列奥纳多大师躺在床上，白色的胡须和头发都不像真实的存在。那张干枯的脸再无以往的神采。他看到尊贵的国王走进来，想要起身却没力气。我扑到床边，扶起大师的后背，将他抱在怀中。我是个身材魁梧的九尺男儿，依然感觉到大师身体的沉重。看着他半睁半闭的眼睛，我不禁潸然泪下。这位耀眼的巨星即将陨落在我怀中，似乎一个时代也将在我手中流逝。现在，他不过是个奄奄一息的老人。他看着我喃喃自语："陛下……我还有……我还有……很多事……没有完成……我还有个秘密……我想要忏悔……"

"大师，亲爱的大师，你会很快康复，你会完成你的所有计划。"我说。

列奥纳多大师默默地摇头，闭上眼睛再也不说话了。

他再也不会睁开眼睛了。

我将死去的大师紧紧搂在怀中，毫不顾及旁人，号啕大哭。

其实，我并不是在为大师哭泣，我仅仅在为自己哭泣。

因为，杀死大师的人，正是我。

对不起，我确实是个贪婪自私的国王，我将列奥纳多大师迎接到法国不过是贪慕"资助文艺复兴的好君主"的虚名。我想拥有大师留下的一切——他设计的大量机械图纸，那些威力无穷的杀人武器的手稿，还有那幅据说能勾人魂魄的肖像画。

老头子太固执了，他以各种理由拒绝我的要求，每个理由都是那么无可厚非。

但我等不及。

还要等到什么时候？列奥纳多大师的身体非常健康，每天都在辛勤工作，我怀疑他拥有某种巫术，至少可以活到一百岁。至于我——不断远征的国王，随时可能在战场上阵亡。

我精心伪装的一切便将付诸东流。

大师去世半年前的某个夜晚，我再也按捺不住心底的冲动，命人悄悄打开大师房间，想要趁着老头熟睡的时候，打开他的绝密画室，偷看那幅传说中摄人魂魄的画。大师画室的钥匙仅有一把，但我在大师身边潜伏了木马，暗中配了一把相同的钥匙。当我拿着这把钥匙，刚要打开画室时，却听到门里传来激烈的吵闹声。

"不！对不起！请你原谅我所做的一切！"一听就是列奥纳多大师的声音，依然像我刚见到他时那样洪亮有力，语气却带着强烈的激动与后悔。

"列奥纳多，我从来没有怨恨过你。"

说话的竟是另一个声音。普天至尊的我也必须叫他"列奥纳多大师"，谁敢叫他"列奥纳多"呢？这声音听起来极其古怪，仿佛来自深深的地下，让一门之隔的我毛骨悚然！这个人不像男人也不像女人，不像孩子也不像老人，更不像城堡内任何一个人，难道是邪恶的魔鬼？

"不，你这是违心的话，你早已恨我入骨，因为我欺骗了你。"列奥纳多大师的声音几乎已是哭泣，"上帝啊！我早已没有资格祈求上帝的原谅。"

"列奥纳多，我并没有感到痛苦，相反还要感谢你。"

魔鬼的声音果然惬意，一再把大师逼迫到悬崖边缘，老人终于咆哮道："你一定要让我亲手杀了你吗？"

"你不会这么做的。"

大师不想再回答，脚步声直冲画室大门而来，我像个小偷逃出房间。

然而，我还是不甘心。

第二夜，身为国王的我，竟然让人给我准备了扶梯。宛如巴黎街头偷情的登徒子，我踩着扶梯爬到城堡三楼——正好是大师画室的窗户。那里亮着白色烛光。

透过三楼狭窄的窗户，我第一次看到列奥纳多大师的画室。令人遗憾的是，所有的画都蒙上了白布，唯独有幅不大的画框敞开，可惜这幅画背对窗户。

列奥纳多大师站在画像前，手中拿着一支画笔，涂抹着颜料说："我究竟该毁了你还是拯救你呢？"

"谁都无法拯救我。"

又是那来自地狱的魔鬼声音，我却看到大师的嘴唇也在动——上帝啊！这是列奥纳多大师自己发出的声音！

然而，列奥纳多大师紧接着恢复了原本的嗓音："那谁来拯救我自己呢？"

"放心，你会上天堂的。"

我吓得几乎从扶梯上摔下去，这句话完全是魔鬼的声音，却从列奥纳多大师自己的口中说出。

昨晚，我隔着房门听到的那两个人的对话，竟然全部出自列奥纳多大师的自言自语。

大师不但是绘画天才，也是一个语言天才，竟能模仿出那种魔鬼般的声音，还能真的像两个人那样自己与自己对话！

没错，画室里只有大师一个人，再也找不到第二个人，哪怕第二只鬼！

又是大师自己的声音："也许，我已活不了多久，我无法想象你今后要忍受的痛苦——什么时候才能有个尽头。"

几乎瞬间，他就换了另一种声音和表情："但愿在末日审判的那天。"

列奥纳多大师被魔鬼附体？

转眼间，他变回自己："可你将无法得到复活！"

"我已经复活。"大师又变成了魔鬼，吹灭最后一根蜡烛。

既然，我无法偷窃也无法巧取豪夺，那么就让大师早一些进入天堂吧。

我命人在大师的每日三餐里下了慢性毒药，让一个老人的抵抗力每况愈下，就连医生也难以查出病根，只能归结于天命已至，寿终正寝。

半个月后，列奥纳多大师死在了我的怀中。

所有人都记住了我的盛名——一个热爱艺术家的贤明君主，大师安详地死在弗朗西斯一世的怀抱中，只有这位国王配得上拥有大师留下的全部遗产。几百年后一定会有某位画家记录下大师离世时的感人画面。

大师埋入坟墓已过去整整七年。而我并未成为欧洲的主宰。我带着深深的耻辱回到这座城堡——这是上帝对我的自私和贪婪做出的惩罚吗？穿过大师生前住过的房间，我命人打开挂在画室上的大锁——画室里摆着许多幅画，大部分都未完成，许多颜料早已干枯，有的开始脱落。在隐秘的角落里，我看到了一幅并不起眼的肖像画。

就是她，附体于大师，并与大师对话的魔鬼。

我看着画中的女子，看着她的眼睛，看着她嘴角的线条，看着她披下的卷发，看着她迷人的双手，看着她身后的托斯卡纳的山水，看着这幅列奥纳多大师最伟大的作品。

对不起，我没有看到她的微笑。

二

我的名字叫玛格丽特·瓦卢瓦。

1572年8月，卢浮宫的一个房间，烛光照耀镜子里的脸——很幸运我是个美人——无论以我们家族的审美标准还是从全巴黎人的喜好来看。我喜欢在镜子前抚摩自己。我肌肤胜雪，发如海藻，还有一双翡翠色的眼睛，这双眼睛曾经让很多人疯狂，也必将让更多的人付出生命。

侍女们在为我穿戴衣服，这些蠢女人快把我的腰束断了，我的胸口被收得喘不过气。母亲说我必须要受这样的罪，这是我作为她的女儿最重要的时刻。我绝望地回到卧室，祈祷明天永远不要来临，期待今晚就是末日审判，最好我那位信仰胡格诺教的未婚夫能够被人刺死在他的床上。

明天，我就要成为新娘了。

相比我平日的奢华打扮，我的卧室就显得寒酸许多，除了挂在墙上的肖像画——自我出生的时候起，这幅画就挂在我的床头，画中女子默默地看着我长大——从一个不起眼的小姑娘，成长为法兰西最美丽的公主。

这是列奥纳多·达·芬奇大师的作品，画的名字叫《蒙娜丽莎》，意大利语意思是"丽莎夫人"。从我的祖父弗朗西斯一世开始，这幅画就归王室收藏，据说他就死在这幅画脚下。我的父亲亨利二世把《蒙娜丽莎》送给我，作为他唯一的女儿出生的礼物。现在的国王是我的哥哥查理九世，他说我作为法国公主，必将嫁给一位国王，成为另一个国家的王后。

但我希望自己既是法国的公主又是法国的王后，因为我不愿离开心爱的巴黎，离开我的那些情人们，比如亨利·吉斯——他们说得没错，我从来都不是一个好女孩。我很小的时候就喜欢追逐漂亮的男孩们，沉浸在跟他们的邪恶游戏中，卢浮宫里没有哪个地方能关得住我。

除了这幅画。

在我十岁以前，总觉得挂在我卧室里的《蒙娜丽莎》很美，画中人若有若无的微笑，略微上翘的嘴角线条，如想象中的温柔母亲——很遗憾我的母亲凯萨琳并不温柔，她是列奥纳多·达·芬奇的同乡，来自佛罗伦萨的美第奇家族。她是全欧洲最工于心计的女人，也是最忠诚于瓦卢瓦家族的女人，更是极端厌恶新教徒的虔诚的天主教徒，她深爱着她那几个不成器的儿子，却把她唯一的女儿当作了工具。

我恨我的母亲。

现在，我却觉得《蒙娜丽莎》是个平凡的女人，相比镜子里的我，画像里的女子只能算姿色平平。我的一笑一颦能让整个欧洲拜倒在我的裙下，让勇敢的贵族青年们彼此决斗，让各个强大的民族之间血流如河。

我仍然喜欢这幅画，无法言说、无法解释地喜欢，似乎她的嘴角就有那种力量，让我骚动不安的心骤然平静下来，如同密室里的尘埃。

忽然，门外响起侍女的声音："公主，纳瓦尔国王亨利的信使求见。"

纳瓦尔的亨利——他就是我明天的新郎。

不过，我还从没见过他，他派遣信使来干什么？为了他的安全？害怕被我吃了？还是担心我会继续放荡地生活，让他成为全法国最被耻笑的男人？不，他还是个胡格诺教徒——天主教国王的不共戴天之敌，瓦卢瓦家族和我母亲的心腹大患。这都归咎于几十年前那个叫马丁·路德的德国教士，还有一个叫加尔文的法国人，是他们埋下了这个世纪仇恨的种子，将法兰西民族分裂成两半——旧教徒与新教徒——两者的内战正在残酷进行，成千上万的男子死于非命，许多村庄与城镇被烧为灰烬，而战争却是可悲的自相残杀！哈布斯堡的菲利浦正在比利牛斯山那边冷眼旁观，他最乐于见到法兰西的鲜血肆意流淌。

然而，谁都没想到我的母亲——最仇恨新教徒的凯萨琳王后，突然决定把我嫁给新教徒的领袖——纳瓦尔的国王亨利，这位亨利同样也享有法国王位的继承权——前提是瓦卢瓦家族的男人全部死光。

新教徒同意了这桩婚姻，旧教的公主嫁给新教的君王，从此新旧两教的信众将和平共处，法兰西也将重归太平与繁荣。

新婚前夜，未婚夫的信使将带给我什么？

我让侍女为我梳妆打扮一番。看着镜中十九岁的美人，我满意地微笑着，下令在客厅接见信使。

这是我第一次见到他。

"博尼法斯·德·拉莫尔。"他缓缓报出自己的姓名，作为纳瓦尔国王亨利的家臣，自然也是无耻的胡格诺教徒，虽然他颇有礼节地向我单膝下跪，但他的眼神却颇为傲慢，似乎我们这些天主教徒都是该死的畜生。

然而，我却不能对他有更深的厌恶，因为他的眼睛。

他有一双海水似的眼睛，像无法看透的迷宫，深深地抓住了我的目光——我的心头一阵狂跳，我从未见过这样的眼神，也从未有过这种瞬间的战栗，我感觉双脚已飘浮于地面，自己的长发已根根竖起，无名的火焰灼烧我的身体——虽然这些都是幻想，但他的眼睛不是幻想，如此真实地站在我面前，如此坦然地向我敞开。

在他粗粝的胡须里，藏着一对性感的嘴唇，瘦削的脸庞上有久经战斗的痕迹，他肯定是个勇敢的战士，或是技艺高超的剑客。还有他那挺拔的身材，宽阔的肩膀和胸膛，都说明他是一个真正的男人。

我立即屏退了四周的侍女，客厅里只有我和他两个人，这是我一贯以来的行为方式，即便明天我将成为新娘。

"博尼法斯·德·拉莫尔，请问你带来了我的未婚夫的什么消息？"

这个叫德·拉莫尔的男人不卑不亢地说："公主殿下，亨利殿下命我转告您，必须在你们结婚当晚，以及之后的数十天内，保证聚集在巴黎的新教徒们的安全。"

"我不能保证。"我冷酷地回答，"我只是公主，你主人的未婚妻，我不能保证任何人的安全。德·拉莫尔先生，你可以向我的母后要求保证。"

"王太后已经保证过了。"德·拉莫尔的目光越来越锐利，"可是，我不相信她的保证。"

"我喜欢你的直率！"我凑到他跟前，按了按他的肩膀说，"因为，我也从不相信我母亲做出的任何保证。"

我想，我的发丝拂到他的脸颊上了。

他在颤抖。他在后退。他在犹豫。他意识到我的欲望。他也意识到了自己可能得到的快乐。他想必早已听说过关于我的花边传闻。但他必须忠诚于他的主人。

"对不起，公主殿下，我的主人，也是您的未婚夫，吩咐过本人，必须要得到您的亲口保证——因为，您将是他的妻子，您的任何决定都举足轻重。"

"如果，我不答应呢？"

"那么，我的主人将为了成千上万的新教徒的生命，而放弃与公主的婚约，明早就离开巴黎回到纳瓦尔。"

"太好了！"我发自内心地额手称庆，"我压根儿就不想嫁给你的主人！"

德·拉莫尔不曾想到我会如此回答，紧张地俯首道："公主殿下，您不愿意和我的主人一起维护法国的和平吗？"

"不愿意，我更乐意见到你们这些异端的胡格诺教徒全被杀光！"

眼前的美男子立即站起来，扬起眉毛说："公主，请不要挑战我的尊严。"

"你除外。"

"什么？"

"我可以赦免你——因为，你很特别。"

德·拉莫尔局促不安地低头说："我只是个卑微的家臣。"

"如果我答应你的主人呢？答应做出保证——绝不伤害任何一个新教徒！"

"真的吗？"

"前提是，今晚，你要留下来。"

说罢，我仰起头放肆地大笑，确信可以摄人心魄，使所有男人心旌摇荡。

德·拉莫尔想不到我会提出这种条件，他要么占有我而不忠于他的主人，要么宣告任务失败被我赶出去，那样他的主人和我的婚姻也会告吹，说不定全巴黎的新教徒都会死于非命。

他必须要做出一项选择。

我用力抓住他的胳膊，将他带进我的卧室，亲吻布满胡茬的嘴唇。他无法抗拒也无法逃避，他是为主人亨利那项前程远大的婚姻？还是为全巴黎胡格诺教徒的生命？抑或是为整个法兰西民族的和平？还是单纯作为一个男人的本能？

他闭上眼睛不愿看我的脸，仅仅当作完成一项重要任务。我仔细地看着他的脸，擦拭他额头的汗水，咬着他的耳根轻笑。当我躺在他的怀中，当我紧紧拥抱他的后背，我居然感觉到了幸福。这是从没有过的，无论哪个情人都无法给予我，我想以后也不会有这种感觉了。

重新穿好衣服，他才注意到挂在床头的画像，拧起眉毛端详许久，仿佛被肖像中的女子俘获。我嫉妒地靠在他身上说："这是列奥纳多·达·

芬奇大师的作品。"

"这幅画叫什么名字？"

"《蒙娜丽莎》。"

"我喜欢这幅画。"德·拉莫尔仿佛忘记了我的存在，"因为，她很忧伤。"

"忧伤？她不是在微笑吗？"

我疑惑地又看了一眼画像，蒙娜丽莎确实是在微笑，那是我从出生起就熟悉的微笑，陪伴我度过了十九个春秋。

"不，她根本就没有微笑，而是忧伤地看着我。"

"难道，我们看到的不是同一幅画？"

德·拉莫尔不置可否地摇摇头："对不起，我要回去向主人报告了。"

"好的，请向我的未婚夫转告，明天我和他将如约完婚，我以法国公主的名义保证，不会在巴黎伤害任何一个新教徒。"

获得了我的保证之后，他终于给了我一个微笑，亲吻了我的嘴唇——当我们狂热地欢愉之时，他也未曾露出过半丝笑容。

美男子匆匆离去，留下我孤独地躺在枕上，看着床头的蒙娜丽莎。

我再也分不清楚，她到底是在微笑还是哭泣。

第二天，恰逢圣巴托罗谬节，盛大的婚礼在卢浮宫举行，我第一次看到我的新郎——他也是个十九岁的少年，却比实际年龄老成许多。他的相貌非常普通，我几乎转眼忘了他的脸。如果把他扔到人堆里，谁都不会认为他是法国国王的女婿。他的身后站着新教阵营的代表，其中也有忠诚的博尼法斯·德·拉莫尔。他警惕地看着左右，却从不敢正眼看我。当我接受新教徒们的祝贺时，他却羞愧地低下了头。

婚礼仪式结束，我和我的新郎步入卢浮宫内的新房，我特意命人把《蒙娜丽莎》搬了过来，我想在大师作品的眼睛底下完成洞房。

我的新郎亨利是个内向又害羞的少年，他看着我的眼神也很奇怪，有几分紧张与害怕——想必他也早就听说过我的放荡，其中一位情人还是新教徒的死敌。

我静静地躺在婚床上，一件件解开衣衫，淡淡地说："亨利，你不喜欢我吗？"

新郎颤抖着靠近我，鼓足勇气轻吻我的额头，却一句话都没说，就像一头沉默的野兽。

突然，午夜的窗外响起沉闷的钟声。

不，是此起彼伏的钟声，似乎巴黎所有的大钟都被敲响，从巴黎圣母院到卢浮宫，从塞纳河的左岸到右岸，只有国王出殡时才会响起那么多的丧钟。

丧钟为谁而鸣？

为了今夜我的新婚吗？我愤怒地将亨利从身上推开，打开窗户看着卢浮宫外的巴黎。在黑夜的钟声下，外面亮起很多火把，无数全副武装的男人戴着白臂章与白十字的帽子，手持长矛与火枪，冲向胡格诺教徒们住的房子。

"不！"

我的新郎亨利在窗口惨叫起来，看着无数来庆祝他婚礼的新教徒被暴徒们杀死在大街上。不断有人从对面的大楼里被扔出来，许多只是残缺的肢体，不时有血淋淋的人头被高高举起，片刻之后地上已布满尸体。无论男女老幼，只要信仰新教，全部遭到了屠杀。他们用长矛刺进女人的肚子，用佩剑割断老人的咽喉，放火烧死熟睡中的人们。

挂在墙上的《蒙娜丽莎》，透过窗户看到了这场大屠杀。

"玛歌！"

亨利的眼球几乎暴出了眼眶，愤怒地喊起我的另一个名字，他紧紧抓住我的胳膊，真怕他会把我从窗口扔下去！

"对不起！"

我慌乱地哭泣着——这就是我做出的保证？不会在巴黎伤害任何一个新教徒？可是，婚礼才刚刚举行完毕，那些背信弃义的家伙们就拿起屠刀对准无辜的人们。是谁的主意？我的哥哥查理九世？我的母亲凯萨琳王太后？我的情人吉斯公爵？一切都是圈套，以联姻为名将新教徒骗到巴黎，然后一劳永逸斩尽杀绝。我的婚礼就是这场大屠杀的诱饵。

鲜血已染红塞纳河，亨利爬到窗口要跳下去，他肯定会摔死，我紧紧地拉住他说："亨利，千万不要！我会保护好你！不会让任何人伤害到你！"

"玛歌！你让我怎么相信你的保证！"

门外响起震耳欲聋的火枪声，他们开始清除亨利的贴身侍卫。我的新郎拿起佩剑，准备冲出去拼死战斗，新房大门却被撞开。门口堆满了尸体，都是保卫亨利的新教徒。一群浑身沾满鲜血的天主教徒，拿着各种武器闯进我的新房，他们不担心伤害到我吗？

亨利已成孤家寡人，只剩最后一个侍卫还在挥剑战斗，我认出了这个勇敢的男子，他是博尼法斯·德·拉莫尔。

"不要伤害他们！"

我尖叫着冲到天主教徒跟前，一颗铅弹紧贴着我的耳朵飞了过去。我伸开双手保护我的丈夫，还有我喜欢的那个男人，哪怕无数滴血的佩剑对准我的胸膛。

这时，我的母后来到房间，她命令所有人退出去，并宣布饶恕了信仰新教的亨利。

他仍将是我的丈夫，仍将留在巴黎，却已失去了自由。

亨利绝望地倒在角落里，只有德·拉莫尔守在身边，并以仇恨的目光看着我。

对不起，我为了得到你，而为你做出了保证。但我不是故意欺骗你，我无法想象，我的母亲竟如此恶毒残忍，你会恨我一辈子吧？而我永远也不可能再洗刷今晚的耻辱。

我回头看着墙上的《蒙娜丽莎》，画中的女子果然不再微笑，而是泪水涟涟地哭泣，只有我和德·拉莫尔发现了这个秘密。

今晚，便是"圣巴托罗缪之夜"。

接下来的一年，内战在全国各地继续。新教领袖亨利成为国王俘虏，而我作为他的妻子，早已形同陌路。他不再相信我的任何话，我也不再相信我母后的任何话，我更不相信我的兄弟们和情人们的谎言。

我只相信我依旧爱着那个人，那个早已孤身逃出巴黎，为了向天主教徒复仇而作战的男人——博尼法斯·德·拉莫尔。

1574年，这个男人回到巴黎，他想要救出被软禁的主人，期待亨利能够回到南方，继续率领新教徒进行战争。我是亨利的妻子，也是卢浮宫的半个主人，任何人要想把亨利救出去，必须通过我的关系。

于是，我选择在巴黎郊外的废弃城堡与德·拉莫尔再度见面。当他出现在阴暗的角落中时，我便扑上去亲吻他的脸颊，这个男子再次被我征服，更加狂野地对待我，还带着几分深深的仇恨——他似乎是在报复我，报复我那无效的保证，报复我和我的家人，害得两年前的夜晚尸横遍野。

不过，我乐于接受他的报复。

我感觉到他内心的风暴，那是无法形容的仇恨，"圣巴托罗缪之夜"的血腥与杀戮，同胞教友们粉碎的尸体，化作他一次次猛烈的撞击，就像用刀剑刺穿一个个天主教徒的身体。

可是，当他完成全部的复仇仪式，平息下来躺在我的身边，却像一只懦弱的小羊羔。海水般蓝色的眼睛里，盛着不忍离去的泪水，我想他已经爱上我了。

"我也爱你。"我咬着他的耳根说，而他怔怔地看着我的眼睛，再也没有说出话来。

这是真正的爱，也是我的生命中仅有的一次爱。

几天后，德·拉莫尔没有等到我的内应，草率地带领着两百骑兵，英勇无畏地冲向软禁亨利的宫殿。结果，他的营救行动失败，他本人被当场俘虏。

德·拉莫尔被判处死刑。

我的哥哥——国王查理九世也行将就木，害死他的竟是我的母亲——她准备了一本沾有剧毒的书，想送给我的丈夫亨利，唯一威胁到瓦卢瓦王位的男人。这本书却先被我的哥哥拿去，结果毒死了自己。母亲分外悲痛，机关算尽反误了儿子性命。我最后一个弟弟即将继位，若他死后无嗣，法兰西的王冠，将落到我的丈夫亨利·波旁手中。

这一切对我来说已不重要，无论是我要死的哥哥，还是早晚也要死的弟弟，以及我前程似锦的丈夫。

1574年4月30日，博尼法斯·德·拉莫尔，在巴黎格莱沃广场被斩首。

再见，我最爱的人。

我躲在广场附近的一个小房间里，默默听着外面人们疯狂的欢呼，仿佛把杀人当作一场盛大的节日。当我再一次看见德·拉莫尔，他已经身首异处。我花钱买通刽子手，得到了拉莫尔被砍下的人头。暗夜中的巴黎街头，我穿着一身白色长裙，抱着爱人的头颅匆匆走过。巴黎阴郁的天空下，我来到蒙特马尔高地的小教堂，白裙已被头颅的鲜血染红。我含着眼泪将人头埋在小教堂的地下，我的心已跟随他一同被埋葬。

十五年后，我最后一个弟弟遇刺身亡，我的丈夫继承了法国王位，他为江山改变了宗教信仰，由新教改奉旧教，他说"为了巴黎而作弥撒是值得的"。

而我则被丈夫抛弃，赶出宫廷送往修道院，因为我没给他生下一儿半女，他准备迎娶美第奇家的公主来延续波旁王朝。

离开卢浮宫的夜晚，我再次回到少女时代的卧室，《蒙娜丽莎》依然挂在墙上，只是蒙上一层淡淡的灰尘。

我想起了十九岁的新婚前夜，想起那个叫博尼法斯·德·拉莫尔的男人，想起他那双海水一样蓝的眼睛，想起他说过的一句话："不，她根本就没有微笑，而是忧伤地看着我。"

此刻，我也看到了不微笑的蒙娜丽莎。

三

我的名字叫达达尼昂。

人人为我,我为人人!

1662 年,冬天。似乎是本世纪最冷的一个冬天,白雪覆盖枫丹白露行宫,明镜般的湖面竟然结起冰层。往日生机勃勃的巴黎郊野,变得异常荒凉萧条,惯于在行宫打情骂俏的贵族先生和小姐们冻得不敢出门。我只看到几名忠诚的火枪手,裹着厚厚的大袍,像我年轻时那样佩着利剑,踏过白茫茫的雪地,保卫国王路易十四。

也许,我真的老了,总觉得壁炉里的火难以烧旺,寒冷从四面八方渗入身体。只要去外面走两个小时,长长的胡须上就会凝起冰珠,膝盖的关节疼痛难忍,果然是令人悲哀的上帝意志啊!我还是那个让全法国的男人崇拜,让全欧洲的女人爱慕,让全世界的孩子向往的少年英雄达达尼昂吗?

三十七年前的春天,我离开故乡加斯科尼,在巴黎结识了生命中最重要的朋友——阿托斯、波托斯、阿拉米斯——三个火枪手,我们共同发誓保护国王,人人为我,我为人人。王后将项链送给英国白金汉公爵,被红衣主教黎塞留抓住把柄。我和三个火枪手舍生忘死抢回项链,保住了王后的名誉。其实在她多姿多彩的生命里有过很多男人,最无足轻重的就是国王,因为路易十三更喜欢漂亮男孩。王后拒绝接见我们,好像因她而生的腥风血雨都未曾发生过。阿托斯回到庄园隐居;波托斯娶了肥婆获得大笔遗产;阿拉米斯加入教会却仍有两个情妇;而我过着怀才不遇、颓废堕落的生活,沉浸于酗酒、决斗、杀人……

二十年后。

年方五岁的路易十四继位——宫廷传说当今国王是安妮王后与红衣

主教马萨林的私生子，这种事在我们国家屡见不鲜，只要能让亨利四世开创的波旁王朝继续下去，哪个国王会在乎自己真正的父亲是谁？时值第一次投石党运动，我奋力将王室救出巴黎……我如愿成了国王第一火枪队长。

又过去十几年，岁月宛如我头上的白发，迅速而残酷地流逝。这座寒冷孤寂的宫殿里，只有一个人永远不会变老，她就是挂在我身后墙上的女人。

蒙娜丽莎。

她是谁？某位优雅的意大利贵妇人？还是卑微的灰姑娘侍女？抑或画家恋爱着的某个男人？请上帝饶恕我，作为一个虔诚的天主教徒，怎会想到这么肮脏的可能？画像中的女人恬静地端坐，昏黄的光线洒在皮肤上，就像被涂抹上一层油脂，让人感到触手可及，却又不敢伸出手去接近她，似乎多看她一眼都是种亵渎。她的眼神里装满母性的怜悯与慈悲，嘴角有种无法形容的神秘感，就像初次遇到米拉蒂时她的微笑。

哦，上帝啊，为什么又想到了米拉蒂，她的美艳远胜画像里的蒙娜丽莎——这个早已死去了三十多年的女人，若还活着是否依旧美丽？还是尘满面、鬓如霜？我永远忘不了米拉蒂，红衣主教黎塞留的女间谍，她浑身散发着迷人魅力，没有哪个男人能抗拒她的微笑。

当我二十出头的时候，深深迷恋上了这个女人。

然而，她曾是阿托斯的妻子，又可耻地背叛了我的朋友，三个火枪手发誓要杀了她。上帝饶恕我的朋友们，虽然我的内心无法舍弃她，但我为了所谓的男子汉气概，为了所谓的骑士精神，为了"人人为我，我为人人"的座右铭，被迫痛苦地袖手旁观，看着我唯一爱过的女人死在我朋友们的手中。

我很后悔。

后悔当初为什么不救她，为什么不带她离开法国。去意大利，去西班牙，甚至去北美的新法兰西，从此再没有她惹下的是非恩怨，再没有红衣主教的阴谋，再没有巴黎丑恶的宫廷，再没有我后半生的光荣与名誉。

原来，我无法舍弃的，并不是这个被我深爱着的女人，而是所谓的光荣与名誉。

我应该恨我自己吧。

只有在我的心里，米拉蒂还未曾死去——就像挂在这个房间的《蒙娜丽莎》，每当注视这幅列奥纳多·达·芬奇大师的杰作，我都会产生一种渎神的幻觉——这幅古老画像里的女子，并没有如同文艺复兴那样逝去，她依旧活在小小的画框之中。

是的，画像里的她仍然活着，有感觉、有思想、有灵魂，有喜怒哀乐、有七情六欲。她只是无法活动、无法说话、无法眨眼睛，无法对画像外的世界表达她的想法，她就像遭到了中世纪的黑魔法，整个生命被禁锢在画框构成的监狱中。在这个史无前例的冬天，她是否也像我一样真切地感受到了寒冷？像我一样哀叹岁月流逝？像我一样回忆青年时代的美好记忆？至少，她不必担心鬓角早生华发。

如果，蒙娜丽莎的灵魂真的活在画中，能看到画像外的一切，那么她眼中的我——国王第一火枪队长，曾经的法兰西英雄，传奇的达达尼昂又该是何种形象？大概不过是个一无是处的老男人罢了。她只会给予我轻微的怜悯，抑或嘲笑我对国王愚蠢的忠诚。

我常常向她倾诉秘密，子夜无人的时刻，当我负责守卫枫丹白露宫，我拿起点燃的蜡烛照亮蒙娜丽莎的脸庞——偶尔，我发现画中的她并没有微笑，而是无比幽怨地哭泣，我宁愿相信这些都是幻觉，就像所有上了年纪的老男人。我翻来覆去地回忆所有往事——多年来对米拉蒂的怀念与忏悔，我曾经拥有过的许多女人，还有我对年轻的路易十四的厌恶。

蒙娜丽莎不会喜欢我的，更不会对我感兴趣，在她来到人间的一百多年里，早已见惯了帝王将相。我不过是个无足轻重的过客，来自加斯科尼乡村的穷小子，不会在历史书上留下名字，除非未来有哪位大作家写出我一生的传奇故事。

　　但有一点可以肯定，蒙娜丽莎是一个耐心的倾听者。

　　就像讨厌红衣主教黎塞留，我也讨厌他的继任者马萨林。马萨林不喜欢列奥纳多·达·芬奇大师，认为他虽是史上最伟大的画家，却不是一个虔诚的基督徒。相反，还很有多证据表明，达·芬奇具有可怕的异端信仰，在大师留下的许多著名宗教画中，都隐藏着这些邪恶痕迹。马萨林多次劝说他的情人——国王的母后——烧掉《蒙娜丽莎》，以免让这幅画里潜伏的邪灵，引诱年轻的国王偏离正道。

　　几年前的夜晚，枫丹白露宫莫名其妙失火，"恰巧"在收藏《蒙娜丽莎》的房间——这是马萨林临死前最后的阴谋。那晚我正在宫中值班，推开众多侍卫阻拦，奋不顾身冲入熊熊烈焰——我如此担心《蒙娜丽莎》，害怕她在火海中化为灰烬，并不因为她是列奥纳多·达·芬奇最伟大的作品——对不起，我并不在乎任何艺术品毁灭，我只在乎多年来她几乎是我唯一的倾诉对象，余生，她能伴我度过漫漫长夜——哪怕只是画像里的人。

　　我勇敢地冲进去，大火差不多已烧到画框。我冒着浓烟摘下《蒙娜丽莎》，被呛得泪流满面，我看到火光下的画中人，也同样流下晶莹的泪水，为我还是为她自己？我用身体保护画像，将她牢牢裹在外套中，即便我全身都被烧伤，也不想让她遭到半点伤害。当浑身冒着黑烟冲出来时，我已昏倒在"蒙娜丽莎"的脸上。

　　《蒙娜丽莎》保住了，我又一次挫败了红衣主教的阴谋，这次是为了我自己。唯一遗憾的是，画像里原本漂亮的眉毛消失了。因为难以经受大火的高温，眉毛上的颜料脱落了。被烧伤的我留下许多伤疤，人们都说我能活着出来是个奇迹——那场大火至少烧死了五十个人。最可惜的是，我引以为傲的胡须也被烧光了，几个月后才重新长回来。

　　此刻，在这个寒冷的冬天，我摸着自己厚厚的胡须，摸着腰间的佩剑，只要这胡子和这把剑还在，我就不会惧怕任何敌人。

是的，就是今晚，将有一件惊天动地的大事发生。

　　我不是为自己而做这件事，而是为了我身为男人的尊严和荣誉，为了我和三个火枪手曾经维护过的座右铭，为了我在少年时代追求过的却被我在中年时代遗忘了的理想。

　　但这件事即便成功，也将被历史悄悄地隐藏起来——如果被其他人知道的话，那么也就说明我已经失败了。

　　我微笑着看着墙上的画像，这幅列奥纳多·达·芬奇的伟大作品，永远活在画像里的美丽女子，我曾经从灼热的大火中救过她的生命，她也将在寒冷的冬夜给我最重要的帮助。

　　"你是我的女神。"

　　秘密就藏在《蒙娜丽莎》的背后。

　　窗外，夜幕降临。枫丹白露宫再度热闹起来，国王召集了上百名贵族男女，举行他最热衷的舞会。路易十四是个热情如火的年轻人，完全不惧怕寒冷的天气，也完全不考虑在巴黎寒夜里即将冻死的饥饿臣民。

　　而我，达达尼昂，国王的火枪队长，孤独地站在这个房间，看着挂在墙上的《蒙娜丽莎》，看着她的眼睛和嘴角被黑夜覆盖。

　　夜，深了。

　　当我点起蜡烛，门外响起一个放肆的声音："达达尼昂！达达尼昂！"

　　那是年轻国王的声音，我打开房门应了一声："尊敬的陛下，我在这里。"

　　于是，路易十四推开身边的侍卫，独自走进这个挂着《蒙娜丽莎》的房间，还小心翼翼地把房门锁好。

　　"达达尼昂！我告诉你一个秘密——有人要谋害我！"

　　年轻的国王有着长条形的脸庞，高而尖细的鼻子，确有几分像红衣主教马萨林。

　　"是谁如此胆大包天？"

　　"不知道，也许就在这座宫殿。我不敢相信那些侍卫们，我知道他们都在暗地里诅咒我，他们说我让巴黎处于饥饿之中，他们说我是法国最大的公敌——这些都是投石党人的阴谋，现在我只能相信你了，达达尼昂，十多年前你曾救过我，现在请你再次拯救我吧！"

我平静地微笑道："陛下，感谢你如此信任我，而我已经抓到了那个阴谋者。"

"谁？"

"就在《蒙娜丽莎》背后。"

路易十四茫然地看着墙上的画像："列奥纳多·达·芬奇大师的作品？竟然——是她？画像里的女人？她要谋害我？天哪！红衣主教马萨林说得没错，达·芬奇是个潜伏的异教徒，信仰邪恶的敌基督，他将邪灵隐藏在这幅画里，使信仰基督教的国王误入歧途，不是被画中女人的幽灵诱惑，就是在异端吸引下彻底堕落——怪不得自从拥有这幅《蒙娜丽莎》，法兰西王室就不断遭到灾难——从弗朗西斯一世被俘，到弗朗西斯二世、查理九世、亨利三世的三兄弟相继殒命，瓦卢瓦家族断子绝孙，再到我的祖父亨利四世遇刺身亡，还有我那终生不幸的父亲路易十三，都是因为这幅达·芬奇的画，这个嘴角带着神秘微笑的女人，她的幽灵被禁锢在画中，注视着、引诱着、诅咒着每一代国王！"

"嗯，很多年前我就有这种感觉，似乎这画中人一直在看着我，也一直在与我无声地对话——也许我不该把她从大火中救出来。"

"达达尼昂，我的火枪队长，我并不怪罪于你。"年轻的国王已惊慌失措，他抱着我还算挺拔的身躯，像仆人那样低贱地亲吻我的手背，"现在，请你立即毁掉这幅画，用你锋利的佩剑，砍下画中女子的人头！只要你手起剑落，画像一定会喷溅出黑色污血！那是一百多年前的女巫之血！你将是屠龙的圣乔治，基督正道的救星，法兰西最伟大的英雄。"

我们年轻而傲慢的国王，从未如此殷勤地奉承过一个人，哪怕罗马教皇站在面前！

窗户，突然被一阵狂风吹开，寒冷的空气灌满喉咙，眨眼烛火就被吹熄，只剩壁炉里的熊熊火焰。

我后退半步拔出腰间佩剑，直指墙上微笑着的蒙娜丽莎。

"杀了她！"路易十四狂叫起来，"达达尼昂，我是国王，我下令处死这个女巫！立即执行！"

剑尖距离蒙娜丽莎的嘴唇只剩不足一指宽的距离，只要我的手臂微微晃动，锋利的剑刃便会划破她的下巴，留下一道极其丑陋的伤疤。

"出来吧！"我像在为自己壮胆，"蒙娜丽莎，你这威胁国王的阴谋家！"

突然，挂着画像的墙壁360度向内翻转，原来是一道隐藏的暗门。

《蒙娜丽莎》背后走出几个男人，开头是三个老男人，不用介绍你们就知道了——阿托斯、波托斯、阿拉米斯——曾经的国王的火枪手，我生命中最重要的三位朋友。

三个老去的火枪手身后，还站着一个略带紧张与羞涩的年轻人，他穿着与国王完全相同的衣服，戴着与国王一模一样的帽子，装饰着与国王如出一辙的羽毛，还有一张与国王镜子般相似的脸庞。

镜子般的脸庞，镜子般的衣服，镜子般的身材，镜子般的人。

在壁炉血红色的火光下，路易十四目瞪口呆地看着他，就像站在一面镜子跟前，一个与自己完全相同的人？

这就是列奥纳多·达·芬奇笔下邪恶的幽灵？

不，在短暂的震惊和恐惧之后，年轻的国王已全部明白了，他知道眼前这个人是谁！

这个与国王镜子般相似的年轻人，是他的孪生兄弟菲利浦，菲利浦从小就被送到乡村隐姓埋名。六年前，路易十四为了彻底消除威胁，命人把自己的兄弟关进巴士底狱，再给他钉上一副铁面具——铁面人。

几个月前，我和三个老朋友决心发动一场不流血的革命，为了在饥饿与暴政中挣扎的法国人，必须除掉这个傲慢、愚蠢又自私残忍的路易十四。但以四个老男人的力量怎能做到？即便做到又必将血流成河——

早已有当年胡格诺战争的前车之鉴。

于是，我想到了铁面人。

上帝保佑一切顺利，我们从巴士底狱解救了铁面人，发现了他身上的优秀品质，他比自己的孪生兄弟更配做国王！在精心细致的训练之后，我们认定他可以以假乱真冒名顶替，成为复兴法国而不是毁灭法国的路易十四。

今夜，就在这幅《蒙娜丽莎》画像的背后，这条通往枫丹白露宫外森林的秘道，将会悄悄地改变历史。

看着我和我的三位老朋友，我们的国王根本无力反抗，甚至不敢叫门外的侍卫，因为阿托斯的利剑已对准他的咽喉。三个老火枪手带走了国王，将给他安上一套新的铁面具，将他送到另一座可怕的监狱，让他品尝他给孪生兄弟品尝过的所有苦难。

我重新把《蒙娜丽莎》后的暗门关好，没有任何外人闯入过的痕迹，屋里依然只有我和国王两个人——曾经是铁面人的冒牌货国王，但愿他真正配得上法国王冠。

"尊贵的法兰西国王，伟大的太阳王，基督教的大君主，路易十四，请您回到万众瞩目的舞会上去吧。"

新国王给了我一个微笑，开门回到侍卫和男仆们中间，回到属于他的伟大时代之中。

至于我，默默无闻的达达尼昂，孤独地站在寒冷的风中，看着挂在墙上的《蒙娜丽莎》。

"谢谢你，我的朋友！"

一年后，我主动要求离开宫廷，前往法国与荷兰交战的前线。

攻占一座城堡的战斗中，一颗炮弹的碎片击中了我的胸口。在我漫长的一生里，受过无数次严重的外伤，这次却要了我的老命。最后一瞬，我看到画中的蒙娜丽莎没有微笑，而是在悲伤地哭泣，泪水自画中人的眼里流下……

黑暗彻底覆盖了我的双眼。

人人为我，我为人人！

四

我的名字叫玛丽·安托瓦内特。

1789年，秋天。

蒙娜丽莎，我最亲爱、最贴心、最无话不谈的女友，你看到了吗？你听到了吗？就在这扇窗外，你的脸正前方的窗外，是黑夜重重覆盖的凡尔赛，路易十四沉静安宁的凡尔赛，十年来被我夜夜笙歌的凡尔赛，如今却变得如同巴黎最热闹的集市。宫廷大臣紧闭每道宫门和窗户，我的孩子们依旧被吵得哭声不断，窗外响着嘈杂的谩骂声与诅咒声，那是我从没听到过的最粗鲁下流的脏话，多半竟是女人的声音。

哦！亲爱的蒙娜丽莎，求你跟我说话吧！在你陪伴我度过的那么多年里，你已经给了我太多的眼神。我现在需要的是一句话，哪怕只是一句最虚伪、最没用的安慰，也要比如坐针毡地等待死亡强一些！

这是我在凡尔赛的最后一夜。

但愿，不是我人生的最后一夜。

蒙娜丽莎，你不知道我有多羡慕你，当我拥有的一切都将失去，你却安稳地端坐画中。即便凡尔赛换了主人，你失去的不过是个唠叨的变老的女主人，你又将迎来一个或一群崭新的主人。他们仍会将你视若至宝，将你高高挂在墙上，换到另一座伟大的宫殿。你仍将被整个欧洲顶礼膜拜，拥有全世界最美丽的微笑，看着时代渐渐流逝，看着新的国王与王后君临天下，看着一出出活生生的戏剧上演——你是唯一不会离席的观众。

而我呢？我又算什么？法兰西最尊贵的王后，路易十六唯一合法的妻子——即将被时代抛进垃圾桶的王后？

蒙娜丽莎，你愿意再次听我的故事吗？尽管，我已经对你诉说过无数遍，你一定对我非常厌倦吧。

上帝啊！那是什么声音？等一等，我去看看——太可怕了！一颗子弹打碎了玻璃！他们居然敢向国王的寝宫开枪！

可是，我完全无能为力，我可怜的丈夫更是什么都做不了——就像我们的新婚之夜，他如同木头人一样睡着了。

对不起，蒙娜丽莎，再让我说一遍吧。

我，玛丽·安托瓦内特，出生在维也纳的美泉宫，是欧洲最古老高贵的哈布斯堡王朝公主。我有个极强势的母亲——奥地利女皇玛丽娅·特蕾西娅，我的父亲神圣罗马帝国皇帝弗朗茨一世是她的傀儡。我有个无忧无虑的童年，有蓝色的多瑙河与白色的阿尔卑斯山。七岁时我在美泉宫偶遇莫扎特，这个小男孩来为我的母亲演奏钢琴，却笨拙地在皇宫地板上滑倒，我亲手把他扶了起来。当女皇问他要什么奖励，他说想在自己婚礼上与女皇的小女儿牵手。

蒙娜丽莎，也许你不能理解，在列奥纳多·达·芬奇大师画你的年代，法国与我的祖先是不共戴天之敌，为争夺意大利发生过无数次战争，结果是法王弗朗西斯一世被俘，但达·芬奇连同他笔下的你，却永远归属了法国王室——大概是那场战争中法国唯一的收获。

在我的母亲玛丽娅·特蕾西娅女皇统治之下，奥地利决定与法国结成牢不可破的联盟。于是，当我还是十五岁的小姑娘，就被送到法国嫁给路易十五的孙子。

凡尔赛，另一个世界，宏伟与华丽绝非美泉宫所能比拟，气势与奢靡远超欧洲任何宫廷，这是太阳王路易十四的杰作，欧洲大陆权力的中心，也是我的母亲命我必须为哈布斯堡家族的利益而奋斗的战场。

路易十五为我和他的孙子举行了盛大的婚礼，我尊享皇储妃的一切荣耀。当我忐忑不安地步入新房，吹灭蜡烛躺到巨大的婚床上时，新郎却无动于衷地睡着了。我的年轻丈夫对床笫之事一无所知也毫无兴趣。他最大的爱好，是制作各种各样的锁和机械，他在这方面的才能远远超过治理国家。

蒙娜丽莎，我想你了解我的苦闷，当我还是十五岁的新娘，就跑到你面前倾诉和哭泣——因为你是凡尔赛宫最珍贵的画像，你是列奥纳多·达·芬奇大师的作品，你就挂在我的寝宫深处珍藏艺术品的小隔间里。

亲爱的，第一次看到你，看到你那温柔的眼神，看到你神秘的嘴角，我就仿佛听到有人在跟我说话，感觉到画像在呼吸着空气，触摸到你的皮肤上还残留体温。

那个瞬间，我知道你在想什么，你也知道我在想什么。

我想，我已经找到了值得托付一生的朋友。

画像里的朋友，我知道你依然活着，虽然端坐画框中纹丝不动，但你有思想、有灵魂、有爱情、有仇恨，你能看到你眼前发生的一切，你能听到耳边响过的全部，你能感受到身旁这个女孩的悲伤和叹息。

从此，你伴随着我慢慢长大，看着路易十五驾崩，我的丈夫继位，我成为法兰西和凡尔赛的女主人——玛丽王后。

蒙娜丽莎，真希望你在黑夜里闭上眼睛，因为你也看到了我的一切秘密，看到我那无能冷漠的丈夫。直到婚后的第七个年头，我才第一次成为真正的女人。

每当我想起这些，就开始想象你的秘密。

没错，你一定也有许多不可告人的秘密，这些秘密就藏在画像的某个角落里，藏在你脸上的某处细节中，藏在你眼神的某次光线变化时，或者已被画家带入了坟墓。

我想知道你第一次见到列奥纳多·达·芬奇大师是什么感觉？他是怎样的一个人？你会不会爱他？因为只有爱一个人的目光，才会如此温柔深情，又被如此真实动人地画出来。大师画了你多久？一个小时？两个小时？十个小时？还是一天一夜——夜晚会发生什么？是不是只有你们两个人？抱歉，我是不是太善于联想了？更适合去巴黎的沙龙传布花边新闻？尽管全法国花边新闻最多的女人就是我自己。

蒙娜丽莎，有多少位君王收藏过你？又有多少人深深为你痴迷？一定有人在画像外暗恋过你一辈子，从他少年英姿直到两鬓斑白，始终没有更改过爱你的心——你是否也爱过他们中的某一个？未必是最漂亮的，但必定是最有男子气概的，或像达·芬奇那样最有智慧的人。许多年前某个死寂的子夜，你是否大胆地尝试过，从画像里悄悄出来，装扮成人间的平凡女子，与你心爱的人幽会？真正的欢乐永远是短暂的，就像我的费森。

　　阿克塞尔·冯·费森——你在这里见过他很多次，见过我和这位美男子欢愉的秘密，他也是我这辈子唯一真正爱过的男子。

　　费森，我的费森，当我最孤独恐惧的时候，你在世界的哪个角落？现在，哪怕只看到他一眼，哪怕只触摸他一下，哪怕只是躲在他怀里掉几滴眼泪，哪怕只是让他在我唇上轻轻一吻——哦！蒙娜丽莎，请原谅我的贪得无厌、得寸进尺！

　　但我确实发疯似的思念费森，这个有着蓝色眼睛的瑞典人，来自遥远寒冷的波罗的海的男人——我知道他爱着我，我也爱着他。在巴黎市民给我开列的一长串子虚乌有的情夫名单中，却没有他的名字——我还真希望名单里有费森呢！

　　我和他常在凡尔赛幽会，蒙娜丽莎饶恕我吧，有时就在你的画像底下。我用全部热情来爱他，因为此生并没有任何一个男人能让我动心，也没有任何一个男人被我如此爱过。

　　然而，我是法兰西的王后，他是瑞典的小贵族，我们之间有一道永远无法跨越的深沟。

　　蒙娜丽莎，就在这个小房间里，你和我都亲耳听到费森说过：

　　"我永远不可能娶妻，我深爱的女子也深爱着我，可是我却不可能成为她的丈夫。"

　　费森……费森……费森……费森……费森……费森……费森……费森……费森……费森……费森……费森……费森……费森……费森……费森……费森……

至于我的丈夫路易十六，亲爱的蒙娜丽莎，你不必可怜他——从一开始我就没向他隐瞒过，所以不算是背叛和偷情。我从没爱过我的丈夫，但我也从没恨过他。我的丈夫是个宽容温和之人，本就是个没有多少欲望的男人，他更适合做个摆地摊的锁匠，而非统治三千万人民的国王。感谢我的丈夫路易，他并不在乎我的红杏出墙，只要我继续做一个合格的王后以及合格的母亲，他就对我的私情视若无睹。

蒙娜丽莎，我想你挂在这里的百余年间，早已见惯了王室的婚姻。我并不是嫁给了路易，我只是代表奥地利的哈布斯堡嫁给了法兰西的波旁。路易比我更清楚，我们的婚姻只是为了让两个王室能长久地统治各自的国家，而不是为了我们自己。只要完成生下王位继承人的任务，他就没理由再束缚我的内心甚至身体。

该死的！对不起，我不是在说你，蒙娜丽莎。我是说窗外那些骂声越来越激烈的浑蛋。他们好像就在楼下，且让我仔细听听他们在骂我什么。

淫妇？妓女？奢侈无度？放纵任性？红颜祸水？赤字王后？

拜托！又是老调重弹！十年前，全法国人就在这样骂我了！似乎这些年来法国的财政危机与社会动荡，全是区区一个女人的原因！曾经伟大的法国，难道会垮在一个奥地利小女子手中？

巴黎人还谣传我说过："人民若无面包，那就改吃蛋糕嘛！"

上帝啊！我愿在你的面前发誓，我从未说过这种愚蠢的话！我唯一承认的，是我把奶油圆蛋糕的制作方法从奥地利带到了法国。

有一点没错，我确实习惯彻夜狂欢，将凡尔赛装点成巨大的舞池。我喜欢一切漂亮的衣服，各种璀璨的珠宝，还有天下最美味的奶油蛋糕。亲爱的蒙娜丽莎，你也是女人——难道有哪个女人不喜欢这些？我相信如果今天的人民不那么贫穷，我会成为法国所有女性的偶像，我的穿着打扮乃至项链、耳环都会成为大家争相效仿的对象，哪怕我稍微更换一下发型，第二天全巴黎的女人都会换成我这个模样！

好吧，我错了，我不该在人民挨饿时依旧毫无顾忌地享受。我不是个虚伪的人，从不知道掩饰自己，更不会考虑政治家们怎么想。我只是一个女人，嫁到凡尔赛宫来的奥地利小女人，我已为法国生下了继承王位的男孩，我还维护了波旁王朝与我的哈布斯堡娘家的联盟，我做到了我可以做到的一切！但是，我不想做我的母亲玛丽娅·特蕾西娅女皇那样的女人，我不想像她那样野心勃勃大权独揽，即便以路易的懦弱我完全可以做到。

我疯狂享乐的另一个原因，在于我不爱自己的丈夫。除了费森以及我的孩子们，没有任何人能让我快乐起来。我也不把宫廷礼仪放在眼中，我蔑视一切约定俗成的规矩，我只想追求身为女人的快乐。蒙娜丽莎，请为我做证，如果还有下辈子，我想做个巴黎商人的女儿。

终于，我们等到了 7 月 14 日，等到了巴士底狱陷落的消息。

路易十六无能为力，看着亨利四世大帝的江山落入平民手中，看着至高无上的王室任人摆布。成千上万的巴黎女人闯入凡尔赛宫，混杂着不少强壮的男人，杀死卫兵包围王室居住的宫殿，彻夜欢庆。曾经尊贵的统治者如今也在他们的谩骂声中瑟瑟发抖。

我并不可怜波旁王朝的灭亡，甚至不同情被送上断头台的大贵族们。英吉利海峡对岸的那个民族，他们的国王早已屈从于国会和宪法的权威，正大张旗鼓地使用蒸汽机，将用机器的力量改变世界。而法国的贵族们却还在役使奴仆，过着声色犬马的田园生活，并以无耻和残暴的统治，为自己和家人们挖掘坟墓。

我的朋友，最最亲爱的，蒙娜丽莎，我是来向你道别的啊！

明天一早，王室就要被迫搬出凡尔赛，搬出这片路易十四建造的梦幻宫殿，回到嘈杂、肮脏、喧嚣、拥挤的巴黎。

这座宫殿里再也没有令我留恋的东西了，除了你。

请允许我再次抚摩你的脸，好遗憾有些地方颜料脱落了，达·芬奇刚画好的时候，你应该更漂亮迷人吧。

上帝啊，我忍不住又掉下了眼泪，因为也许再也见不到你了！

你也会哭吗？

虽然，我从没有见到过你哭，但我相信在夜深无人的时刻，你也一定悄悄掉过眼泪。

几次清晨起来，我发现画像脚下的地板上残留过晶莹的泪水。

还记得两天前的子夜吗？我的丈夫突然发狂，他觉得他必将死于暴民之手，不想让你成为他们的战利品，他想亲手焚毁这幅达·芬奇的作品。就在他即将点燃火把，烧毁你的脸庞时，我举起一支手枪对准了他的后脑勺。我的软弱可怜的丈夫，拱手让出江山的法兰西国王，就在一个女人的威胁下乖乖投降了。

亲爱的，我不会让任何人伤害你。

唉，你看我就这样跟你说着说着，天就快要亮了。终于要说再见了！你是我唯一的朋友！我们认识已经快二十年了，我从十五岁的小姑娘变成一个三十多岁的老女人，而你还永远保持青春——两百年后你依旧会如此年轻。

蒙娜丽莎，我嫉妒你，请原谅。

再见，凡尔赛。

再见，我的青春。

再见，我的朋友。

我度过了两年没有蒙娜丽莎的日子。

亲爱的，蒙娜丽莎，你不知道我有多么想念你啊！

1793年1月21日，我的丈夫路易十六被送上断头台，人民以叛国罪处决了他们的国王。

虽然，我从未爱过我的丈夫，但他是与我共同生活了二十多年的男人，我们从十五岁起就睡在一张床上，我们还共同孕育过两个儿子与两个女儿。

占星术士说过我的两个儿子都无法活到成年。果然，我的大儿子很早就去世了。我的小儿子也身陷囹圄，他的父亲死后他就成了路易十七，上帝可怜他当时只有八岁啊！

数个月后，我也等到了我的时刻。

1793 年 10 月 16 日。

上午十点，刽子手剪掉了我的头发，我没有反抗——我是女皇玛丽娅·特蕾西娅的女儿，我要让大家看到我面对死亡时是多么坚强而有尊严。

囚车载着我驶过巴黎的大街小巷，一路上人们不停地骂我，大多是上了年纪的女人。我形容枯槁、面无表情，却依旧穿着一双黑色高跟鞋。在杀人的革命广场，全巴黎的人都会聚到这里来看热闹，唯恐错过这场千载难逢的好戏——他们的兴致似乎比看国王被斩首更高。

哦，我可怜的丈夫，他也是死在同一部断头台上——因为酷爱各种机械装置，这部断头台就是他亲手设计的，结果却砍下了他自己的头。

在无数期待的目光中，我镇定地走上断头台，刽子手将我的脖子紧紧推到缺口上。

刽子手大哥，力气不要那么大好吗？我只是个弱女子，哪敢从你的手底下反抗逃跑？

当我被压在缺口上等待死亡时，我看到整个世界都倾斜了过来。倾斜的断头台，倾斜的革命广场，倾斜的看热闹的群众，倾斜的巴黎的天空。

我唯一牵挂的是我的孩子。

突然，整个广场变得异常安静，刽子手拉了一下绳子，锋利的闸刀落下。

我死了。

并没感到疼痛，只有脖子上一阵清凉，多年来身体沉重的负担，一下子彻底卸下了。

奇怪，既然都已死了，为何还能思考？我感到自己越来越轻，羽毛似的飘浮起来，直到超过整个断头台的高度，第一次以小鸟或蝴蝶的角度，看着自己绵软无力的身体正躺在刽子手的怀中，但愿不要尿了自己一裤子。

我真可怜，我的头不见了，我美丽的头啊！

请问，刽子手大哥，我的头在哪里？

谢谢，我看到了，就在刽子手的手中——他高高举起我的头颅，鲜血淋漓的头颅，曾经美丽动人、云鬓如丝的头颅。

上帝啊！为何我被斩下的头颅上，竟是如此丑陋扭曲的一张脸！

我真是羞愧难当，如何在地下见我的丈夫路易呢？

全巴黎的人都已经看到，被他们诅咒过的这个女人，终于得到了最悲惨的下场。

我想，今天是他们最兴奋的一天。

观众们高声大喊"共和国万岁"，刽子手将我的头放在我的双腿间，扔上了运尸车。我看着自己的尸体渐渐消失，看着看热闹的群众过节一样兴高采烈地离去。我已飘浮到俯瞰整个巴黎的高度。

就在我即将飘浮到更高的云端之前，我看到了古老寂静的卢浮宫，看到一扇临街的窗户里，挂着一幅不大的肖像画。

没错，那就是我最好的朋友，我最后的闺密，我最贴心的知己。

你已被从凡尔赛挪到了卢浮宫，这里将成为你长久的归宿。你不再是王室的私有财产，而将属于这个纷乱血腥的共和国，将被千千万万后来者们参观欣赏。

你知道我刚刚死了吗？

是的，你知道我将被称作"断头王后"——玛丽·安托瓦内特。

画中的你竟是如此忧伤……如此忧伤……如此忧伤……

别为我哭泣，蒙娜丽莎！

五

我的名字叫文森佐·佩鲁贾。

1911 年，8 月 21 日。我感到自己快要窒息了，这方小小的壁龛困住了我，仿佛是提前给我准备的墓穴。上帝啊，救救我吧，我已在这里藏了整整一夜。昨晚清场前我悄悄钻进了这个壁龛，保安们丝毫未发现有个游客没有出来。好了，外面的脚步声已经消失，现在是清晨七点半，不会再有人来巡视了。

终于，我爬出了这该死的壁龛，我贪婪地大口呼吸起来，即便这里的空气充满了古老的颜料和化学药水的气味。迎面就是卢浮宫的方形沙龙，这座欧洲最伟大的艺术宫殿——今天周一，按惯例是卢浮宫的闭馆日。

我无声无息地向前走了几步，那幅画像就挂在我的眼前，距离我的手指仅有一尺之遥，包括画像里美人的眼睛，还有她那神秘微笑着的嘴唇。

蒙……娜……丽……莎……

可爱的伟大的《蒙娜丽莎》，列奥纳多·达·芬奇大师最著名的杰作，她就这样安静地坐在画框里，似乎随时都会跟我说话——意大利语，一定是我最亲爱的意大利语啊！

我的手指摸到了画框，竟像真的摸到了一个女人的肌肤！令我差点落荒而逃，但我还是牢牢站在原地——既然已来到这里，为什么不把她拿下来呢？

对不起，我的女同胞蒙娜丽莎。

我把《蒙娜丽莎》摘了下来，我的双手再也没有颤抖过。我并不认为自己是在触摸一件艺术品，我是在拥抱一个活生生的女人，将她从一个房间抱到另一个房间——这种事我们意大利男人最拿手了。

我穿着一件白色的大罩衫，这是卢浮宫维护部门的工作服，可以轻松地把整幅《蒙娜丽莎》藏进去——没人看得出我的衣服里竟藏着人类有史以来最伟大的油画。

没错，我是一个小偷。

史上第一次成功偷窃了《蒙娜丽莎》的小偷。

我是意大利人，今年三十岁，我最拿手的技能是刷油漆，这是我来到法国后赖以谋生的手艺——整个欧洲遍布着意大利劳工和移民，曾经富强文明的意大利，已沦为各大强国中最贫穷落后的一个，若非加利波和加富尔的丰功伟绩，意大利仍将是一个四分五裂的地理名词。

去年，我有幸来到卢浮宫，当然不是作为游客，而是在卢浮宫博物馆做一名油漆工。

很多次我在《蒙娜丽莎》的眼皮底下刷油漆。全世界的艺术家都来瞻仰这幅画，有的沉静安详，有的兴奋激动，有的却在争论这幅画到底值多少钱。有两个德国人说："时代变了，德国早已取代法国成为欧洲大陆的霸主，这幅达·芬奇的伟大作品，很快就会被挂在柏林的博物馆里！"这两个家伙刚刚说完，就被周围愤怒的法国人狂揍了一顿，许多法国人喊道："傲慢的德国佬，没几天再让你们猖狂了，我们会用德国人的鲜血洗净阿尔萨斯与洛林的耻辱！"至于我嘛，顺便捡了一颗德国人被打飞的金牙，跑到当铺换了好几件衣服呢。

我知道卢浮宫的所有通道，也认识这里大部分的工作人员，也知道每天巡逻的时间表——周一上午的七点半到八点半，是盗走《蒙娜丽莎》的最佳机会。

此刻，我用大罩衫藏着《蒙娜丽莎》，想从底层楼梯间出去。我早已准备好了钥匙，却无论如何都打不开楼梯间的门。我听到有人下楼的声音，急忙用螺丝刀卸下了门把手。下楼的是个水管工，他看到我那身工作人员的白罩衫，丝毫没怀疑我是小偷。我还向他抱怨为什么门把手没了，这个法国笨蛋用钳子为我开了门，还说："他们应该把门开着以便工作人员进出。"

我从容不迫地从博物馆正门走出去，没有遭到任何人的怀疑。

上帝保佑意大利！《蒙娜丽莎》就藏在我的衣服里，而卢浮宫已被远远抛在身后。

对不起，请不要以为意大利人就是小偷，我并不觉得这是偷窃，只是把属于意大利的国宝还给我们多灾多难的祖国。

我将这幅画一直藏在巴黎，直到我两年后生活拮据，才决定把《蒙娜丽莎》卖掉——自然是卖给意大利人，将这伟大的作品还给列奥纳多·达·

芬奇的祖国。

我化名列奥纳多给意大利收藏家写信，将《蒙娜丽莎》从巴黎带到了佛罗伦萨——大师的杰作第一次回到故乡。收藏家仔细鉴定了我带来的画，惊讶地发现这居然不是赝品，正是卢浮宫失窃的《蒙娜丽莎》！

然而，我还没有得到卖画的报酬，就被收藏家请来的警察逮捕了。

法官大人，以上是我的全部供述。我是一个意大利爱国者，不是一个卑贱的小偷，请不要以对待小偷的方式来判决我。

整个意大利都对我充满了同情，在《蒙娜丽莎》被送回法国的卢浮宫之前，它先在祖国——意大利做了巡回展览，全体意大利人激动万分地迎接这件国宝，又悲伤地目送她离开故乡——我想，我已经成为意大利的英雄了。

我仅被判处了一年有期徒刑，在监狱中受到不错的待遇。我本想以英雄的身份出狱过舒适的生活，却不想第一次世界大战爆发了。

哦！那颗子弹，萨拉热窝的子弹，打死哈布斯堡王朝的费迪南大公的子弹，结果杀死了几千万人。

每个人都成了爱国主义者，每个爱国主义者都摩拳擦掌地上了前线。德国的爱国主义者杀死了法国的爱国主义者；奥地利的爱国主义者杀死了意大利的爱国主义者；英国的爱国主义者又杀死了德国的爱国主义者。每个爱国主义者都在争取成为民族英雄，都在发誓要收复曾经丢失的神圣不可侵犯的领土，这是一场爱国主义者之间的大屠杀。

我也是一个爱国主义者，我从卢浮宫盗走《蒙娜丽莎》的壮举，激发了意大利人的爱国主义热情，唤醒了我们民族辉煌灿烂的历史文明的记忆，每个意大利人都想实现民族的伟大复兴，渴望一个新罗马帝国的崛起。我应召走上前线，在阿尔卑斯山的岩石上，无数次与奥地利人血战，竟幸运地活到大战结束，看着哈布斯堡鹰爪下的王冠坠落。

我结婚后去了法国定居，又活过了第二次世界大战。

1947 年的初秋，我想我快要死了。

我的忏悔神父啊！你终于来到了我的床前，在我死前，我有件事必须向你忏悔——三十多年前，我在法庭上对所有人撒了谎！我为什么要从卢浮宫盗走《蒙娜丽莎》？错了，我根本不是什么爱国主义者。我出生在科莫湖畔的贫穷山村，家里有许多兄弟姐妹，我们几乎从没填饱过肚子。许多人移民去美国或阿根廷打工，我也告别家乡去了巴黎做油漆匠，饱尝人世间的种种艰辛。我没受过多少教育，连凯撒和拿破仑都分不清楚，"文艺复兴"几个字母也会拼错，谈何意大利的光辉历史？对不起，神父，我只是为了赚钱才偷走了《蒙娜丽莎》！

　　我确实是一个小偷，就像大街上那些偷自行车的人，而且偷过《蒙娜丽莎》两次！

　　神父，但我不是主谋，雇我去偷画的是个赝品制造商，这个家伙专门制造各种假冒的达·芬奇名画，主要买家则是人傻钱多的美国大老板。但他如果要卖出《蒙娜丽莎》的赝品，前提就是卢浮宫里真正的《蒙娜丽莎》必须失窃！

　　成功偷走《蒙娜丽莎》后，我把她藏在巴黎一栋房子的阁楼里，就像藏匿了我最心爱的情人，以免她的家人以抓诱拐的罪名找上门来。在把这幅画交给我的雇主之前，我和《蒙娜丽莎》朝夕相处了几个星期——每个白天我都痴痴地看着她，每个夜晚我都在她身边入眠，仿佛她的双手正在抚摩我的头发。

　　我发现自己爱上了《蒙娜丽莎》。

　　对，我爱上了她！不是这幅画，而是画中的意大利女子。

　　我确信她是活的。

　　对不起，忏悔神父，我知道这个念头太疯狂也太危险了，这亵渎了天主教的精神，一定会令您大为吃惊——但我从没听说过任何异端，也从未受到过可怕邪灵的诱惑，我只是单纯地觉得画中的女子是活的！蒙娜丽莎依然活在达·芬奇的画中，她有感觉、有思想、有灵魂、有痛苦、有喜悦，她具有人间女子的一切品质与情感。

所以，每当我目不转睛地盯着她时，就会感觉她是如此真实，真实到我仿佛可以触摸到她的眼睛和嘴巴，触摸到她口中呼出的热气，触摸到她微微转动的眼睛，触摸到她寂寞时发出的叹息，触摸到她悲哀时流下的泪水……

我爱她。

我为她而掉眼泪，因为我必将与她分别，就像我爱过的初恋情人——不，我以后不会再爱上其他任何人了，即便我可能还会有许多许多的情妇，也可能成家立业、娶妻生子，但没有一个女人能取代蒙娜丽莎在我心中的地位。

当我把《蒙娜丽莎》交给我的雇主后，我才感觉自己是如此的绝望与悲痛，我再也无法独自睡着了，再也没有勇气看着窗外的月亮了，更没有脸回我的故乡意大利了。

不，蒙娜丽莎，我不能没有你！

我不能为了区区几个小钱，就把最爱的女人拱手送给别人，我还算是一个男人吗？神父，你觉得呢？

我决心要偷《蒙娜丽莎》第二次！

于是，我用了一年多的时间，终于查清了那个赝品制造商的底细，找到了他藏匿《蒙娜丽莎》的城堡。

我成了一个真正的国际大盗。我穿越重重机关和阻碍，几乎葬送了自己的性命，才第二次盗出了我的《蒙娜丽莎》。

这一次，我发现蒙娜丽莎竟笑得如此灿烂！

她一定极其厌恶那个赝品制造商，因为《蒙娜丽莎》是这个世界上独一无二的，列奥纳多·达·芬奇大师也是独一无二的，她不能容忍有人在出卖自己的赝品，更不能容忍有人对着一个假冒的自己魂不守舍！

我和她度过了一段美好的时光，在巴黎某个隐秘的地下室里——这也是我一生中最幸福的时光。我确信无疑地感受到了她的情绪，她可以通过某种特殊的方式，向我传递她的情感和想法——不，神父你说什么？

巫术？达·芬奇是异教徒？不，这不可能，画中的蒙娜丽莎就是一个活生生的人，只不过她的身体是一幅平面的画而已。

不，我没有疯，更不是临死前的胡言乱语，尊敬的神父，我说的一切都是真的。

我为什么又失去了《蒙娜丽莎》？好吧，其实这也是她的愿望——她告诉我，她想要回到意大利，看一眼她的故乡佛罗伦萨。

于是，我带着画，坐着火车穿越阿尔卑斯山，回到了她的祖国意大利。

在黑夜无人的时候，我将她从大衣里拿出来，对准窗外的佛罗伦萨，对准那些伟大的古代建筑，那也许就是她少女时代的家？我知道她很高兴。她心满意足地绽开笑容，但有时也会忧伤地掉下眼泪——因为这里也有她的伤心往事？

最后，蒙娜丽莎告诉我，她厌倦了四处漂泊，数百年的宫廷生活，让她对二十世纪倍感失望。这里没有骑士，也没有农夫，更没有托钵僧，只有蝼蚁般忙忙碌碌的人挣扎在拥挤的街头巷尾。她已经无法回到平凡的人间，更无法忍受被烟尘污染的天空。她说她想要回到卢浮宫，继续被挂在墙上，俯视那些满怀景仰的人。

神父啊，当时我很悲伤，我终究要失去我的爱人。但这是她自己的意愿，我不是一个自私的男人，我不能为了自己永远占有她。

但我不愿直接把《蒙娜丽莎》送回去，我故意联系了意大利收藏家，想把画卖给那个家伙，但我知道他一定会报警，那个胆小鬼不敢接受这样伟大的赃物。

果然，我在佛罗伦萨被捕，我永远失去了自己最爱的女子。

这么多年过去了，无论第一次还是第二次世界大战，无论我遇到什么快乐或痛苦的事，蒙娜丽莎都没有从我的梦中消失过。

啊，神父，请你不要离开，你觉得我无可救药了吗？你说我变成异教徒了吗？你为什么不继续听我的忏悔？什么？神父，你竟说我会下地狱！

上帝啊！为什么就这样抛弃了我？

你们都走了，除了死神。

蒙娜丽莎，你会哭吗？

六

我的名字不叫蒙娜丽莎。

我的名字叫丽莎·乔宫多。

我的名字也不叫丽莎·乔宫多。

我的名字叫丽莎·迪·安托马里亚·盖拉尔迪妮。

我的名字也不叫丽莎·迪·安托马里亚·盖拉尔迪妮。

我的名字叫丽莎。

丽莎

Lisa

我喜欢这个名字，舌尖斜斜顶着上颚，然后吐出一股气流，穿过齿间的缝隙，发出乐器般的声音，最后才是声带的抖动，就像一个人变成一支笛子最后又变成一个人。

请记住这个名字，也请记住真正的我——活着的丽莎，比画中的丽莎，更加年轻，更加迷人，也更加性感。

现在的我看起来模糊不清，这是几百年来人们在我脸上涂抹假漆的缘故，当然这是为了让我永葆青春。还有长年累月的自然氧化的作用，导致我从一个年轻女郎变成了黄脸婆，这真是个悲剧啊！我的脸上罩着由颜料组成的面纱，布满成千上万条细小裂缝。只有最勇敢的画像修复师才敢摘除这层面纱，看到一个真正的丽莎。

他们说得没错，画像是有灵魂的，可以看到、可以听到、可以感受到一切，也可以思考、可以喜欢、可以憎恶、可以快乐，也可以难过。是的，我和你们并没有太大的区别，只是我基本上不会让你们知道我在想什么，我也不会走出画框来干涉你们的世界，因为我没有权利这么做。

五百年来我一直端坐在画框之中，安静地注视着画像外的世界，注视着来到我面前的每一个人，我想想我见过多少人。一百万？一千万？一亿？十亿？一百亿？绝大多数人我早就遗忘了，但有些人却想要忘也忘不了。

　　列奥纳多·达·芬奇大师？对不起，可以不提他吗？

　　接下来是法王弗朗西斯一世，没有其他评价，我讨厌这个男人，更不愿对他微笑。亨利二世不错，但他的几个儿子不争气，我只爱他的女儿——玛格丽特公主，从她出生起，我就陪伴在这个女孩床头，看着她的种种罗曼史，也看着她那血腥的新婚之夜。后来，她的丈夫成了我的主人，波旁王朝的开国之君——亨利四世，这是个沉默却聪明的男人。在他遇刺身亡后，路易十三把我搬到了枫丹白露宫，他是个只喜欢男人的懦弱国王，我亲眼看到他的王后跟不同的男人偷情。接着就是他的儿子路易十四——谁知道这孩子的老爹是谁？红衣主教马萨林对我放了把火，结果我的眉毛被熏得脱落，幸好火枪队队长达达尼昂救了我。后来他和三个火枪手合谋弄来国王的孪生兄弟铁面人，就藏在我这幅画像背后，让铁面人顶替了路易十四的王位。我见证了太阳王的丰功伟业，跟随他搬入凡尔赛。我也见证了法国的衰弱，直到路易十五给他的孙子安排婚礼，第一次见到那个叫玛丽的奥地利小姑娘。从此，她成为我无话不谈的好朋友，每夜她都会对我倾诉她的故事，而我也会对她展露我的喜怒哀乐。对不起，我最好的朋友，我没能在危险时刻帮到你，眼睁睁看着你离开凡尔赛，又眼睁睁看着你被送上断头台！百合花凋谢，我成为共和国的财产，被送进卢浮宫接受所有人欣赏。不久拿破仑成为皇帝，这个来自科西嘉岛的小个子，又将我挂到他的床头，而我也看着他失败与灭亡。接着又是不停地革命——复辟——革命——复辟——巴黎公社——第三共和国——我就这样步入了二十世纪。

　　哦，我的二十世纪，第一次有人把我从卢浮宫中偷了出来，感谢这个意大利小伙子，他让我第一次走出宫廷，第一次呼吸到大街上的空气，第一次回到我的故乡佛罗伦萨——我几乎要爱上这位同胞了。

可是，我感到很痛苦，因为我想到他会变老，而我不会……对不起，文森佐，我不能看着你慢慢老去，变成一个衰弱的老头，而我仍然保持着青春，这对你我而言都太残忍了。

于是，我告诉他我要回去，回到卢浮宫的墙上去，反正我习惯了几百年，我将继续如此挂着。所有的孤独就让我一个人来承受吧。

第一次世界大战，法国人守住了巴黎，但有几次我感到卢浮宫的地板在晃动，那是德国人用大炮向巴黎轰击。

没过多少年，法国又迎来了第二次世界大战，这回德国人趾高气扬地进了巴黎。法国人把我送出了卢浮宫，辗转经过许多地方，德国人还是盯上了我——我见到了那个著名的胖子——戈林元帅，他挺着大肚子不准别人将我运往柏林。我从他的眼睛看出了他的计划，他要找个适当的机会把我独吞。可惜，他还没等到这个机会来临，盟军就在诺曼底登陆，收复了巴黎。

我又回到了卢浮宫，安稳地挂在那面墙上，强迫自己微笑着面对世界，微笑着面对各种语言各种肤色的人。我知道还有不少人喜欢对我恶搞，在我的复制品上画小胡子，将我画成一个大胖子，或是某个奇形怪状的东西——说实话我一点都不感到气愤，反而觉得他们很有想象力，要是列奥纳多·达·芬奇大师复活，他也会有相同的感觉。

曾经，有许多年轻男人留着卷曲蓬松的长发过来，我以为又回到了路易十四——男人戴假发的年代。有个男人注视我的时候，哼了一首叫Yesterday 的歌——多年来我能听懂很多种语言，我也很喜欢这首歌，我的人生何尝不是永远生活在昨天的回忆中？我突然有种想要落泪的冲动，但我只能拼命维持原本的微笑，以免在大庭广众之下穿帮。我的朋友们，你们是否了解我的心，你们是否依然爱我？

你们是否依然爱我？

嬉皮士的年代过去，我看到各种各样的穿着打扮，比如几乎露出臀部的裙子。大多数人还是西装革履，就像那些日本人，他们争先恐后地挤到我的面前，即便明令严禁拍照，还是有无数闪光灯对着我，刺得我想要流泪——

可惜，我的泪水早就干了。

现在，已是二十一世纪了，我居然在这幅小小的画里坐了五百年……五百年……

现在的卢浮宫，越来越多的却是中国人。

中国人，中国人啊，中国人。

最后，你们想知道我为什么会在列奥纳多·达·芬奇的画里吗？

就像那首叫 Yesterday 的歌——于我而言，无论度过多少个年头，依然在昨日……

七

我的名字叫列奥纳多·达·芬奇。

1503 年，春。我回来了，但我并不是很喜欢托斯卡纳，即便这里总是阳光明媚，起伏的山丘间点缀着茂盛的葡萄园，热烈的原野上孤零零地伫立着橄榄树。我又看到了白色墙壁、墨绿色百叶窗、深红色屋顶，就像我出生的芬奇镇——自从我的弗朗西斯科叔叔去世后，我就不愿再回到故乡，父亲也不会留给我什么遗产，因为我是一个私生子。

芬奇镇上的芬奇家族，在镇上拥有一间石材大屋，族人世代都是托斯卡纳有名的公证人。我的父亲塞尔·皮耶罗·达·芬奇继承祖业，是个野心勃勃、充满欲望的男人。在他丰富多彩的人生里，他总共结过四次婚。我的母亲卡特琳娜是个樵夫的女儿，当我作为一个生命在她的子宫里孕育时，父亲却不愿和她结婚，因为他面临一项婚约——对方是一位富有的公证人的女儿。

1452 年，很遗憾我作为一个私生子来到人间，回想起来也不是什么坏事。没有爱情的婚姻生出的孩子急躁易怒不可信赖，但如果是双方因爱和欲望而结合，这样生出来的孩子将会才华出众、聪明敏锐、活泼可爱。对不起，我那些有着合法身份的弟弟妹妹们，无疑属于前者——也许我太刻薄了，但这是真相。

我是在父亲家里长大的，母亲卡特琳娜就住在附近却没有权利来照顾我——她是个漂亮的女人，常在小巷悄悄注视我，有时还会摸摸我的脸庞。那年我只有五岁，现在我已是五十一岁了，但一想起她就会伤心。

佛罗伦萨，我回来了！这个欧洲文明的中心，意大利最富庶的城邦，但丁、薄伽丘、乔托、多纳泰罗之城。我的少年萨莱很是兴奋，他在巍峨的花之圣母大教堂下大喊："列奥纳多大师！我喜欢佛罗伦萨！"

也许，因为他在米兰的童年并不愉快，这个自小爱偷窃与行骗的小魔鬼，若非我无微不至的庇护，早被贵族家的狗腿子打死了，谁让他有张漂亮的脸蛋呢？我倒更喜欢米兰，喜欢波河流淌的伦巴底平原。我撑着小舟穿过密林间的河道，追逐一只惊起的水鸟，躺在芦苇与麦田间仰望蓝天白云。那里有我的《最后的晚餐》，还有《岩间圣母》，我的名声从米兰传遍了欧洲，人人都叫我"列奥纳多大师"，仿佛我已是这个时代的权威。

对不起，我并没有你们想象中那么完美。

去年，我还在为一位意大利的小领主服务，担任军事总工程师——除了画画，这才是我最向往、最热衷的爱好——战争！我设计过各种杀人武器的手稿，每样都有精妙的机械装置，比如可以连续不断射击的火绳枪，能够一次杀伤几百人的霰弹大炮，由马匹驱动、切碎成千上万血肉之躯的装甲车，还有在水底航行而不沉没的船——我曾经向威尼斯人强烈推荐过它，可以从水底烧毁土耳其人的战船，可惜那些蠢货毫无想象力，拒绝采纳我的建议。

我还迷恋过飞行，长年累月观察鸟类的飞行动作，我掌握了鸟儿驾驭气流的关键，成功设计了带有两个翅膀的飞行器，可惜飞行器被我的助手擅自拿去实验，刚刚飞出去数尺，就直直地摔落到地上，差点把他的小命葬送——也许，我的所有设计都会在实践中失败。

没错，我是一个战争狂人，根据简单的计算，我的武器至少可以毁灭十个欧洲的人口！但许多人都嘲笑我在纸上谈兵，因为我从未经历过真正的战斗，哪怕连一场怯懦的决斗都不曾有过——这大概就是我失败地回到佛罗伦萨的原因。

说来让所有天主教徒不齿——我承认自己不是个合格的基督徒，但也绝非某种古老异端。我是一个解剖狂人，亲手解剖过无数具尸体，男人、女人、老头、孩子，刚夭折的婴儿，刚死去的孕妇。我要知道人体内部的一切秘密，每一个内脏，每一处骨骼，甚至每一根神经，每一种思想……我对死亡早已没有了感觉，更不会感到害怕。对我来说，死亡和出生并无太大不同，你早晚会变成一具冰凉的尸体，让蛆虫吞噬你的肌肉，或者由我切开你的内脏。

回到佛罗伦萨的日子并不好过，我遇到咄咄逼人的米开朗琪罗，他比我年轻也更有活力，而且不屑于我的大师称号，有意取而代之。他正在全力以赴雕琢一块石头，他给石头起了个名字——大卫。

佛罗伦萨人大多是势利眼，就像我的那些弟弟妹妹们。这里有欧洲最富有的商人，他们甚至推翻了美第奇家族的世袭权利。佛罗伦萨人也最具艺术天赋，但丁在这里创作了永垂不朽的《神曲》，薄伽丘于此写出了惊世骇俗的《十日谈》，那么我呢？

我，列奥纳多·达·芬奇，也会在佛罗伦萨画出我的《神曲》和我的《十日谈》。

不过，我没想到那只是一幅毫不起眼的肖像画。

她的名字叫丽莎·乔宫多。

我认识她的丈夫弗朗西斯科·德尔·乔宫多，他是个富有的佛罗伦萨商人，从事丝绸和布匹贸易，许多本地贵妇人最时髦的服饰，都来自他的商行。他还是个沽名钓誉的艺术家资助人，喜欢结交有名的画家，并出高价收藏他们的作品。我回到佛罗伦萨不久，乔宫多先生就在德拉－斯图法大街置下一座宅邸，热情地邀请我到他的新家做客。

我第一次遇见了丽莎·乔宫多，令我极度震惊的是——她长得酷似我的母亲卡特琳娜！

上帝啊！你怎么会塑造两个一模一样的女人？

我仿佛回到五岁那年，托斯卡纳的芬奇小镇，阴暗曲折的巷道深处，站着一个悄无声息的女子。她深情地看着我的眼睛，嘴角露出浅浅的微笑，吸引我来到她的身边，然后伸手揽我入怀。她温暖的怀抱啊！我从未吮吸过她的乳汁，却是从她的体内诞生。当五岁的我重新抬头，看到卡特琳娜微笑的脸庞上挂着几颗晶莹的泪珠——正好滴落在我的唇上。

奇怪，1503年4月的佛伦罗萨，已经五十一岁的我，却感到唇上有股咸咸的味道，那正是四十多年前妈妈的眼泪。

我长得不像芬奇家的人，而是完全遗传了我母亲卡特琳娜的相貌。看到眼前这个二十四岁的丽莎·乔宫多，我仿佛看到年轻的女性版列奥纳多。如果我给她画一幅肖像，恐怕会有人说是我化成女装的自画像呢！

不过，丽莎·乔宫多与我的母亲卡特琳娜有个最大的区别——她不笑。

我的母亲卡特琳娜虽然生活艰难、命运多舛，但每次看到我都会展露迷人的微笑。可是，眼前的丽莎·乔宫多始终面无表情，她很有礼节地向我致敬，为客人斟满葡萄美酒，极有教养地谈论家庭和孩子。但在我拜访她家的两个小时里，她却从未露出过半丝笑容。

丽莎·乔宫多并无恶意，而是天生就未笑过——她生于佛罗伦萨的正派人家，出嫁前叫丽莎·迪·安托马里亚·盖拉尔迪妮，她的父亲品行端正，在圣特里尼塔附近有所住宅，还在圣多纳托占有一小块地产。丽莎生性温柔，是标准的贤妻良母，身边没有任何不良传言，矜持待人，颇具贵妇人尊严。

不过，还有一种传说涉嫌亵渎神灵，那是到处惹是生非的萨莱告诉我的——丽莎五岁的时候，在托斯卡纳乡村遇到过一个吉卜赛女巫，那个被邪灵附身的女巫对她施过一个魔咒，今后只要她哪怕再微笑一次，就会永远丢失自己的灵魂。

我认为这个传说纯属无稽之谈！

我决定给丽莎·乔宫多画一幅肖像，乔宫多先生感到万分荣幸——我唯一的要求是，丽莎·乔宫多的肖像画归属画家本人，我可以任意处置这幅画，而非像从前那样归属贵妇人的家庭。

乔宫多先生答应了我的全部要求，即刻在家中辟出一间画室，让我每天来为他的妻子画像。丽莎非常乐意，配合地端坐在我面前，肩上披着纱巾和阴暗的裙子，这是现在流行的西班牙风格，她的丈夫经营服装生意，一直引导着佛罗伦萨女人的时尚。

她可以坐在那里两个小时纹丝不动，绝大多数贵妇人只能坐十分钟，多数时间她们都在聊天，有时还必须动用一支乐队让她们静下心思不要乱动。丽莎礼貌地回答我的问题，镇定地面对我的双眼，既不谄媚也不傲慢，更没有面对列奥纳多大师的激动——许多贵妇人在我画像时诱惑过我，可惜我对女人并无兴趣，让这些骚动不安的太太们大失所望。

可是，最令我头疼的是——她就是不笑。

我用过很多方法请她展露微笑，比如给她说在米兰听来的冷笑话，请小丑在她面前表演，为她讲述西班牙人在新大陆的种种奇妙发现，还有葡萄牙人最近抵达印度的奇闻逸事。可她对这一切似乎都无动于衷，只是点头表示非常有趣，愿意继续听我说下去，可她的嘴角依然没有丝毫变化。

最后，她告诉了我那个秘密——居然与萨莱在大街上听来的传闻相同——她遭到过吉卜赛女巫的魔咒，最微小的笑容都会使自己丢失灵魂。自从五岁以后她再也没笑过，至今完全遗忘了笑的感觉，无论多么喜悦和可笑的事情，她都只会留在心里而不会放在脸上。

我绝望了，我之所以要为丽莎画像，并且要求这幅画属于画家自己，并不是为了丽莎和她的丈夫，而是为了我的母亲卡特琳娜。

我为无数人画过肖像，有活着的人也有历史上的人和传说中的人，但我从没有为我的母亲卡特琳娜画过像。几年前，她在我的身边死去了，她一辈子都没留下过半幅画像——而她年轻时最美丽的容颜，只能存留在我童年的记忆中。真怕再过十年、二十年，当我老得即将死去时，会彻底忘了母亲的模样，这才是我人生最大的悲剧吧。

但我不可能仅凭记忆画下母亲的肖像，任何伟大的画家都做不到这一点，必须找个模特儿，长相酷似她的模特儿——从米兰到威尼斯再到佛罗伦萨，我就是找不到这样一个女子。

上帝保佑，我终于找到了她——丽莎，年龄也正好是二十四岁，完完全全就是我五岁时见到的母亲的形象。

除了微笑。

上帝恩赐给我的永远是遗憾，记忆中我的母亲，是神秘微笑的卡特琳娜，而不是眼前面无表情的丽莎。

不，我必须要让丽莎微笑，我必须画出一个微笑的丽莎女士——意大利语发音就是"MONALISA"。

于是，这幅小小的肖像画进行得异常缓慢，我断断续续地勾勒出轮廓，确定了画中人的基本位置。我又画出了丽莎身后的背景，这是我的故乡托斯卡纳的芬奇镇附近的乡村景色，连绵起伏的山峦与潺潺不息的流水，也是我的母亲卡特琳娜生长的环境。

虽然，这幅画消耗了太多时间，但整天闲在家里的丽莎并无怨言，她希望我每天都来画她。乔宫多先生忙于他的生意，经常去米兰和威尼斯进货，甚至远赴北海边的安特卫普，大多数时间让娇妻独守空房。每当她感到无聊时，就会命女仆召唤我前来作画。有时我也给她的孩子讲故事，给他们画我设计的飞行器图纸。

三年光阴转瞬即逝，米开朗基罗完成了他那雄伟的大卫石像，我却还未把这幅小小的肖像画完成。我几乎每天都会看到丽莎，我们在画室单独相处，成为无话不谈的朋友。在她平静迷人的外表下，隐藏着种种忧伤与愁苦——她十五岁嫁给乔宫多先生，这已是丈夫的第二次婚姻。她从没喜欢过那个男人，即便为他生下了两个儿子。如今她一切都围绕着孩子们转，更无心去管拈花惹草的乔宫多先生，因为他经营的时尚女装生意，使他成为佛罗伦萨各位贵妇人的座上宾——有时也是床上宾。

我对她的苦闷表示同情怜悯，但让我感到危险的却是——她越来越信任我，越来越依赖我，只要一天不见到我，一天不成为我的模特儿，她就会心慌意乱，寝食难安。有几次我出远门数日，回来却见到憔悴不堪的丽莎，她说这全是因为对我的思念。她还向我道歉说她不能对我微笑，无法向我展现她最美丽的时刻，但我早已占据了她心灵的全部。

这样直白的话语让我尴尬，我痴痴地站在画板前不知如何作答。毕竟三年来我们几乎朝夕相处，远多于她和乔宫多先生在一起的时间。我是名满天下的列奥纳多大师，尽管已是满脸白须的老男人，却有一张堪称俊俏的脸庞——年轻时我还以美男子闻名。

她希望我对她说出那句话。

这是她发自肺腑的感情，不像佛罗伦萨其他贵妇人，仅仅把与艺术家上床当作一件值得炫耀的谈资。每天画着她的脸庞，我都能看到她深情的目光盛满对我无私的爱，这足以让一个女人不顾危险，表露内心热切的欲望。

"列奥纳多！"

我的心跳加快了，她居然叫我"列奥纳多"而故意漏掉了"大师"两个字，就像温柔地呼唤自己心爱的情人。

天，早已经黑了。

1506 年，春风沉醉的晚上，佛罗伦萨，德拉－斯图法大街的豪宅。

画室里点上明亮的烛光，女仆哄着孩子们睡了。乔宫多先生去了罗马，为教皇陛下的情妇送去最时髦的女装。在这间豪华的大宅中，仿佛世上所有人已消失——除了我和丽莎——画家与他的模特儿。

我在画她的胸口。

早已画过这个部位了，现在只是反复涂抹胸口肌肤的光泽，我在想用何种颜色才能表达一种爱。

"列奥纳多！"

她又叫了我一声。上帝啊！我再也不能装聋作哑，只能少年似的羞涩地说："夫人，有何吩咐？"

"能不能坐到我的身边来？"

丽莎柔情地看着我的眼睛，让我的心底剧烈抽动——不如说是剧烈恐惧！但我毕竟是一个画家，所有的画家都爱美丽的事物，更不会拒绝美丽女子的这种请求。我整理了一下自己的袍子，缓缓坐到她的身边，越来越近……越来越近……直到低下头去……

我闻到她身上淡淡的香味，从她被薄纱掩盖的丰满胸口，从她衣衫底下身体的深处——那是我在芬奇镇的童年闻到过的气味，就像开满山谷的薰衣草，我曾经躺在大片的紫色花蕊底下，仰望掠过天空的鸟儿，期望长出一对翅膀离开充满烦恼的地面……

上帝啊！我可以抗拒她的容颜，抗拒她的眼神，抗拒她的情话，甚至抗拒她的身体，却无法抗拒她身上的气味！

她继续怔怔地看着我，那种似曾相识的眼神，正在渐渐融化包围着我的冰层。她伸出手捧着我的脸颊，就像捧着一幅古老的画像，似乎她已经成了画家，而我成了她的模特儿，接下来就该她拿起画笔，在画布上勾勒出我这个老男人的胡须。

不，请不要——可是我却什么声音都发不出来——她将我的脸贴在她的胸口，汹涌的薰衣草香味扑鼻而来，仿佛她胸前的双峰之间，就是我童年经常远足的山谷。我闭上眼睛贪婪地呼吸着，让这气味贯穿我全身的血管，随同血液流淌到全身每一寸肌肤。

"夫人，这是哪里的薰衣草？"

"是我身体里的。"丽莎像抚摩她的小儿子一样，抚摩卧在她胸口的老男人的我，"当我五岁的时候，来到托斯卡纳的一处山谷，那里开满紫色的薰衣草。"

我确信她所说的地方，正是我童年时去过的山谷。

丽莎继续在我耳边吹气如兰："就是在那个山谷，我遇到了吉卜赛女巫，她让我躺在薰衣草花朵中，给我施下了永远不能有笑容的魔咒。"

"魔咒就是薰衣草本身？"

"也许吧，很少有人能闻出我身上的气味，即便靠得这样近，我的丈夫更是对气味极其迟钝。列奥纳多，我想这一定是你喜欢的气味吧？"

"是，喜欢到发狂。"

眼前什么都看不到了，只剩下无边无际的薰衣草。而我也不再是老迈的男子，而是二十出头、活力四射的青年，每块肌肉里都藏着无穷的力量，每个毛孔里都散发着对女人的欲望——上帝啊！五十多年来对异性坚固的墙壁，竟然一下子被她砸得粉碎！

"那你喜欢我吗？"

她温柔的声音如同吉卜赛女巫的咒语，让我再也无法忍耐下去……

啊！差点就要说出那句话了，差点就要亲吻她迷人的嘴唇，眼前的薰衣草山谷却消失了，我重新回到芬奇老镇的小巷，看到忧伤地抚摩着我的丽莎。

不，她不是丽莎，而是我的母亲卡特琳娜。

她是四十多年前的卡特琳娜，而我还是五岁的小男孩——事实却是我从未把脸放到母亲胸口，甚至连母亲的一口乳汁都未曾吮吸过。

看着母亲美丽的脸庞，看着她似笑非笑的嘴唇，看着她对我无限爱意的眼神。

突然，我产生了一种强烈的厌恶感。

我从母亲的怀中落荒而逃，重新睁开眼睛，回到烛光下的画室，鼻息间满是薰衣草香。

丽莎，眼前不是我的母亲卡特琳娜，而是乔宫多先生的妻子丽莎，我必须完成的《MONALISA》的主人公。

她已悲伤地掩面而泣。也许，我让她离微笑更远了。

对不起，丽莎，我几乎就要受到你的诱惑，坠入男女情欲的炼狱——

男女之间的情欲啊！是我最恐惧的一种情感，五十多年来一直逃避与抗拒的情感，却突然被丽莎唤醒了。

不，这不是因为丽莎，也不是因为这幅画，更不是因为薰衣草。

而是因为我的母亲，卡特琳娜。

当我匆匆告辞离开画室，独自穿行在佛罗伦萨的黑夜，才明白那么多年来，我唯一爱过的女人，正是我的母亲。

愿主饶恕我吧，饶恕我对母亲的爱，那样强烈真挚却又无能为力的爱。再也没有一个女人，能在我的心底超过母亲的重要性。

卡特琳娜，我最最亲爱的母亲，我的从未拥有过我的母亲，我的从未享受过母爱的母亲，是我的第一个情人，也是我的最后一个情人。

因为，我只能爱母亲一个人，也就永远丧失了去爱其他女人的能力。

至于丽莎，作为卡特琳娜的替身的丽莎。

不，我永远都不能去爱她——只要触摸到她的身体，就有一种触摸自己母亲身体的罪恶感。我的尝试只维持了一瞬，便彻底被打入但丁的炼狱——不，我不能，我做不到，我再也无法挪动自己的身体，燃烧自己的欲望，改变自己的兴趣。

当我回到我的房子，看到可爱的少年萨莱，小魔鬼又招惹了邻家女孩，使得女孩父母闹到门口。我拿出金币赔偿给邻家，把萨莱好好教训了一顿，却又狠不下心将他赶走。

整夜都没有睡着，我反复梦见童年的母亲，梦见薰衣草盛开的山谷，梦见自己作为一个胚胎，蜷缩在母亲子宫里的岁月。

我没有梦见丽莎，从来没有。

第二天，我没有勇气从佛罗伦萨逃走，再次来到丽莎·乔宫多的家里。

她温情款款地将我迎入画室。当她穿好那身纱巾和裙子，面无表情地端坐在我面前，依然在诱惑我，依然在问我那个问题，依然期待我回答那句话。

如果，我真的说了那句话……

整幅画几乎全部完成了，她的脸画得完美无缺——就像童年见过的母亲卡特琳娜，但还缺少一个最重要的部分——嘴。

她从未对我笑过，我不能画一个不微笑的丽莎。

我在等待那一天，等待看到她的微笑，并把这最美丽的微笑复制到画里。

我是一个邪恶的人吗？

这些天来一直犹豫不决，该不该让她微笑呢？那个吉卜赛女巫的魔咒是不是真的？可是，我越来越相信那个传说，事实上丽莎早已深信不疑了二十年：一旦她对我微笑了，哪怕只有一瞬，她的灵魂就会立即丢失。

不，是因为在对她画像的过程中，她的灵魂就会被吸引入微笑的画像。

是不是很可怕？灵魂被画像禁锢起来？永远无法逃出去？但也永远不必担心变老？当我死了以后，她仍将看到这个世界，看到画像外的人们，拥有喜怒哀乐等各种感觉和情绪，还会爱上新的男子。她会看到一百年后，两百年后，五百年后，一千年后……这等于判决了她无期徒刑，等于把她抛到了炼狱之中，再也不可能得到上帝的眷顾，直到末日审判那天也不可能得到复活！

但我确信——只要我说出那句话，她一定会忘记吉卜赛女巫的邪恶魔咒，冲破信守二十年的习惯，放弃多年来拥有的一切，情不自禁地微笑起来。这将是发自内心的纯真笑容，与我五岁时见到的母亲的笑容一样温柔。

只要我说出那句话。

可是，还有一点，最重要的一点——

我并不爱她。

我爱的是卡特琳娜，不是丽莎。

作为列奥纳多大师，我一辈子从未说过违心话，更从未对一个女人说过那句话。

真要我背叛自己吗？真要我欺骗可怜的丽莎吗？真要我把丽莎因禁

在画像里吗？

可是，我又想起了我的母亲，想起了五岁那年芬奇小镇的清晨，卡特琳娜。

丽莎，对不起！丽莎，对不起！丽莎，对不起！

你必须要微笑。

上帝啊，请饶恕我。

丽莎看着我的眼睛问："列奥纳多，你愿意对我说出那句话吗？"

我平静地看着她的目光，看着佛罗伦萨最纯洁的一双眼睛，看着我这一生最接近的一次男女之爱，看着一个即将被我彻底囚禁的灵魂。

在我想要放弃和逃跑的时候，我又看了一眼画布——丽莎完美的脸上，只缺一对微笑的嘴唇。

我深深地吸了一口气，从此再也无人能饶恕我的罪孽。对不起，亲爱的丽莎，你不知道我的心中是多么内疚和悔恨啊！

"我爱你！"

绑　架

一

我从上海图书馆出来，怀里揣着一本普鲁斯特的《追忆似水年华》，但我明白，其实我根本就没有什么似水年华可追忆。现在正午的阳光照射在光滑的大理石上，能照出我的脸，而我的脸平静得与大理石一样。我从拥挤的人群中穿过，一切喧嚣嘈杂都从我耳边向天空飞去。我笔直地走着，直到我看见米兰。

她低垂着头，但我还是看清了她的脸，尽管这只是我们第二次见面。她比初次见面时更加丰满了。我的胃里突然翻涌起了一股咖啡的味道，我加快了步伐。

"我好不容易才找到你的电话号码。我们谈谈。"

"去哪儿？"

"跟我走吧。"我叫了一辆出租车，沿着淮海路向东，又拐进了一条接近高架的小马路。小马路边有许多法国式的花园洋房，但在路的尽头却矗立着一栋高层建筑，我们在那里下了车。在这栋大楼下有个瞎子在讨饭，我们从瞎子身边走过，上到了大楼最顶层的一套两室一厅的房子。我带她走进一个小房间，窗边有一张床，还有一个婴儿手推车，一个六个月大的男孩正安静地躺在里面睡觉。米兰吃了一惊，她急急地俯下身子看了看孩子，然后问我："为什么把他也带来了？"

没人回答。

她看到房间里没有人，她的包也不见了，包里面有她的手机。门关着，她去开门，发现门被反锁了。

"开门！"她大声地喊着我的名字。我在门外等了好久才回答——

"听着，你们被我绑架了。"

二

现在我们在顶楼，一切也都是从顶楼开始的。

一年多前的那个下午，父亲不知出于什么原因突然要去外地，要我到他的公司办公室里去一次。这很奇怪，他从不叫我去那儿，也从来没让我办过任何事。因为我的精神有些不正常，其实，据说我的智商还要略高于常人，但我的少年时代几乎是在精神病院里度过的。他们说我有病，有时病得轻，有时病得重，虽然我现在是自由的，但每星期都要去做检查。

我父亲在几年前办了一家私营企业，生意做得还不错，他的办公室位于市中心的一栋三十层的商务楼的最顶层，我坐电梯到了那里，按照地址摁响了门铃。一个年轻女子给我开了门，她很漂亮，典型的白领丽人，特别是当时她那双紧紧盯着我的眼睛，我能从中发现一种独特的美。那双眼睛就像是《一千零一夜》里神秘的黑夜，瞳孔中仿佛点燃了一束火，对着我闪烁。

她立刻就念出了我的名字。我点了点头。她请我进去，我却像木头一样站着。我承认当时我把一切都忘记了，我被她的眼睛抓住了，而对自己的存在淡忘了。她笑了笑，伸出手拉了拉我的胳膊，把我拉了进去，然后关上了门。我说过我从未来过我父亲的办公室，这房间不大，二十平方米左右，但布置得很温馨，就像个小家，从窗户向外看去景色相当好，小半个上海都在我的脚下。我又往下望了望，太高了，一切都像是在照相机镜头里那样被缩微了，我一阵头晕目眩地坐下了。她给我煮了一杯咖啡，然后坐在我的面前。

"我叫米兰，是你爸爸的秘书。"她做了自我介绍。我心想，米兰，这是个有趣的名字，AC米兰与国际米兰所在的城市，也是一种花的名字。我直勾勾地盯了她一会儿，然后低下了头。

"这里只有你一个人吗？"我好不容易才憋出了一句。

"是的，这里只有我一个人，其实你爸爸也不常来，他大多是在他浦东的工厂里。喝啊！"她指了指咖啡，浓郁的咖啡香充满了整个房间，使劲往我的鼻孔里钻，让我的神经有些麻痹。我从不喝咖啡的，我看了看杯中那浓重的颜色，又看了看她的脸，她正盯着我。我当时一片茫然，恍若走入一个巨大的迷宫，我突然感到有些害怕，我开始发抖，也许我的病要发作了吧。眼前的咖啡是一种诱惑，尽管我曾经极其讨厌这种外来的饮料，但在此刻，我无法抗拒咖啡的诱惑，也无法抗拒她眼中的诱惑。我仿佛可以在咖啡中见到一团灼热的火焰，但我还是颤抖着双手捧起了杯子，面对着她。她在笑，微笑着，和她的名字一样，她的笑像一株盛开的米兰。

杯口沾上了我的嘴唇。
我们的灵魂注定了悲伤的结局。
巴西咖啡。
你的魔法一股脑地灌进我苦涩的愁肠。
从此我被你的咒语禁锢。

三

门上装了一个特制的大号猫眼，从外面可以看清里面的一切，里面却看不到外面。我从猫眼向里张望，看到米兰正在给孩子喂奶。天色已近黄昏，她和孩子的身上，还有她饱满的乳房上，都涂满了一层特别的光亮，就像是被打上了蜡一样。我仿佛从猫眼里看到了一幅拉斐尔的油画——《西斯廷的圣母》。我静静地欣赏着，不敢打断她，似乎是站在大教堂里接受神父的布道。但这一切都无法中断我所执行的绑架。

等她喂完了奶，我开门进去，送了丰盛的饭菜给她，我冷漠地说："吃吧。"

"放我们走。"

"不，我说过，你们被绑架了。"

"可他是你儿子。"

我听了这话，突然浑身发起抖来，目光直视着她。她开始有些恐惧了。

"你难道不明白你是犯法的。"她说。

"法律规定，精神病患者不承担任何法律责任。"

她苦笑似的摇了摇头："你现在看上去却比正常人还正常。"

"你们把我当过正常人吗？"我离开房间，又把门反锁上了。

我继续通过猫眼观察，她吻了吻孩子的额头，又把孩子放回到婴儿车里。她不去动饭菜，而是趴在窗台上。但这没有用，这里的窗户都是用铁栏杆给封死的，玻璃也是封死的几块，根本就打不开。事实上，为了这次绑架行动，我经过了慎重的考虑和周密的计划，提前两周就租下了这套房子，并安装好了铁栏杆和铁门，还有隔音墙——这是一个特制的囚室。

"快吃吧。饭菜快凉了。"我说。

她盯着我的方向看，一言不发。她的目光突然间变得那么有力，简直就要穿透这扇厚实的包着铁皮的门。从她的目光中，我看出原来她也是一个坚强的女人，她的目光战胜我，我离开了猫眼，到另一间房睡觉去了。

天还没亮我就醒了，我带着早点来到猫眼前，看到饭菜不知什么时候已经被吃光了。米兰不在床上，而是斜倚在床沿下，眼睛半睁半合的，似乎一晚上都没睡。我想起了什么，开了门，对她说："你一定憋急了吧，快上厕所。"

"放我们走。"

"我不想你被憋死。"

卫生间就在隔壁，她终于进去了，我守在门口。她出来后，没有反抗，她很聪明，知道反抗一个精神病患者会有什么样的后果。然后她给孩子换了尿布，我早就准备了许多一次性尿布。

"吃早饭吧。"我说。

"请你出去。"她对我说。

四

我继续说我的故事，那天我在我父亲的办公室里，喝下了米兰给我的咖啡，然后就什么也不知道了，醒来后已是第二天，我躺在自己的床上。我努力地想要记起些什么，但什么也没留在脑子里，一片混沌，除了米兰的名字和浓烈的咖啡味道。我有些恶心。

过了一个月，我瞒着父亲，自己一个人悄悄去了一次他的办公室，但顶楼那个房间却紧锁着房门，人去楼空了。我回到家，几次想开口问他，但话到嘴边又咽了回去，他看我的目光告诉我，我与他仿佛不是一个世界的。

直到一年以后，父亲带回来一个几个月大的婴儿，是个男孩，长得很好，他告诉我，这是我的孩子。

我没明白过来。我的孩子？我自己差不多还是个孩子呢。

父亲严厉地对我说："你忘了一年多前是谁把你从我的办公室送回家的吗？"

我记起来了，但我不知道这与孩子有什么关系。

"你真是个白痴，我对你太失望了。"父亲大声地呵斥我。

这方面的知识我当然懂，但——

"你难道不认账？"他又一次打断了我的话，"你不能做一个不负责任的人。小畜生！"他很喜欢这样骂我。

"我必须要承认吗？"

"是的，要像一个真正的男子汉一样，小畜生。"

我认了。

父亲还带回来一个奶妈。他把孩子放在他的房间里，一回家就抱起孩子，快乐地逗弄一番。我却有些手足无措，总和我母亲待在一块儿。她显得更老了，忧伤刻满了她的额头，令我一见就伤心。

我提出想见一见米兰，但遭到了父亲的拒绝，他又一次狠狠教训了我一顿："你根本就没有资格见她，你伤害了她，她永远都不想见你。"

听了这话，我又一次浑身发抖，我开始发作了，在被送到精神病院之前，我又吃了父亲一顿拳脚。

一个月以后，我从精神病院出来了。

我开始讨厌回家，也许我的确是有些如我父亲所称的"小畜生"的品行了。那些天，除了见到父亲愉快地抱着孩子，就是窥见母亲在偷偷地流眼泪。我一刻也不愿意多待，父亲似乎也由我去了。我放浪于我们这座城市的每一个角落。

我想起了一个催眠师，过去他曾经为我治疗过，效果非常好，但由于他是无照行医，所以治疗中断了。但我相信他，我按照他留给我的地址找到了他。这回我迟迟没有进入催眠状态，我的意识在挣扎、在抵抗，仿佛是一场激烈的战争，他和我都用尽了全力。终于，他占领了我，我脑中的一切都倾泻了出来，包括有意识的和无意识的，还有我记忆与灵魂深处的。

催眠完了以后，他和我都满头大汗，他告诉了我答案。

回到家，父亲不在，去了浦东的工厂。我找到了母亲，她一天比一天老，我伏在她肩头哭了，我已经好久没有哭过了。一见到我，她也哭了，我们就像是有了某种默契，一见面就无法控制自己的泪腺。

"妈妈，你一定知道真相。这孩子不是我的。"

"不要胡说八道。你是一个大人了。"

"妈妈,我现在很清醒,我知道你受了委屈,说出来吧。"

母亲看着我,她知道我已经长大了,她轻轻叹了口气,告诉我——

这孩子是我的弟弟。

五

我把门锁好,下了楼。楼下那个讨饭的瞎子,似乎注意起了我,他瞎了的眼睛有些可怕,而他那脏脏的脸和衣服让我在他跟前站了好久,我把一张一百元的钞票在手里揉了半天,最终却塞回了自己的口袋。我叫了一辆出租车,让司机在内环线高架桥上转一圈,这令他很高兴。我在车上给父亲打了电话。

"爸爸,孩子在我手里。"

"小畜生,马上带孩子回家。"

"米兰也在我手里。"

电话里的父亲沉默了一会儿。

"儿子,你病了,你该去医院。"

"对,我随时随地都会发作的。"

"好的,你先回家,带你儿子回家。"

"不,应该说是我弟弟。"

父亲又沉默了很久。

"你都知道了?"

"我恨你。"

"儿子,对不起,回家吧。"

"爸爸,我已经长大了,我什么都明白,你也明白,我弟弟是我最大的敌人。"

"儿子,你想怎么样?"

"给我五百万。"

"好的，我把我工厂全部转让给你，还不止这个数。"

"不，我要现金。支票也不行，一定要现金。把厂卖了吧。"

"儿子，你真的该去医院看病了，这工厂是爸爸的心血，是留给你的，我现在就写声明，把工厂的所有股份都转让给你，它可以为你赚更多的钱。儿子，你快回家吧。"

"爸爸，我现在无法保证我弟弟的安全，他很小，他很脆弱。"

父亲再也忍耐不住了，他在电话里向我大吼起来："小畜生，早知如此，在生你的时候就该把你扔了，你不能向你弟弟下手的，你不能！"

"我现在的精神状态很不稳定，我无法控制自己，对一个精神病人来说，任何事都有可能发生。好的，你可以考虑一下，我还会打电话给你的。再见，爸爸。"

"不，不……"父亲还要和我说话，似乎有生以来我第一次在他心中占据那么重要的位置。我关了手机。桑塔纳继续在高架桥上飞驰，许多高楼从我的眼角边后退着，一切都变得模糊了。

父亲曾经很爱我，在他和母亲没有钱的时候，他们都是普通的工人，我们的生活平凡却又幸福。在我很小的时候，我的精神很正常，父亲常让我骑在他的脖子上，带我出去，没有什么更多的娱乐，但我们都能感到快乐的含义。后来父亲从商了，我的精神也开始出现了问题，他无暇管我和母亲，于是就把我甩在了精神病院里。我就在那儿度过了少年时代，母亲每天都来看我，父亲却很少出现。我的病情日益恶化，发作的时候有暴力倾向，曾有一个医生遭到过我的攻击，弄得头破血流，而事后我居然什么都不知道。我和父亲的关系开始疏远，确切地说，我成了他的耻辱，他从不敢对别人提起我。我能从他看我的眼神中发现那种极端的厌恶。越是这样，我的精神就越是受到伤害，我讨厌他的工厂、讨厌他的汽车、讨厌他的钱。

桑塔纳开下了高架桥，我的心也被拉回了地面。

六

　　米兰在我面前吃完了午饭，她抱起了孩子："你要把我们关到什么时候？"

　　"我一切都知道了，我不会伤害我弟弟的。"

　　米兰低下了头，轻轻地说："对不起。"

　　"你喜欢我爸爸吗？"

　　"你不懂，你不会明白的。"

　　"你让我感到恶心。"

　　"我承认，我和你爸爸伤害了你，也伤害了你妈妈。他想有一个继承人，能继承他的事业，而你却让他太失望了。但他不可能与你妈妈离婚，因为这样他会失去自己一半的财产。所以，只能利用你，这一切都是一个圈套，那天都是你爸爸安排的，让你到他的办公室去，那时我已经怀上了你弟弟。那杯咖啡里放了一些药，你很快就睡着了，然后我把你送回去了。你妈妈其实早就知道了，但她无从选择，她与你爸爸达成了协议，只把你一个人蒙在鼓里。"

　　"因为我有病，是不是？"

　　她停顿了一会儿，然后点了点头。我面无表情地看着她，面无表情其实就是最可怕的表情，但我什么都没做，我只是把《追忆似水年华》扔给了她，让她做好长期失去自由的准备。我出去了，但没走，在猫眼里观察她。现在她的镇定自若一下子烟消云散了，她坐到了床上，掩着脸，身体一起一伏地抖动着。她在哭。

　　孩子也在哭。

　　我突然感到哭声越来越响，从房里传出，从窗外，从墙上，从地下，从天空中，也从我的心里。

七

天黑了，我从窗口向外望去，城市的灯火星星点点，宛如天上的银河，那些灯光忽明忽暗，就像无数双眼睛在与我对视，而淮海路的灯光隧道却显得异常清晰。也许在灯光下，或是黑暗中，有许多奇异的事情正在发生。我出门去了，瞎子还在，他似乎感觉到了我的焦虑："先生，您为什么走得这么急？"

"我要去和我父亲谈话。"

"愿你们父子和睦相处。"

"谢谢。"

难道他知道？我明白他是从我杂乱匆忙的脚步声和说话的语气中听出来的。

我叫了辆出租车，让他沿着南北高架桥向北开，直到中山北路再回来。

在车上我给父亲打电话，这回他是真的有些着急了："儿子，快回家吧，你妈妈想你都快想疯了。"

"爸爸，我建议你报警，或者在电话上装上监听器之类的。好的，我的要求你考虑过了吗？"

"儿子，我会找到你的，我绝对不会放弃自己的事业。"

"好吧，爸爸，我肯定你永远也见不到我们了。"

"儿子，这样，我先给你一百万现金，然后你带你弟弟回家，我再正式把工厂和我其他所有的股票产权全转让给你，好吗？爸爸可从没这样求过别人。"

"把工厂卖了，卖了！我等不及了。"

"儿子，你不要逼我啊！过去全是爸爸的错，我向你认错了，我发誓再也不打你，不骂你，只要你和你弟弟回来。"

"不。现在请听好，下个星期一早上五点整，把钱放到康定路与西康路口，康定路的路牌下，然后立刻离开。再见。"

八

星期一早晨五点，我在康定路和西康路路口一个小弄堂的角落里偷偷观察。路上没有一个人，平静得有些凄凉。父亲开着他的车，独自一人来了，他走下车，把一个大手提箱放在路牌下。父亲仪表堂堂，甚至比我更高大健壮。他满头黑发，看上去要比实际年龄年轻许多，浑身上下散发着成熟男子的魅力。我相信他的外表和他的事业会令许多女人动心。我嫉妒他。但现在，他仿佛一夜之间就老了，白头发也添了不少，他的目光失去了活力，向四周张望了一圈——当然没有发现我。他叹了口气，掏出手帕擦了擦脸颊上的眼泪，然后，他按照我所说的上车走了。

等他的车走远，我迅速拿走了箱子，沉甸甸的。我改变了主意，没有叫出租车，而是缓慢地步行回去。我走得相当慢，甚至可以说是在散步。我沿着西康路往南，沉沉的箱子让我不断地换着手拎。路上逐渐有了一些上早班的人，他们起得很早，多数从事服务业，带着浓浓的睡意走在路上，但他们必须要这样，只为一份微薄的薪水，为了吃饭。而现在，他们不知道，从他们身边擦肩而过的我，手里有着五百万，我突然有些难过。

走过上海商城，南京路的对过就是中苏友好大厦的后门，古典风格的友谊会堂前却立着一座非常前卫的现代雕塑。小时候，父亲常带我到友谊会堂看电影，当然也带着母亲，虽然当时家里没什么钱，但他总有办法搞到电影票。那时流行李连杰的《少林寺》，还有高仓健的片子。那年月看电影的人很多，不像现在电影院里稀稀拉拉的，有时搞一张很卖座的电影票还得通过点关系。我们着迷于年轻的李连杰与成熟的高仓健，还有许多耐看的国产片明星。但那是很久很久以前的事了，那些电影的情节我都忘光了，所留下的只是支离破碎的片断，还有父亲当时的脸。而现在父亲的脸，却几乎是陌生的了。

过了南京路，向东走一小段就在陕西路拐弯了，手里的箱子太沉重了，我不得不在路口的平安动感电影院门外休息一会儿，几辆出租车从我身边经过，放慢了速度，但我没有拦。

六点了，南京路上还是保持着寂静，只有上早班的人匆匆走过，城市的繁华第一次在我面前褪去了颜色，就像是一个卸了装的女人。就算是舞会皇后，在人们的背后也是平庸的。我停了半个多钟头，才沿陕西路继续向南前进，这时候卖早点的已经开始忙碌了。我拎着箱子吃力地爬上延安路高架下的人行天桥，再越过市团委和几条小马路，直到淮海路的久事复兴大厦下转弯。现在我走在淮海路上，满街的广告牌有些刺眼，我抬头望了望老锦江与新锦江，它们也像一对父子，比邻而居。我慢慢地走到了思南路口，才离开淮海路，据说思南路散发着比淮海路更迷人的气质，我对这条马路很熟，我能一一辨认出孙中山、周恩来、郭沫若、陈独秀、梅兰芳等人住过的房子，踩着他们的脚印走路，我居然感到轻松一些了。学生们开始上学了，大人们开始上班了，早晨最活跃的时刻终于到来了，我看到一对父子，父亲开着助动车，儿子背着书包坐在后面。我想起我的父亲也曾骑着自行车送我上学，这记忆已丢失很久了。于是，我给父亲打了一个电话："爸爸，你应该报警了。"

"儿子，爸爸认输了，爸爸把工厂卖了，爸爸是爱你们的，带着弟弟回家吧，一切全都是你的。"

"不，已经来不及了，我现在不提什么要求，只希望你能立刻报警。不报警，弟弟将永远在我手里，他的明天是很危险的。"

"儿子，"他几乎是哭着说的，"我的事业已经完了，我活着还有什么意义呢？我现在只有你妈妈和你，还有你弟弟了，你们是我生命中的一切，爸爸不能失去你们。"

我不愿再听下去了，我受不了了，我真怕自己会改变主意，我无礼地打断了他的话："别说了，爸爸，报警吧。这是唯一的出路。"

我关了手机，拎起沉甸甸的箱子。

回到大楼，瞎子似乎已经熟悉了我的脚步："先生，你好。"

"你好。"

"先生，你拎着那么重的东西，好像很吃力，要不要我帮忙？"

这瞎子真奇怪，我不得不佩服他的听力和判断力。我不想回答，迅速上楼去了。

九

米兰吃完早饭，给我弟弟喂过奶以后，我把箱子在她面前打开了。

我和她一起数的，十万元一捆，总共五十捆。然后，我拿出早已准备好的点钞机，把钞票放进其中。机器里传出有节奏的点钞声，这声音既让人兴奋又让人恶心。每一捆都是一千张一百元的，并且没有一张假钞，父亲这回总算是比较诚实。五百万元人民币充满了我的房间，我满眼都是四位伟人的头像。现在我们的样子就像是两个坐地分赃的江洋大盗，我看着她，她突然显得很紧张。

电视台的晚间新闻里播放了一个最新的通缉令。我和米兰还有我弟弟的照片全都上了电视，其中谈到"犯罪嫌疑人患有严重的精神疾病，有暴力倾向，非常危险，可能随身携带巨款"云云。我居然成了名人，这要归功于父亲，他终于报警了。

第二天我出去给米兰和弟弟买早点，发现卖早点的人看我的眼神不对劲。我急匆匆地付了钱就回去了。后来我每次出门都感觉好像有许多双眼睛在注视着我，他们仿佛在看一头凶猛的动物一样，从不敢用正眼对着我，却又忍耐不住，只好用眼角的余光斜视我。我的视线扫过去，他们就立刻像触电一样把头扭开，若无其事地东张西望起来。甚至开始有人在我所在的大楼下对我指指点点，交头接耳。

真可笑，我还真希望他们都去报警呢。可那些人看来似乎都是些胆小鬼，我想他们一定仔细对照电视上我的照片琢磨了半天，但又不敢确定，就算确定了，也没有胆量去报警。他们绝顶聪明，也绝顶愚蠢。我突然决定就这样等待下去，直到哪个有胆量的报警。

　　我等着。

十

　　我一直把钱放在她房里，我问她："你恨我吗？恨我就把钱全给撕了。"

　　"我为什么要恨你？一切都是我的错，与你爸爸无关，你不应该把你爸爸往绝路上逼，更与你弟弟无关。该受惩罚的只有我一个人，随便你怎么报复我，我都愿意承受。"

　　"我小看你了。"说完，我走开了。

　　"不，请答应我，每天都进来跟我说说话，每天。我需要你和我说话，面对面的。我答应你不逃走。"

　　"我给你的书看完了？"

　　"非常感谢你的书，所以我需要你和我说话。"

　　"你很寂寞？"

　　"是的，但并不只是因为我被你关在这儿。"

　　"你和我爸爸在一起的时候也寂寞吗？"

　　"是的。"

　　"我答应你。"

　　从此，我每天的大部分时间都在她身边度过，她从不反抗，像只温驯的绵羊。我从没有像现在这样把我痛苦的少年时代全都说出来，我真没想到我的人质竟然是我的第一个听众。作为交换，她花了一个月的时间细细地把她与我父亲交往的全部过程都说了出来，包括最关键的细节。

　　米兰的父母都在外地，她从小一个人在上海长大，很羡慕我与父母生活在一起。她没有大学文凭，本来不可能来我父亲的公司工作。但我父亲看中了她的姿色。在她为我父亲工作的最初几个月里，一切正常，但后来我父亲向她发起了猛烈的追求，米兰坚决不同意。正当米兰决定辞职离开我父亲时，米兰在外地的母亲得了一场重病，危在旦夕，急需几十万的医药费。我父亲卑鄙地乘人之危，向米兰的母亲汇去了三十万元，并向米兰提出了要求。

米兰说，那晚没有月亮，就在我父亲的办公室里，父亲露出了结实的肩膀和宽阔的胸膛，还有发达的肌肉和他体内所散发出的成熟的气味，据说这气味能让女人疯狂。父亲的动作很温柔，就像慈父对待女儿一样温柔，让她回味无穷。

听到这里我就想吐，可我必须克制住身体的不适听下去。我父亲那天晚上的确很棒，至少米兰是这么认为的。这是她的第一次，她充分享受到了女人的快乐，尽管她并非完全自愿。她说她有时候真的有一种爱上我父亲，以至于一刻也不能离开他的感觉，但有时候她又陷于巨大的痛苦与自责中。父亲永远也不可能与母亲离婚，所以米兰永远只能是父亲的一种工具——发泄欲望的工具，以及为他留下一个继承人的工具，于是就有了我弟弟。父亲在西郊买了一栋房子给她住，她所谓的上班只是掩人耳目，大多数时间，她都待在房间里等我父亲到来，就像一只被囚禁的鸟，如同现在。

我不知道她的话真实程度有多高，但我们每晚都聊到深夜。她说着说着，就会哭出来，我也是，可能是因为精神病人脆弱的神经。直到再也撑不下去了，我才出去，并锁上门。就这样，过了很久，我几乎快遗忘了被通缉的危险。除了允许她上厕所之外，我甚至允许她洗澡，还特意请人来装了热水器。

十一

那天，走出她的房间以后，整个晚上，我都睡不着。我偷偷观察米兰，她一动不动地注视着窗外，也许是在数铁栏杆。很久她才关灯睡下，她不断地翻身，说明她一直都没睡着。就这样，我能肯定，在我一晚没睡的同时，她也一晚没睡。她是一个女人，一个享受过男人的滋味、生过孩子的成熟少妇，我明白她现在到底有什么样的需求，有来自心灵深处的，还有来自肉体深处的。

当天空渐渐发亮的时候，我开门进去，悄悄地坐在她床边，她一点反应都没有，依然闭着眼睛躺着，但我明白她在装睡，她知道我在她身边。

我轻轻对她说，我从小就是在被囚禁中长大的，这间房间就是按照我在精神病院的病房布置的。每天机械地吃饭、睡觉，再加上治疗。所谓的治疗，不过是打打针、吃吃药、听听音乐罢了。在病房里，我所能做的两件事，一是抓住窗户的铁栏杆，遥望天空。那是我从小就习惯做的事，偶尔天空飞过一只鸟，会让我兴奋一整天。我甚至对铁栏杆产生了一种特殊的感情，光线照射进来，铁栏杆的投影布满整个房间，这长长的影子也投在我的脸上，投在我的瞳孔里。随着光线的消长，那些投影也在不断移动，分割着天空，分割着我的世界。另一件就是熄灯之后的熬夜，我努力睁着眼睛，尽管我什么也看不见，但我似乎又能看到什么……其实我生来就被绑架了，被我的精神绑架，我们永远也挣不脱这个枷锁。

我说完这一切，米兰还是一点反应都没有，但我知道她全都听见了。她现在的样子很美，闭着眼睛，像是在等待什么，她似乎已敞开了一切。她裸露着双臂，有着刚生完孩子的女人的丰满。我伸手去摸，轻抚着她的手臂，我第一次感到自己有能力支配别人，尽管这只是我的一厢情愿。她还是没有反应，我的指尖沿着她的手臂向上游动，也许父亲就是这样做的，他的手一定更温柔、更老练，更能让米兰快活。我试着抓住了她的肩头，她圆圆的肩头像两个成熟的苹果，等着我采摘。我加大了力度，她的眉头皱了一下，可能她感到了疼痛。我的手开始发抖了，紧接着这种颤抖传遍全身，于是，我松开手，离开了房间。

下午，天空中飘起了雨丝，眨眼的工夫已变成了瓢泼大雨。人们在这条幽静的马路上撑起了伞，汽车放慢了速度，一切都灰蒙蒙的。雨点打在窗户上，是天空叩响了我的耳朵，我把脸贴在窗上，皮肤一片冰凉。我又来到米兰门上的猫眼前，她的脸贴在窗玻璃上。她究竟是渴望自由，还是和我一样心有所思呢？

晚饭后，征得我的同意，她洗了一个澡。她洗完以后，对我说了声谢谢，然后自动进房间了，我跟了进去。

"对不起，今晚请你出去。"她说。

"不。"我拒绝了。

她穿着我给她准备好的浴袍，浑身散发着热气，她的头发披散着，发梢沾着水珠。她的皮肤显得更加红润了，完完全全就是一个成熟的少妇。

我能想象出父亲一定也是在这样的诱惑下才无法控制自己的："我爸爸也是这样把你金屋藏娇的吧。"

"我是一个弱女子。"

我的心突然被她这句话揪了一下，其实我是多么脆弱啊！《她是一个弱女子》，这是郁达夫的小说。我靠近了她："躺下吧。"

"为什么？"

"躺下，相信我，我不会伤害你的。"

她知道抗拒一个精神病人是徒劳的，她终于服从了，躺在了床上。我坐在她身边："今天早上，你为什么要装睡？"

"我没有装睡。"

"你一晚上都没睡着，是吗？我观察了你一晚上，我也整夜未眠。"

她吃了一惊："你何必呢？"

我没有回答，而是抓住了她的手，她没有躲避，我把头靠近她："为什么早上我抓住你手的时候不反抗？"

"我说过，我是一个弱女子。"

"我爸爸也是这样抓住你的手的？你已经很久没有像这样被男人抚摩过了，很久没有快乐过了，对吗？所以你想起了我爸爸的手，你现在是不是有一种渴望？我想满足你这种渴望。告诉我，我爸爸是怎么做的，教教我，我不会。请教教我。"

我说这话的时候就像个孩子，这声音能打动每一个女人。我的手一下子变得滚烫，越抓越紧。我不知道这算不算是对父亲的一种报复，或者是对父亲的一种模仿。

我曾说过，她的眼睛就像《一千零一夜》里阿拉伯神秘的夜晚，现在，这夜晚突然燃烧了起来。她看了我好久，目光像电流一样触痛了我，她抿了抿嘴唇，仿佛要把我一口吞下，她终于向我发出了命令："抓住我的肩膀。"

抓住她的肩膀，我好像打开了一扇门。是的，她教我了，她现在是我的老师，她把我父亲对她所做的每一个细节都手把手地教给了我，好像我就是我父亲，我在代替他行使某种职责。灯开着，这个房间里发生的一切都暴露在上海的夜色中。

十二

"你本可以逃走的，为什么不走？"现在天已经亮了，门却大开着，我在她耳边问她。

她不回答。

"告诉我，我跟我爸爸比，哪一个更让你快活？回答啊，是不是他比我更强？"

她还是不回答，我离开她，重新把门锁上了。

我又出去在出租车上给父亲打了电话，就像特意要向他报告什么好消息似的："爸爸，真对不起，米兰的滋味我已经尝过了。"

电话那头的父亲沉默了好久，我清楚现在他所想的，他说："我答应再也不见米兰了好不好，米兰是你的了，儿子，你想怎么样就怎么样吧，我只要你和你弟弟。"

"爸爸，这算是丢卒保车吗？我会把这话向米兰转达的。"

"儿子，公安局已经开始全面调查了，回来吧，爸爸还能救你，晚了就来不及了。"

我突然有些伤感："早就来不及了，爸爸。"

回到大楼，瞎子例行公事似的向我问好，仿佛我们已经是老朋友了。我终于给了他一千元钱。

十三

这些天米兰似乎已经习惯了被囚禁的生活，我想她可能爱上了这个房间，爱上了这张床，爱上了这些铁栏杆，爱上了铁门，爱上了被人偷窥的猫眼。她没有一丝反抗的迹象，每天安静地看着窗户，给我弟弟喂奶，换尿布，等我回家，就像是正常的家庭生活。有好几次，我有意或是无意地没有关门就出去了，她完全可以带着孩子逃走，但她竟然没有。

终于有一天，她对我说："我们永远住在这里吧，我无法离开这个房间了，这个房间有我的全部——你，我，还有你弟弟。"

我紧盯着她，心情复杂。我突然失去了一种感觉，一种自我第一次见到她就萦绕在心头的感觉，这种感觉不断促使我去行动，促使我真正成长为一个大人。

"但我现在绑架了你，你和我弟弟都是我的人质。"

"这并不重要。"

我曾看过一本小说，不知是什么朝代，有个刽子手抓住了一个女贼，送她上刑场处斩的时候，女贼爱上了刽子手。最终，刽子手没有杀她，而是玷污了她，也就是把她占有了。他把女贼带到地牢里囚禁起来，女贼却感到非常幸福，心甘情愿地在地牢里与他终老一生。

"可我是个精神病人。"我说。

"不，你是一个天才。"她说。

第一次有人这么说我，我突然心生感激："你走吧，带着我弟弟走吧。"

"不，我是你的人质，我不走，除非跟你走。"

"为什么？难道精神病是会传染的，我把你也给传染上了？"

"不要问为什么。"

我其实什么都明白，从第一次见到她时，我就落入了她的陷阱，永远都不能自拔。即使我绑架了她，占有了她，仍然会毁在她手里，也许从头到尾并不是我绑架了她，而是她绑架了我。漂亮女人所具有的破坏力是毁灭性的，尽管她依然是一个弱女子。

"如果我手里没有五百万呢？"我终于说出了我想说的。

她似乎不相信这是我说的，但双眼立刻直视着我，眼神像两支利箭，然后她扬起手打了我一个耳光。

我的左腮马上火辣辣地烧了起来，她的手掌不大，但抓起人来却特别痛。我能想象自己的脸上有了五道红红的手印子。她又伸出了手，我无法躲避，只能接受她的第二击，但她没打，而是用手捂着我的左脸，轻轻地抚摩着。

"对不起。"她哭了，"疼吗？"

她毕竟是个弱女子，我出去了，锁上了门。

十四

我做了一个噩梦，在梦中我又回到了精神病院。梦醒时分，天也亮了。我感到心跳得厉害，于是不由自主地走到窗边，向下望去。我看到了警车，好几辆，亮着警灯，向这栋大楼驶来。

"最后一天到了。"我对自己说。

然后我打开了米兰的房门，他们母子都在熟睡着。我小心地抱起弟弟，他长得倒真有几分像我。他会长大成人的，他会成为一个伟男子，继承我父亲的家产，成为和父亲一样的人。也许他长大之后，根本就不知道自己有过一个哥哥，即便知道了，也只会对我这个精神病兼绑匪引以为耻。

弟弟，我爱你，我轻轻地吻了吻他的额头。

我把弟弟放回床上。现在警察可能还在物业处询问我的情况及门牌号，也许他们已经坐上电梯。我在米兰身边伏下身子，吻了吻她的额头，然后，我拎起装有五百万元的皮箱出了门，来到楼顶的天台。

我说过，一切从顶楼开始，一切也在顶楼结束。清晨的天台出奇地凉爽，风很大，吹乱了我的头发。空旷的天台什么都没有，只有我孤零零地大口吃着风。我拎着皮箱走到天台边上，向外一望，不禁头晕了一阵。我慢慢坐在天台边的栏杆上，如果出了栏杆就掉下去了。我定了定心神，又向下看了一眼，清晨的大上海在一层薄雾的笼罩下显得湿漉漉的，远方更高的建筑物，如东面的东方明珠与金茂大厦都有几分模糊，更有许多在我之下的高层建筑连绵不断，如起伏的雄伟山峦，也如狂风中的层层波浪。在楼下的马路边，停着几辆大大小小的警车，警察现在一定在我的房间里仔细地搜索着，也许他们以为我已在昨晚携款潜逃了，但他们发现了米兰和我弟弟。他们中也许会有聪明人，来到天台上。

来吧，上来吧，朋友们。

警察终于上来了，他们行动矫健，如临大敌，包围了我，他们正欲冲上来将我捉拿归案，一个有经验的老公安喝住了这些年轻人："当心他跳下去。"

他们立刻与我保持一段距离。他们向我喊话，叫我别跳。

"朋友们，辛苦你们了，你们的工作效率很高，你们是最棒的。但对不起，让你们一大清早离开家人，赶出来抓我，真对不起，我向你们致敬。"说罢，我跨了一条腿出去，骑在了天台栏杆上。我与他们对峙了很久，直到我又看见了米兰。

"等等！"她抱着我弟弟冲上了天台，"别跳，快回来吧。"

"米兰，对不起，你现在自由了。从此以后，把我彻底忘记吧。"

"不。"她哭了，真的哭了，哭得很美。我弟弟也哭了，那哭声让人揪心。她似乎要冲上来，但被警察拦住了。

她几乎是在大喊："回来吧，就算你蹲了监狱或是进了精神病院关一辈子，我也会等你的。就在你囚禁我的房间里，我永远，永远等你回来。我们永远在一起。"

永远—— 永远——

这声音冲击着我的耳膜。她现在真美，尤其是哭的时候，再加上一身白色的衣服，就像是古代的女人在给丈夫送葬。我弟弟忽然停止了哭泣，睁大眼睛在米兰怀中看着我，他永远也不会认识我了。我直起上身，抬起腿，我看到所有人都好像松了一口气，同时我听见米兰大声地叫起来："不！"

我跳了下去，带着五百万元的皮箱。

离开天台的瞬间，我打开了箱子，人民币，满世界的人民币，旧版的蓝紫色与新版的红白色，它们自由了，它们在空中飞舞，跳着芭蕾、拉丁、探戈、恰恰、迪斯科，还有民族舞。五百万人民币，总共五万张，它们也是五万大军，浩浩荡荡，气势如虹，从数十层的楼顶一泻千里，攻击目标——地面。

我也自由了，我在空中做着物理学上的自由落体运动，人民币簇拥着我，我是这支大军的统帅。风灌满了我的双耳，我什么都听不见，我只能睁大了眼睛，忽而仰望天空，忽而俯视地面，但更多的是面对着大楼的窗户。现在我看见二十一楼的一个家庭主妇打开了窗户，大概是想呼吸清晨的新鲜空气，但她看见的是我，还有成千上万的人民币。她大声尖叫了起来，但随后几张飘进她家的钞票却令她欢天喜地地相信今年一定会交上好运。

我第一次以这种奇怪的方式实现了偷窥。十八楼的窗台上有一盆米兰，正在花期，那细小的花瓣散发的香味极其浓烈，直往我鼻孔里钻；十六楼的四位还在打麻将，他们白天睡觉，晚上通宵，像群夜行动物；十三楼的一个中学生早早地起床背起了英语单词；九楼的一个家伙正在翻箱倒柜，屋子里一片狼藉，而我知道这家的主人出差去外地了，我大声叫了起来："抓小偷。"

但愿警察能够听到。

我感到地心引力越来越强，大地正伸出一只大手拼命地把我往下拽。我看到下面的马路上聚集了无数的人，行驶的汽车也停了下来，还有，那个奇怪的瞎子也在。他们匆匆忙忙地赶着上班，但此时又停下来，欣赏一辈子所见过的最多的钱，还有我。他们看到的是一幅多么奇特的景象啊！他们每个人都伸长了脖子、瞪大了眼睛，摩拳擦掌地准备哄抢这笔飞来的横财。

父亲，我见到父亲了，他向我奔来，向我喊些什么，我听不见。但我仿佛能看清他的脸、他的眼睛，就像是十年前的他。我也想要和他说些什么，许许多多的话，永远也说不完的话。我向大地冲去了，不，是大地向我冲来了，我拥抱大地，大地也要来拥抱我了。大地，我来了。我，大地来了。

爸爸，我爱你。

一切都结束吧。

十五

我在一片漆黑中走了很久，只有我一个人，我走啊走，似乎没完没了。近乎绝望的时候，我见到了一束白光，我向那束光线奔过去。在光线的中央，有一个年轻人，他高高的个子，皮肤白皙，神情忧郁。他穿着一身绿军装和一双解放鞋，手里握着一支枪。他向我走来，和我拥抱在一起。

他是一九七二年时的父亲。

十六

这还是一间由铁栏杆组成的房间。铁栏杆的影子，投射在我的额头上。

我还活着。

在我落地前，我被几十名警察拉起的尼龙网袋和无数的泡沫垫子接住了。我只受了点轻伤，被送进了精神病院。我重新过起了过去的生活，但我开始明白，我的病好了，我已不再是个精神病患者。

　　半年后，我被父母亲接了出来。父亲告诉我，米兰在得救以后，就带着我弟弟失踪了，他们一直都找不到她。

　　我来到了半年前我绑架米兰的大楼，楼下的瞎子已经不见了，后来我才知道，原来竟然是这个瞎子报的警，太不可思议了，难道他是装瞎的吗？我找到了那时我在顶楼所租的那套房子的房东，要求买下它，但房东告诉我已经有人买下了这套房子。

　　我失望地走出这栋大楼，当我走过楼下的马路，抬头仰望顶楼的窗户时，我看到那排铁栏杆居然还在。然后，另一扇窗户打开了，一个女人把头伸了出来。

　　是她。米兰。

　　我想起了她说过的话，我明白了一切，我怀揣着一颗剧烈跳动的心冲向了顶楼的房间。

父　子

夏夜漫漫。

他被什么声音惊醒了，但没有睁开眼睛，而是继续躺在床上，房间里依旧是黑暗的，只是，他知道有人走进了他的房间。

脚步声很轻，但依然能听出那是两个人。随后，他听到其中一个人说话了，那是妈妈的声音："今天你为什么睡不着？"妈妈的声音压得很低，似乎没有察觉儿子已经醒了。

接着，他听到了爸爸的声音："今天我看了电视。"

"怎么了？"妈妈平静地问。

"我哥，他，死了。"爸爸缓缓地说出了这几个字。

房间里沉默了下来，一点声音都没有了，夏夜里一阵晚风吹来，他想，大概爸爸妈妈已经离开了他的房间。

当他刚想睁开眼睛站起来的时候，妈妈的声音突然又响了起来："你哥他，是怎么死的？"

"我哥他，他被判处了死刑，已经执行了。"爸爸的声音非常轻，有些发抖，非常含混，但他还是隐隐约约听到了。

又是一阵沉默。许久，妈妈才慢慢地说："电视新闻里说的？"

"是的，上个星期五，公判结束后就执行了。"爸爸的声音又恢复了平静。

"判的是什么罪？"

"故意杀人罪、抢劫罪、贩卖枪支罪，数罪并罚，还……"爸爸说不下去了。然后，他听到了打火机的声音，接着，闻到了一股香烟的味道，他一直很讨厌爸爸吸烟，闻到烟味就想咳嗽，但他现在忍住了。

"别吸烟了，儿子在睡觉。"这是妈妈的声音。

接着，那股烟味就闻不到了，大概爸爸已经把烟头掐灭了。

"嗯。要不要喝水？"妈妈问。

"不用了。"

"还是喝点吧。"接着，他听到了妈妈的脚步声，然后听到了饮水机咕咚咕咚放水的声音。

"别把儿子吵醒了。"爸爸轻声说。

"不会的，他睡得很熟。"

接着，他又听到了喝水的声音，爸爸似乎一口气喝了很多，大概把一杯水都喝光了。接着，他听到了爸爸大口喘气的声音。

妈妈轻轻地问："好点了吗？"

"谢谢。"

"你哥他是什么时候被捕的？"

"不是被捕，他是自首的。"

"自首了为什么还要判死刑？"妈妈有些不解。

"罪太重了，自首不自首都是死刑，也许，公安局也没想到他会自首。我猜，我哥他是厌倦了东躲西藏的生活，只求一死，对他来说，自首，其实就是自杀。杀人偿命，他总是要来还债的，晚还不如早还。这也是一种解脱。"

"但愿你哥他能够解脱。"

又是一阵沉默，房间里哑然一片，他也开始张开嘴巴呼吸，其实是在大口喘气，他感到有些热，身上沁出了一些汗，他还是不敢把眼睛睁开，还是闭着的好。接着，他翻了个身。

"儿子怎么了？他不会醒了吧。"爸爸轻声说。

"不会的，只是翻个身而已。"

"你也喝口水吧。"

妈妈很快回答："不，我不喝。"

"你能看到月亮吗？"爸爸忽然问。

"问这个干什么？"接着，他听到了一些声音，大概是妈妈走到了窗口，妈妈接着说，"是，我看到了，今晚的月亮很圆、很亮。"

"是不是很漂亮？"

"是很漂亮，你不来看看？"

"不用了，我怕见到月亮，就会……就会想起，那个小山村。"

他听得出，今晚爸爸说话总是停顿，似乎心事重重。

"小山村？想那个干什么？把过去都忘了吧。"妈妈似乎离开了窗口，回到了爸爸身边。

"忘不了啊！"

"那么多年都过来了，你说过，你要做另一个人的，你已经做到了。"妈妈慢慢地说着，语气似乎很沉重。

"我真的成为另一个人了吗？"爸爸反问了一句。

妈妈不回答了。房间里一片死寂，让床上的他更加喘不过气来，他又翻了个身，转了回来。

他听到爸爸继续轻声说："我还是我，我永远，永远不会变成另一个人。"

接着，他听到妈妈长长地叹了一口气："可是，你已经变成另一个人了。"

"真的吗？我的这里没变。"他不敢睁开眼，所以不知道爸爸指的是什么部位，但他能想象出，爸爸的手指正对着自己的心口。

妈妈不说话了。

爸爸接着说："我担心，我哥他，会不会把我当年所做的事也供出来？"

"你过去做过什么？你还有什么瞒着我？"他能听出妈妈的语气变得十分焦急。

"既然我哥都已经自首了，我也不需要再隐瞒什么了。我只是怕说出来以后，你会受不了。"

片刻之后，他才听到妈妈的声音："说吧，我什么都能承受。"妈妈的声音十分坚强。

"在我认识你以前，我还是个知青，在那个遥远的小山村插队落户，我哥在紧邻我的那个县。从那个时候开始，他就做起了抢劫的营生，一开始，我就跟着我哥，我们是兄弟档，从来都是一块儿干的。

"那时候我也才只有二十岁，我哥他很能干，但是，他常常吃不饱。第一次作案我就参与了，我们一起抢劫了一个公社主任，抢到的只是十斤大米和两斤牛肉，还有几瓶白酒。后来，我们越干越多，渐渐地，我们成了这方面的老手。我们抢过许多人，但有一个原则，不抢女人和孩子，不抢老人和残疾人。

"有一次，一伙人在武斗，双方都带着枪，死了许多人，我就冒险捡了好几把枪回去给了我哥。从此，我们就成了持枪抢匪，最后，我们抢到了县城里的银行，但是，那次行动失败了，我哥和我逃了出来，为了能够更加隐蔽，我们分头潜逃，我回到了上海，他去了北京。回到家以后，没人知道我所做过的一切，只以为我受不了那边的苦，偷跑了回来。后来，回城的政策下来了，我的回家也就顺理成章了。不久，我就认识了你。"

这个时候，他似乎听到了啜泣的声音，那是妈妈在哭，极其轻微的啜泣打断了爸爸的话。接着，他听到了一些细微的声音，然后这声音又有了些杂乱。

"对不起，我一直瞒着你这些，我不想伤害你。我只是骗你说，我有一个哥哥不学好，在外面做了许多坏事，我是吃不了苦从那边逃回来的，我要忘记我哥，忘记在小山村里的那段岁月，我要变成另一个人。只有这样，你才愿意嫁给一个逃犯的弟弟。其实，你不知道，我也是这个逃犯的同伙。"

"可是，那是许多年前的事情了，你是可以忘却的。"他终于听到妈妈的声音了。

"不，我忘不了我哥。这些年不断传来他的消息，说他又在哪里犯了案，持枪杀了人。我不断看到他的通缉令。几十年来，他一直潜逃在外，我从来没有和他联系过，但我依然记着他，牢牢地记着他。"

"别说了。"妈妈再一次打断了爸爸的话。

又是一片可怕的沉寂。

门铃，一阵急促的门铃声打破了房间里的沉寂。

"半夜两点钟，会是谁呢？"妈妈疑惑的声音响起了。

没有人回答，但门铃继续在响。

"是警察来抓我了吗？"爸爸说。

然后响起了爸爸的脚步声。

"别，别开门，从窗户下去，从窗户爬下去。"这是妈妈急切的声音。

"你要我干什么？"

"走，快点走，远走高飞吧。走得越远越好。"

门铃声越来越急促。

"不，我不走，我留下来。"

这时候，他听到"砰"的一声，是门被踹开的声音。接着，一阵杂乱的脚步声传了进来，有人在大叫着爸爸的名字，然后，他听到了手铐晃动的声音，许多人在房间里走动着，一些人影投射到了他的眼皮上。

"不！"

他忍不住了，睁开眼睛从床上起来，向房间里冲去。可是，房间里一个人都没有，灯关着，一片漆黑与寂静。爸爸和妈妈呢？那些冲进来的人呢？夜风从窗户吹来，让他的后背沁出了许多冷汗。良久，他狂乱的心跳才平静下来。

他们都去哪儿了？他走出自己的房间，向父母的房间走去，他轻轻推开门，看到灯开着，妈妈正熟睡着，爸爸却独自坐着抽烟，房间里都是一团团烟雾。

　　爸爸看到他，脸上很惊讶。

　　"儿子，那么晚了，快睡吧。"

　　"爸爸，你怎么不睡呢？"

　　"儿子，爸爸刚才做了一个噩梦，梦到你做了强盗，持枪抢劫了银行，你带着几百万赃款逃回了家里，然后警察追到了家里把你带走了。儿子，你真的做了强盗吗？"

　　儿子听完父亲的话，像是被什么钝器击中了后背，他低下头，忍不住哭了起来。

　　父亲站了起来，他的眼眶也湿润了，他把儿子搂在怀里，父子俩拥在一起，莫名其妙地哭泣着。

　　夏夜漫漫。

今夜无人入眠

现在是晚上八点，对面一座四十层写字楼顶部的霓虹灯广告开始闪烁起来，那是一个进口化妆品的广告，一双女人的性感红唇在大厦顶部耀眼夺目，忽启忽合，似乎在对这个城市里的所有男人说着吴侬细语。

他看了看那个广告，有些目眩，他必须每晚都把窗帘拉紧，否则睡在床上一看到这双嘴唇，他就会失眠。

"现在睡觉是不是太早了？不早了。"他自问自答。

他再一次从药盒里倒出一粒安眠药，白色的小药片在他的手心里安静地躺着。他掂了掂，一点分量都没有，他把这粒毫无分量的药片吞入口中，再喝一口热水，他能感到药片随着热水进入了自己的咽喉。在通过咽喉的瞬间，他才感到了药片的重量，然后，食道里一阵温暖，那是热水的温度，药片像一块被水冲刷而下的木头，最终沉没在深潭的底部，那是他的胃。

他长出了一口气，把百叶窗的叶片封得严严实实，窗帘也拉了起来，这样，窗外的亮光一丝都无法透进房间里来了。然后他检查了卫生间和厨房的水龙头是否滴水——他必须杜绝一切发出声音的可能。完全确定以后，他关上了卧房的门，其实这套房子就他一个人住，关卧室的门是多此一举，但他觉得卧室门没关紧是自己失眠的原因之一。最后，他关了灯，小小的卧室里一片漆黑，他把自己的手指举到了面前，什么都看不到，他确信这房间甚至已经足够用来做冲洗底片的暗室了。

极度的寂静与黑暗中，他上床睡觉了。

他现在仰卧着，脸正对着天花板，双手放在两边，他一直习惯这个姿势，而不是人们通常所说的卧如弓。他觉得正面仰卧最稳定，身体与床的接触面最大，不容易移动。而有的人睡着以后就一会儿仰一会儿侧，忽左忽右，睡相很难看。但是仰卧也有一个缺点，那就是容易不自觉地把手放到胸口，这样就容易做噩梦。所以，他的梦一直很多，千奇百怪，大多不是什么美梦。

他很渴望做梦，甚至渴望做噩梦，最近他常做一个奇怪的梦，但现在那个梦迟迟没有来。这时候，他感到自己胃里那粒小药片开始慢慢溶化了，那种细微的感觉刺激着他胃壁黏膜上的神经，就像是一块浸泡在海水中的木头缓缓腐烂一样。小药片最后变成了一堆粉末，就像被送进焚化炉的尸体变成轻舞飞扬的骨灰再被撒落到更深一层的海底，最后被他的肠胃吸收。

安眠药应该要起作用了，他等待着药性发作的时刻，就算是这么睡着了再也不醒来也没关系。

不知过了多久，他的脑子依然清醒无比，他想让它瘫痪，立刻停顿，让自己进入梦乡。但他所有的努力都无济于事，事实是越努力他越睡不着。他感到自己的后背有些发热。

他开始数数，这是一个简单的办法，小时候妈妈教给他的，一旦睡不着觉，就开始数数，通常数到100就会睡着，因为这时脑子里全是数字，除此以外其他所有的东西都被驱赶出脑子，数字是最抽象最简单的，勾不起人的形象思维，于是人的大脑就在抽象中停止了运作，进入睡眠状态。

"1、2、3、4……"数到100的时候，他的脑子依然清醒，他又从100数到了1000。然后再倒着数回去，一直数到了负数，还是睡不着。

胃里突然开始躁动起来，是那粒被溶解了的小药片阴魂不散死而复生了？肚子里刮起了热带风暴，胃里的大海被掀起了狂涛。他用手捂着肚子，有些恶心——飓风之下岂能安眠？他坐了起来，头上全是汗水，浑身湿漉漉的，就像从大海里出来。他从床上起来，开了灯，突如其来的光线让他的眼睛许久才适应过来。

睡不着。

现在是晚上十一点。

"图兰朵。"

他的嘴里忽然念出了这三个字。他想到了那个叫图兰朵的人，然后他坐到了电脑面前，打开了屏幕，屏幕的亮光让他的双手有些颤抖。他上了线，以"无名氏"的网名进入了聊天室。

他没有想到，图兰朵居然真的还在，他有些兴奋："你还在线上啊？"

"我刚刚上来。"

"真的？"他不太相信，许多人都这么说，其实早就上线很长时间了。

"真的，实在睡不着，刚刚从床上起来，你呢？"

他犹豫了片刻，最后还是如实说："我也是，睡不着。"

"你知道为什么吗？"

"不知道。"

"我知道，因为今夜无人入眠。"

"你说什么？"他听不懂她的意思。

"今夜无人入眠。"

"为什么？"

"你不用问了，无名氏，你叫什么名字？我是说你真实的姓名。"

"你觉得知道我的真名重要吗？"他奇怪她怎么会问这样的问题。

"很重要。"

"我有权不告诉你。"

"是的，你有这个权利，那么，见面吧。"

"什么？"他还没有这个心理准备。

"我说见面，我和你，两个人，见个面吧。"

"什么时候？"见面就见面吧，他也很想知道这个"图兰朵"长什么样。

"现在。"

"现在？"

"Yes, now."

"开玩笑吧，现在都快午夜了。"

"不开玩笑，我认真的。"

一听到女孩子说"认真"两个字他就有些紧张了，心跳加快，额头渗出了一些汗，他慢慢地打字："为什么是现在呢？"

"因为现在我睡不着，而你也睡不着，今夜实在太长了。"

他觉得这话有些暧昧，于是真的有些胆怯了，他从来就是一个胆怯的人："不，我现在就上床睡觉，我会睡着的。"

"你睡不着，我肯定，你今天晚上不可能睡着，因为今夜无人入眠。"

"好吧，我相信你。既然睡不着，就见面吧，你说，什么地方？"他突然有了一些胆量。

"失眠咖啡馆，听说过吗？"

"好奇怪的名字，没听说过。"

"安眠路99号。我等你。"

说完，她下线了。真的要去吗？他有些犹豫，更有些胆怯，他来到窗边翻开百叶窗，看到对面大厦顶上的霓虹灯还在闪烁，他不会读唇术，但他现在似乎能从那双红唇中读出一句话——今夜无人入眠。

他关掉电脑，走出家门。

现在已经过了十二点了，大街上本应空无一人，但他却发现路上有三三两两的年轻人。这座城市的夜生活越来越丰富了，诱惑着年轻的心，但却诱惑不了他的心，他厌恶那些整夜游荡的人。这些年轻人越来越多，几乎成群结队，男男女女都有，发出阵阵喧嚣，为了避开他们，他拐进了一条狭窄曲折的小路。

小路静悄悄的，两边是房门紧闭的民宅，这里的空气很好，风轻轻地吹过，他加快了脚步。他特意看了看头顶，一轮明月高高挂着，今天大概是农历十五了，月亮像一面古老的铜镜，射出清冷的月光。走着走着，他又想起了图兰朵，她该是怎么样的人呢？他在脑子里试图勾勒她的形象。漂亮还是平庸？古典还是现代？他想了很久，始终想象不出，脑海里只有一个模糊的影子，非常模糊，就像隔着一层纱。也许，也许图兰朵根本就不是"她"，而是"他"，谁知道呢，大概只是自己一厢情愿地把对方想象成"她"了。

穿过这条小路，安眠路就在眼前，他从没来过这里，只觉得这里非常安静，没有路灯，全靠月光才能看清门牌号码。终于，他找到了 99 号，失眠咖啡馆。

咖啡馆不大，"失眠咖啡馆"五个歪歪扭扭的字写在门楣上，门楣很低，进门时需要低头，咖啡馆建得略低于地面，窗口的下沿已经接近外面的人行道了。咖啡馆里不用电灯，全用蜡烛，所以显得昏暗神秘，音响里放着某支古典音乐的咏叹调，他不懂音乐，只觉得这旋律和声音有些耳熟，音响的音量被调得很轻，如丝如缕，要屏着呼吸才能听清。更重要的是，整个咖啡馆里飘荡着一种奇怪的香味，虽然很淡，但直冲他的鼻腔，让他的脑子有点昏昏沉沉的。咖啡馆虽然不算大，位子却很多，总共有二十几张桌子，略微显得有些拥挤，其中有五六张有人。他在烛光中站了许久，有些不知所措，他的位子上照不到烛光，脸庞笼罩在黑暗中。

"先生？"有人叫了他，是吧台里面的小姐，吧台上只有一根蜡烛，显得更加黑暗，但却恰到好处地照亮了小姐的脸。她长得还不错，二十岁左右，个子不高，小巧玲珑的，给他的印象很好，他不禁多看了她几眼。她似乎并不介意，继续问："先生请问你要什么？"

他想了好一会儿才回答出来："对不起，我是来等人的。"

"请问你等的是哪位？"她很殷勤地问道。

他不知道自己该怎样回答，他慢慢地说："我不知道那个人的名字，只知道那个人的网名叫图兰朵。"

"请问你是无名氏先生吗？"

她怎么知道的？难道她就是？他匆匆回答："是的，是我的网名。"

　　"先生，请跟我来。"她走出吧台，向里走去，他紧跟在她后面，由于地方局促，所以他们靠得很近，从后面看，她的身材相当好，是还未完全成熟的那种，就像个女学生。一边走，他一边看着咖啡馆墙上的装饰，全是水粉画，至少他还能分辨出油画和水粉画的区别。画框里画的全都是人们安睡的场景，有全身的，也有半身和只有一张脸的，有独自一人的画，也有一对男女的，有的画是室内的背景，有的则是野外，或者是虚幻的环境。中间最大的一张，画着许许多多的人，也许有几百个人物，他们全都站立着，在一片空旷的地方，周围是巍峨的宫殿式建筑，天上挂着一轮圆月。画中的人全都闭着眼睛，不知道他们是睡了还是醒着，他曾经学过美术，所以格外多看了几眼。当他转过头来的时候，发现小姐已经把他引到了咖啡馆最里面的一张桌子边，桌边坐着一个年轻的女人。

　　"先生，你要等的人就在这里，你们慢慢谈吧。"吧台小姐转身走了。

　　"请坐。"桌子边的女人对他说，她的声音非常悦耳，就像是在唱歌。

　　他慢慢地坐了下来。桌子上有两杯咖啡，显然已经为他准备好了，还有一支白蜡烛，烛火像精灵似的跳跃着，正好照亮她的脸。他仔细地端详着她，她非常漂亮，是的，就像是舞台上的那种女人，不食人间烟火的样子让人觉得不真实，特别是照在她脸上的烛火不断闪烁，让她的脸时明时暗，给人忽远忽近、忽隐忽现的感觉。越是这样，他就越是紧张，许久才开始说话："你就是图兰朵？"

　　"是。"

　　"你好，我是无名氏。"

　　"嗯。"她低头喝了一口咖啡，然后又对他微微笑了笑，"喝啊，咖啡都快凉了。"

　　他像是被命令似的喝了一口，还好，不算凉，还热着。他不懂得品味咖啡的味道，只觉得喝完以后脑子越来越清醒，恐怕今晚真的睡不着了。

　　"你真的是睡不着才来这里和我见面的？"他问图兰朵。

"是的，不过不仅仅是我和你睡不着，许多人都睡不着。"

"今夜无人入眠？"他尝试用她的语气说话。

"你明白了？"

"对不起，还不明白。"他老实回答。

她又笑了笑："你总会明白的。"

"别说这个了。"他不想和别人说自己不明白的东西，他又环视了整个咖啡馆一圈，人似乎比刚才多了一些，既有一男一女对坐的，也有一个人独自浅酌的，还有四五个人围在一起窃窃私语的，他们全都好像不知疲倦的样子，与窗外深沉的夜色形成鲜明的对比。

他又抬腕看了看表，都快十二点半了，原来这个城市里真的有很多人是昼伏夜出的，就像是猫或老鼠那样的夜行动物，睁着两只大大的眼睛，在黑暗中闪着锐利的光。

他的目光又回到了图兰朵脸上，她的脸依旧在摇晃的烛光中隐隐绰绰，但是眼睛却很真切。他开口问她："你常来这里吗？"

"不，偶尔来。"

"为什么这里叫失眠咖啡馆？"

"因为当初开这个咖啡馆的人是一个失眠者，他觉得漫漫长夜非常难熬，所以就开了这个失眠咖啡馆，专门为失眠者服务。"

"专门为失眠者服务？"他第一次听说有这种服务。

"是的，每天晚上十点钟开始营业，到第二天清晨六点。这座城市里许多失眠者慕名而来，在此度过漫漫长夜。"

"这么说，他们都是失眠者？"他指着周围的人说。

"没错，他们都是因为失眠而聚在一起的，大多数人原先素不相识，在这里却像最好的朋友那样无话不谈。"

"无话不谈？"

"是的，无话不谈，现在你也是失眠者，你也可以和我无话不谈。"她把脸靠近他，烛火就在她的鼻尖一寸左右的地方跳动着，他几乎连她脸上的毛孔都能看清。他不禁下意识地把身体往后退了一些。

"那么，谈些什么呢？"他轻轻地说。

"比如，谈今夜的失眠，谈你的过去，谈你的爱好，谈你的名字。"她说话的声音非常轻柔，和着音响里女高音的歌声，飘飘荡荡地钻进他的耳朵。咖啡馆里弥漫着的那股奇特的香味似乎略微浓郁了些，让他几乎产生了一种错觉。

"我的名字？"

"对，就谈你的名字吧，你叫什么？"她又继续靠近他，她的眼睛睁得大大的，目光被烛火映成了鲜活的红色。

"我叫……"他忽然停住了，不知什么力量让他把到了嘴边的两个字又咽了回去，头疼，头很疼，突如其来地，让他想起了什么，他重新睁大了眼睛说，"我叫无名氏。"

她笑了笑，他能从她的笑中看出她眼睛里流露出的失望，她问他："为什么？"

"什么为什么？"

"为什么不说你的真实姓名——你父母给你的名字。"

"因为我害怕。"

"害怕什么呢？"她步步紧逼。

是啊，害怕什么呢？他又问了自己一遍，不就是自己的名字吗？他的名字很普通，既不难听也不拗口，也没有与众不同，就像这个城市中许多同龄人的名字那样，都是父母给的，没什么见不得人的，为什么不告诉她？为什么不？他一连在心中暗暗问了自己好几遍，却没有答案。绝不是网络的原因，许多网友都知道他的真实名字，他一向不介意的，"无名氏"这个名字也只有在和"图兰朵"对话的时候才用。

他回答不出来，只能老实地说："我也不知道我害怕什么。"

"今夜我一定要知道你的名字。"她以命令式的语气对他说。

他有些哑然，于是把目光转移到了吧台，一瞬间，他和那个吧台小姐的视线撞在了一起。原来她一直看着他们这里，虽然很远，烛光昏暗，看不清她的脸，但是她的眼睛特别明亮，似乎能说话。

"你在看什么？"图兰朵忽然问他。

"没，没看什么。"

"你在看柳儿吧？"她也把头扭到了那边。

"她叫柳儿？"

"嗯，你不打自招了。"

他这才感到自己的愚蠢，傻笑了一下说："你认识她？"

"对，我认识她，而且，你也认识她。"

"我也认识她？"他有些难以理解，又把头扭向了吧台，仔细地端详着柳儿的脸。柳儿似乎察觉到了，特意把自己的脸靠近了蜡烛，以便让他看得更清楚些。他在脑子里仔细搜索着，检索自己的记忆里究竟有没有这张脸，有没有柳儿这个名字。他苦思冥想了片刻，绞尽了脑汁，觉得确实好像有过一个叫柳儿的女子与他相识，大约也是她这个年龄。但是他不记得那个女孩长什么样了，仿佛有这么一张脸曾经见过，甚至可以说熟悉。但这一切又好像是从一面斑驳的铜镜里照出来的，难以辨认。或许真有过一个叫柳儿的女孩与他相识，但他记不清那个女孩长什么样了；也好像的确有过一张这样的脸在他的记忆里，但他又实在记不清那张脸的名字叫什么了，他的记忆有些乱了。

他低下了头，觉得今夜真的很奇怪，眼前这个叫图兰朵的女子究竟是谁？而吧台里这个叫柳儿的女孩又是谁？自己真的认识她吗？

图兰朵继续说："其实，我可以去问柳儿。"

"问她什么？"

"你真实的名字啊！她认识你，她也知道你的名字。"

他呆了一下，有些不知所措："那你为什么不去问她呢？"

"别人告诉我就没意思了，我要你亲口告诉我。"

"你真奇怪，你是干什么的？"他问她。

"我是演员。"

"演员？你是演员？"怪不得她有一种与众不同的气质。

"没什么啦，一般的演员，我可不是那种明星。"她淡淡地说。

"你演什么的？电影、电视剧，还是别的什么？"

"我们是一个独立的剧团，总共只有十多个人，在全国各地演出，走到哪儿演到哪儿，话剧、戏曲、音乐剧，甚至歌剧，只要是在舞台上的，什么都演。"

"那你们都去过什么地方？"他有了些兴趣。

"天南地北，最远是西藏和新疆，我们在塔里木河边给维吾尔族人演过音乐剧，我们和他们语言不通，但音乐都能听懂。我们还在拉萨演过藏戏，在一位老喇嘛的指导下，在一座喇嘛寺庙前的广场上，我戴着面具，表演白度母女神。"现在她的表情真的很像女神。

"你们总在这些地方演吗？"

"不，城市与乡村都去，但我们一般不去正规的大剧场表演，一般也不做广告，都是普通的小剧场，甚至是学校里的大教室，更多的时候是露天表演。但人们都喜欢看我们表演，无论是目不识丁的农民还是大学里的教师，所以，一般来说我们的收入还能维持剧团的开销。"

"你是女主角？"

"差不多吧，我演过许多角色，各种各样的，古代的、现代的，东方的、西方的。"

"你真了不起。"他觉得她突然变得有些不可接近。

轻微的音乐声仍在继续，那女高音唱个没完没了，他和她沉默了片刻，直到她突然问他："现在几点了？"

他抬腕看了看表后回答："快凌晨一点钟了。"

她会意地点了点头："你还有睡意吗？"

"一点都没有。"

"好的，我出去一下，你在这里坐一会儿吧，还有，这里的账我已经结掉了，你慢慢喝吧。"她缓缓站了起来。

"你去哪里？"

"外面。"她指了指漆黑的窗外。

"外面是哪里？"他不理解。

"外面就是外面，月亮底下。"她对他笑了笑，然后离开了这张桌子，他这才看清她穿了一身深蓝色的长裙，身段果然是一个舞台演员的料子。她优雅地走出了咖啡馆，消失在茫茫夜色里。

他一个人坐着，那个叫柳儿的吧台小姐又给他送来一杯咖啡，他趁着这个机会又仔细地端详着柳儿，她的脸被烛光映得红红的。他像研究一幅画一样研究着她脸上的一些细节，以便能唤起一些记忆。她被看得有些不好意思，立刻离开了。她真的认识我吗？他在心里对自己说。

他又环视了咖啡馆一圈，人似乎更多了，不断有人低着头从门外鱼贯而入，居然有了些热闹的景象。这个城市里有这么多失眠者吗？他有些奇怪。很快，咖啡馆里所有的位子都坐满了，虽然拥挤，但他们都很安静，保持着风度。他又好奇地往窗外望了望，令他吃惊的是，窗外的人行道上有许多人的脚。他看到一双双皮鞋和运动鞋，男鞋和女鞋，还有童鞋。特别是几双红色的高跟鞋在黑夜里尤其显眼，那些白色的脚踝裸露着，就像是精美的石膏雕塑一样。高跟鞋在水泥路面上愉快地敲打着，他甚至能想象出高跟鞋踩在路面上发出的悦耳的声音。

他有些惊讶，虽然失眠咖啡馆已经满座了，但还是不断有人走进来。有的人看到坐了那么多人，就失望地摇摇头又走出去，而有的人似乎不在乎，在桌子间寻找熟人，如果找到就和熟人挤在一张椅子上，还有的找不到熟人，干脆就站在吧台旁边喝咖啡。柳儿看起来越来越忙，但她好像越忙越有劲，笑容满面，额头的汗水粘住了她一缕滑落下来的发丝，显得别有一番风情。

现在，他的桌子旁又坐了两个人，不知道图兰朵还会不会回来，他没法拒绝这些人。第一个人是个中年人，穿一身西装，显得很热的样子，他没喝咖啡，在喝红茶；第二个人是个十六七岁的少年，看上去活力十足，乖乖地喝着咖啡。

那个中年人显得十分健谈，一上来就开始搭话："你是新来的？"

他点了点头。

中年人继续说："我是这儿的常客，欢迎今后常来，时间长了就是朋友了。"

"谢谢，这里的人怎么这么多？"

"是啊，今夜这里的人比平时多许多，我也搞不懂。"中年人搔了搔头皮说。

"你也是失眠者？"他问中年人。

"当然，不然谁会半夜跑出来。不过，今天我看到了许多新面孔。"然后，这个中年人问身边的少年，"你也是第一次来？"

"是的，我也睡不着觉。"

他有些忍不住了，也开口问那少年："是因为功课太多了？"

"不是。"

"和父母吵架了？"

"也不是，就是睡不着觉。我发现马路上有许多人都向这个方向走来，于是就跟着他们，不知不觉来到了这里，看到这个咖啡馆的名字很有趣就进来了。"

"你父母不管你吗？"

"他们也睡不着觉，在我出门前，他们就出去了。"

中年人插话说："嗯，也许失眠也遗传。"

"不，他们过去从不失眠。"少年辩解着。

"还是快点回去睡觉吧，你还小，熬夜对身体没好处的。"他关切地对少年说。

"是啊，是啊，我女儿今天晚上也睡不着觉，说一定要出来转转，我死活不让她出来，把她反锁在了家里，学生可不能熬夜。"中年人也这么说。

少年摇摇头："可是我待在家里也照样睡不着。"

中年人问："那你过去有过失眠的症状吗？"

"从来没有，过去我每晚都睡得挺好的，今晚是第一次。"

中年人自言自语地说："怎么跟我女儿一样。"

他也问了一句："那你明天上学怎么办？还能有精神吗？"

少年却满不在乎地说："没关系，你瞧对面那个边喝咖啡边看报纸的秃头，他是我们校长，他不也在这里熬夜吗？"

他把视线移到了对面，果然有个五十多岁的秃头，戴着金边眼镜，拿着份报纸在读，显得很有文化。

"他真是你的校长？"他问。

"没错，还有，坐在他旁边的是我们的教导主任。"

的确有一个身材魁梧的男人坐在秃头身边和边上的另一个人窃窃私语。当他的目光扫到这张桌子第三个人身上的时候，他大吃了一惊，竟然是他们单位的经理，就是和教导主任说话的那个。他怎么也在这里？他又仔细看了看，没错，虽然烛光并不明亮，但是那张脸他是绝对不会认错的——原来经理也失眠了。

他急忙把目光移开，而且把脸侧了侧，以免让经理发现他也在这里。他暗暗吃惊，怎么今夜这么多人都失眠了，难道真的是图兰朵所说的"今夜无人入眠"？他有些鬼鬼祟祟地扫视了整个咖啡馆一圈，仔细地观察着每一个能够被他看清的脸。

首先他看到了一个本市的足球队员的脸，没错，肯定是那家伙，上一轮比赛里他还进球了呢，原来这人也是个泡吧老手，若是把这个新闻卖给记者或许能赚点钱。

然后，他见到一个年轻女人，女人坐得离他很近，他一眼就认出她是电视台的节目主持人，主持一个休闲节目，最近非常火。她似乎不想让人认出来，所以戴着墨镜，独自喝着咖啡，却还是逃不过他的眼睛。

他的视线扫到了最靠门的一张桌子，发现了一张让他意外到了极点的脸，那张脸他也很熟悉，经常在报纸和电视上看到，虽然离得较远，但是那张平日高高在上的脸让他太过于敬畏——是市长。是的，他现在发现的是这座城市市长大人的脸。

市长坐在最靠门的位子上，显然他属于来晚了的人，不断有人低头从门外进来，一不小心就会碰到他，但他一点都不介意，只是笑笑，而别人居然也没注意到市长的存在。市长好像是独自一人，与他同桌的人都没和他搭话，他一个人喝着咖啡，脸上很安静，神情悠然自得，与平时在电视上看到的做报告的他有些不一样。

他有些糊涂了，难道市长也失眠了？也许他白天工作太忙了？或许是微服私访探察民情？哪有半夜出来暗访的？他实在想不明白，不再看别人了，自己闷头喝着咖啡。

咖啡馆里的人越来越多了，许多人站着喝咖啡，过道和走廊里也挤满了人，几乎没有一点可以活动的空间。虽然他们都秩序井然，但狭小的空间里到处都是人呼出的气，非常浑浊，令人窒息，虽然开着空调，却一点用都没有，他的后背流下了许多汗。但人们似乎对此满不在乎，对炎热和浑浊的空气有着很强的忍耐力，他们平静安详地喝着咖啡或轻声地谈天说地。

忽然，在拥挤的咖啡馆里，有人叫了一声："戏，开始了。"

那是一个大约四十岁的男人的声音，声音不太大，却非常有穿透力，咖啡馆里所有人都听清了。

"戏，开始了。"那个男人又叫了一声。

咖啡馆里所有的声音都静了下来，甚至包括音响里反复播放的女高音。然后，人们放下手中的杯子，站起来向门外走去，他们走得不紧不慢，虽然拥挤，却没有乱，鱼贯而出。第一个走出去的，自然就是坐得最靠门的市长，然后是他的经理，还有那些熟悉的面孔。最后，是他身边的中年人和少年，大约十分钟以后，整个咖啡馆里，只剩下他一个人还坐在自己的位子上。

眼前空空荡荡的，一切又恢复了宁静，地上也很干净，所有的桌椅都还在原地，桌上的咖啡还在冒着热气，就像是等待着主人啜饮一样。烛火也依旧燃着，只是不再摇晃了，总之没有那种常见的散场后的狼藉。刚才的热闹与人群一下子全都消失了，就像从来不曾存在过一样。一个大房间里，瞬间空旷起来的感觉其实是很糟糕的。他的心里就像是被抽走了什么东西一样，变得空荡起来，潮湿而又泥泞，这让他的心跳加速。他的手有些抖，放下了杯子。再看看窗外夜色中的街道，还是有许多脚步在人行道上匆匆而过，他突然有些害怕。他们都走了，却把他一个人留在了这个失眠咖啡馆。他有一种被抛弃的感觉，就像一只迷途的羔羊，对自己的命运一无所知。

　　正当他要站起来的时候，却发现柳儿已经坐在了他的面前。

　　"图兰朵呢？"他真的有些着急了。

　　"她出去了，今晚不会再回来了。"她淡淡地回答。她的脸庞比图兰朵略小一些，看起来也比图兰朵小几岁。他重新仔细地看着她，现在空旷的咖啡馆里只有他们两个人，烛火继续摇晃着，他的心里暗暗动了几下。

　　"好了，不说她了，说说你吧。"他说。

　　"我没什么可说的。"

　　"你叫柳儿？是不是？"

　　"一定是图兰朵告诉你的。她还告诉了你什么？"

　　"你认识我？"他把头靠近了她。

　　她停顿了片刻，然后点了点头。

　　"你真的认识我？"他有些不相信。

　　接着，她立刻准确地说出了他的真实姓名。

　　他暗暗吃了一惊："你认识我，我现在承认了，但我不认识你。"其实他是无法肯定。

　　"事实是，我认识你，你也认识我。"

　　"我和你很熟悉吗？"

"是的，可以说，非常熟悉。"她点了点头，最后四个字从她嘴里慢慢说出，带有一些暧昧的口气，使得烛光的舞动更加婀娜。

"非常熟悉？"他使劲摇了摇头，然后问，"我想知道我们两个是什么时候认识的。十六岁，还是十八岁？"

"是五岁。"

他怀疑自己听错了："柳儿，你说的到底是十五岁还是五岁。"

"不是十五，而是五。"她特意伸出了手掌，把五根手指摊开在他面前。

"你是说我们五岁就认识了？"他接着想当然地说，"然后我们五岁的时候又分开了？"

她摇了摇头说："你一定不相信，我们从五岁一直到二十岁都认识，中间从来没有间断过联系，我们彼此非常非常熟悉，熟悉到我可以说出你后背上长的那颗痣。"

他不禁吓了一跳，连这个她都知道，难道……他不敢想了，只能问她："你是说我们两个从小就青梅竹马，两小无猜？"

"差不多吧。"

"除了青梅竹马呢？我们还有什么关系？我是说某种特殊的关系。"他不想把话说明。

"特殊的关系？是的，的确是有过特殊的关系，毕竟我和你太熟了，几乎天天都能见到，肯定是会产生特殊关系的。"

"嗯，那么我们之间是否还纯洁？我是说，有没有过分的事情发生过，在你我两个人之间。"

"过分？不，我们是纯洁的，很纯很纯，这是非常好的事情，越是纯洁，就越是永恒不变，你说呢？"

"也许吧。我不知道，可是，我记不清你了，我记不清你的脸，记不清你的名字，记不清你的声音，我的记忆很混沌，难道，是我失忆了吗？"他有些痛苦。

"不，你没有失忆，你会记起我的，你一定会的。"她向他伸出了手，他抓住了那只白白的手，就像抓住了一只瘦骨嶙峋的小猫。

她的手让他感到了一种前所未有的东西，他轻轻地说："我相信你，柳儿。"

柳儿不说话，只是对他会意地微笑着。

他又想起了什么，继续问她："柳儿，图兰朵和你很熟吗？"

"对，就像姐姐和妹妹一样。"

"那么，她向你问起过我的真名吗？"

"没有。问这个干什么？"

"好的，那么下次如果图兰朵向你问起我的名字，请你不要告诉她。"

"为什么？"

"不为什么，能答应我吗？"

柳儿点了点头，她把眼睛靠近了他，那双眼睛像无底深渊一样让他看不清楚："我答应你，无论如何，永远都不把你的名字说出来，有月亮做证。"

他笑了起来："这里看不到月亮。"

"不，我看到了。"她另一只手指着头顶。

他仰起了头，果然看到了月亮，原来失眠咖啡馆的天花板是玻璃顶棚，可以直接看到夜空，在夜空的中心，他看到月亮正在云朵中徐徐穿行着。

正当他看得出神的时候，柳儿却向他笑笑，说："走吧。"

"去哪里？"

"戏快开始了，去晚了就来不及了。"

"到底是什么戏？"他不明白。

"快走吧。"柳儿站了起来，她的手还被他紧紧攥着，于是她用力把他拖了起来。他没想到她的力气那么大，与她的体格很不相称。

他跟着她，走出了咖啡馆。在出门之前，他又回头看了失眠咖啡馆一眼——空空荡荡的桌子，即将熄灭的烛火，还有墙上的画，画中那些安睡着的人们平静的脸庞。

月亮又躲进了云中，咖啡馆外的马路上漆黑一片，他费了很大的劲才隐隐约约看清手表上的时间，快凌晨两点了。他能听到他和柳儿身边有许多急促的脚步声响起，此起彼伏，朝同一个方向而去。

柳儿好像对此无动于衷，依旧快步向前走去，他们的手还拉在一起，否则他们会走散的。月光明亮了一些，他的眼睛也渐渐适应了黑暗，他逐渐看清了周围的人。男男女女老老少少，穿着各种衣服，但他还是无法看清他们的脸和表情。他们都很安静，偶尔有人窃窃私语几句，低到只有他们自己才能听清。他也有些害怕，于是对柳儿说："我们去哪里？"

柳儿回过头来对他笑笑，却不回答，黑暗中她的眼睛闪烁着光芒，就像一只夜行的小猫。安眠路的尽头是一个十字路口，她带着他拐了弯，其他人也在这里拐弯，路口的其他方向，还有许多人向这里走来，无数的脚步声在安静的夜色中响起，回音缭绕在四周的大楼间，回环而上，似乎飘到了天上。

人越来越多，路边大楼的大门不时开启，涌出几十个人汇入马路上的人流。人们已经不管什么交通规则了，大家都走到了马路中心。黑夜里，他看不到一辆汽车经过，他想，也许当人失眠的时候，汽车总是在做着好梦。又拐了一个弯，另一支人流汇入了步行的队伍，现在人们似乎不再拘谨了，他们显得有些兴奋，有的年轻人开始奔跑，追逐，大声叫嚷，但大多数人还是保持着秩序。过了几个路口以后，他发现马路上黑压压的都是人，潮水般向同一个方向奔流而去。路上已经很拥挤了，柳儿紧紧拉住他的手，握得他的手有些发麻，他们贴得很近，以免被冲散，柳儿一句话都不说，只是在微笑着。

终于，他随着人流来到了市中心的广场，他惊奇地发现，在这凌晨时分，这个全市最大的广场上居然全都是人。他们那一股人流就像是一条大江汇入了大海一样，融入了人群中。广场上所有的照明设施都打开了，灯火通明，照得他的眼睛有些难以适应。在黄色的灯光下，他和柳儿在人群中向前挤去，他看到周围的人有各种各样的表情，他们似乎在期待着什么，虽然拥挤，但不乱，都保持着风度，人挤人的时候也能做到礼让三分，并互相打招呼。而且人们还对女人、小孩和老人特别客气，主动为他们让道，所以柳儿走在前面不太吃力。

他们用了大约十分钟的时间才挤到广场中心，他发现面前出现了一座巨大的舞台。他很吃惊，因为昨天路过这里的时候，他没有发现这个舞台，显然这个舞台是临时搭建的。无数的人挤在这个舞台四周，从近到远，整个广场上的人都围绕着它，而各条通向广场的大街小巷里，人流还在继续往这里涌来。

正当他站在舞台的脚下近距离看着舞台奇特的布景时，突然发现手中好像少了什么东西——柳儿的手，柳儿的手不见了，柳儿不见了，他的手心里空空如也。他感到自己被什么重击了一下。

"柳儿……"他大声叫嚷了起来，再也顾不了那么多了，他四下张望，黑压压的人群，黄色的灯光，柳儿的踪影早被人海吞没了。他觉得今夜不能失去柳儿，他真的着急了，他真的愤怒了，是谁夺走了他的柳儿？

他再次用尽全身的力气高声喊道："柳——儿——柳——儿——"声音穿透了人墙，直冲云霄，在空中盘旋着，悠远不绝。

"柳？儿？你叫的到底是柳还是儿？"身边一个中年妇女不解地问他。

"是柳儿，她是我最熟悉、最亲密的朋友，她和我走散了。"刚才叫得太响，他的嗓子有些哑了。

"原来是这样，她是你爱的人吗？"妇女又问他。

他看着那个长得像他妈妈的妇女，不知道该怎样回答才好，因为他到现在依然记不起当年那个青梅竹马的柳儿。可是，他又觉得柳儿是真实的，好像柳儿确实是他从小到大唯一的爱人。他终于点了点头。

"小伙子，我来帮你找吧。"中年妇女深吸了一口气，然后大声地叫起来，"柳——儿——"

她的声音更加响亮，是标准的女高音，若是从小接受声乐训练，说不定真能做个歌唱家。

"柳——儿——"高高地飞上了天空，又以迅疾的速度坠落下来，天女散花一样散落在广场的每一个角落，这回所有人都听清了。

　　旁边又有人插嘴了："你在叫什么？"

　　中年妇女回答："我在帮这个小伙子找一个叫柳儿的女孩。"

　　"噢，我也帮你找吧。"于是，这个人又对着旁边一个老人复述了这句话，老人一听，立刻来了精神，又对着身后一个小女孩说了一遍，女孩一听，紧接着又把话传了下去。就这样，这句话被一个人接一个人地传了下去，一直传遍了整个广场，最后，变成了简单的几个字——"柳儿，你在哪里？"

　　于是，整个广场上都响起了这句话："柳儿，你在哪里？"

　　这句话从所有人的嘴里发出，男人的，女人的，老人的，孩子的。声音有幽雅的，有粗俗的，有高八度与低八度的，就像一首重声大合唱的歌曲。如果真要给这首歌起一个名字的话，就叫《寻找柳儿》。

　　他有些不知所措，他没想到，在凌晨两点多，自己的一声高呼会引来广场上所有人异口同声的呐喊，他听到这些呼喊此起彼伏，就像波浪一样，一浪又一浪地拍打在小岛般的舞台上，拍打在海岸线般的广场边缘，又倒灌进了江河似的街道里，向整个城市的腹地奔涌而去——"柳儿，你在哪里？"

　　正当这个声音在这巨大的城市上空回旋的时候，广场上的喇叭里传出了一个男人的声音："戏，开始了。"

　　又是这个声音，转瞬之间，广场上一下变得鸦雀无声，就连他也屏住了呼吸，把目光锁定在了舞台上。舞台上亮起了一盏巨大的灯，灯光照亮了舞台的一角，整个广场都能看清那个耀眼的一角。在这被照亮的一角里，出现了一个穿着古装的女人。她头上戴着高高的珠冠，洁白的长袖飘逸，七彩的裙裾轻舞，从容不迫地向舞台中心走去。灯光跟着她，一直到了舞台正中。那个女人涂着鲜艳的口红，脸上也搽了一层白白的粉，尽管这样，他还是一眼看出了她是谁——图兰朵。

　　她是图兰朵，他的网友图兰朵——一个多小时以前还和他在失眠咖啡馆里说话的女人。她很漂亮，虽然脸上厚厚的妆掩饰了她真正的美，但这让她的舞台气息更加浓烈了，那种不食人间烟火的味道也更重了。她宛如天神下凡，仿佛是从古代壁画里走出来的。

她在舞台中心站立着，看不出什么表情，只有目光扫视着台下密密麻麻的人群，好像在寻找什么。终于，两人的目光相撞，她停了下来。她看着他，是的，她找到了她所想要找的，她微微点了点头。谁也不知道她是在向谁示意，除了他以外。

音乐响了，很轻的音乐，却足以让每个人都听清。她开始伴着音乐歌唱——

今夜无人入眠。

全城难以安眠。

不眠夜，今夜是不眠夜。

谁都无法逃脱失眠。

来吧，全都来到这里。

来看这场戏。

献给失眠者。

献给亘古不变的夜晚。

今夜，我想知道。

你们中的一个人的名字。

他真实的名字。

他，现在就在你们中间。

他是谁？

"他是谁？"广场上所有人都和着她富有激情的歌声一同发问。那声音震耳欲聋，让他脆弱的神经难以承受。他盯着图兰朵的眼睛，但她却不再看他，她看着广场的远方，看着这无边无际的人群，看着这神秘的夜空。

出来吧。

　　你站出来吧。

　　说出你的名字。

　　你会得到回报。

　　她继续放声高歌，她的嗓音富有磁性，悦耳动听，说不清那究竟属于哪种唱法，总之这歌声令人陶醉。扩音器使她的声音传得很远，她的目光依然扫视着远方。他有些害怕了，她是在说他吗？还是戏中的情节？他想后退，但后面是人墙，他一步都动不了，他有一种被囚禁的感觉，无法动弹。

　　今夜无人入眠。

　　谁来唱这首歌？

　　谁？谁？谁？

　　站出来。

　　站出来吧。

　　说出你的名字。

　　唱出你的歌。

　　"唱出你的歌。"大家又一齐高呼，他们都很兴奋，他们希望听到那首歌，他们希望那个人能够站出来，说出自己的名字，唱出他的歌。他在心里问自己：什么歌？他也不知道这是什么歌，难道真的该由他来唱？

　　台上的图兰朵威严地看着广场上的人，静静地等待了几分钟。她看到没有一个人站出来，于是，她不再唱了，而是在音乐声中独白了两句：

　　你不说。

　　有人会说。

音乐瞬间停了下来。接着，他看到舞台上又亮起了一盏巨大的灯，在灯光下出现了三个人。站在两边的两个是男人，赤裸着上半身，脸上各自戴着一副"傩"的面具，面目狰狞，张牙舞爪，腰间各佩着一把剑。两人手里都拿着铁链子，链子里套着一个披头散发的女子。女子低着头，头发散乱，看不清她的脸。她穿着一件白色的衣服，被两个男人拖到了舞台的最前面。

其中一个男人从后面揪起了她的头发，于是，她的头抬了起来。

他惊呆了。

柳儿，那个女子是柳儿，柳儿穿着白色的衣服被铁链锁着正跪在台上。怎么是柳儿？原来刚才柳儿不是走丢了，而是被他们掳走了！他在人群的最前面，清楚地看到了柳儿的脸，她也许被虐待过。不，要救她下来，要救她！

他刚想冲上舞台的时候又停住了，他意识到，现在台上是在演戏，一切都是一场戏，戏是假的而已，柳儿不过是戏中的一个演员而已。他不能冲上去破坏了一场好戏，他为自己的悬崖勒马而庆幸，继续站在原地观看着。

台上，图兰朵走近了柳儿，两道光束汇合在了一起，更加耀眼夺目，她高声地问柳儿："告诉我，那个人的名字。"

柳儿看着她，却不回答。

图兰朵继续靠近她，低下头，用另一种温柔的声音说："好妹妹柳儿，告诉我，你那青梅竹马的朋友的名字。"

柳儿笑了笑，终于回答了："好姐姐图兰朵，他的名字叫无名氏。"

他的心被什么揪了一下，瞬间有种被打倒在地的感觉，原来戏中的"那个人"真的是他，而柳儿还在为他保守秘密。

台上的图兰朵继续追问："不，柳儿，无名氏不会没有名字，他有名字，你知道他的名字，他真实的名字。"

"好姐姐，他真实的名字我当然知道，但是，他不愿意把他的名字告诉你，我答应了他，无论如何也不会把他的名字说出口的。"柳儿的回答让他心里有一种莫名的感激。

图兰朵终于露出了失望的神色，她摇了摇头："难道他的名字那么重要？"

"是的，因为月亮已经为我做证了，我不能违背我的诺言。"柳儿微笑着回答。

他不禁又抬头看了看月亮，月亮已经完全摆脱了云朵的纠缠，向这座失眠的城市放射出清辉。

"柳儿，你会为此付出代价的。"图兰朵狠狠地说，"用刑。"

旁边戴面具的男人不知从什么地方拿出来一副拶子，然后把这东西套在了柳儿的手上，接着，两个男人开始用力地拉紧。他看到柳儿的十指被挤压、扭曲、变形，柳儿浑身颤抖，她的额头开始流下汗珠。她的表演太真实了，让人难以分辨真假，以至于台下有几个善良的人昏了过去。

图兰朵在一旁说："柳儿，你受不了这酷刑的，说吧，说出来吧。"

柳儿流下了眼泪，在强烈的灯光下，那些泪珠晶莹剔透，而他的眼眶也有些湿润了。柳儿在极度的痛苦中轻声说："放开我，放开我，我说。"

台下的他点了点头，心里暗暗道：说吧，柳儿，只要你不再承受痛苦，我的名字无关紧要。

图兰朵也点了点头，说："放开。"

两个男人立刻把拶子从柳儿手上撤了下来，把那根铁锁链也从她身上拿走了。

图兰朵继续说："好妹妹，你终于回心转意了，说吧。"

此刻，音乐又在广场上空响起，柳儿点了点头，然后说："姐姐，你听好了，月亮做证，他的名字是——"

忽然，柳儿飞快地伸出手，从身边那个男人的剑鞘里抽出了剑，然后，把剑送进了自己的胸膛。

血流如注。

　　他惊呆了，忘记了这是表演，这只是一场戏。他冲出人群，跳上舞台，推开那两个男人，一把抱住了柳儿。那把剑还插在柳儿的胸口，血还在不断地往外喷涌。柳儿的表演相当逼真，一动不动地躺在他的怀抱里。柳儿身上都是血，他身上也都是血，血在舞台上漫延，流到了图兰朵的鞋子上。

　　图兰朵的表演也很忘我，她的眼神中充满了惊讶与痛苦，她看着他和柳儿，接着后退了几步，不小心摔下了舞台，人们把她搀扶了起来，但她却冲进了人群，人们给她让开一条道，她拼命地跑着，直到跑出广场，跑进这座城市中的某个盘根错节的小巷深处。

　　舞台上，那两个戴着面具的男人也不见了，聚光灯对准了他和柳儿，柳儿白色的衣服已经被染成了红色，人们想也许是表演用的红药水用得过多了。她的头发还是披散着，像瀑布一样垂下，散落在他的臂弯里。

　　忽然，舞台上又多了一个人，那个人走到他和柳儿身边，然后对广场上的人缓缓地说："在此处，作者的心脏停止了跳动。戏，演完了。"

　　他回过头来，看清了那个说话人的脸，市长，是我们的市长。市长说完以后，一言不发地走下了舞台。接着，广场上所有人开始散场，来时，像潮水；去时，也像潮水。很快，原先人山人海的广场渐渐萧瑟，人们又向着各条街道走去，他们回家了。

　　十分钟以后，广场上已经空无一人了，除了他和柳儿。巨大的灯依然亮着，强烈的光笼罩着他们，宛如白昼。

　　既然戏演完了，那么，柳儿也该醒来了，他轻轻地叫着柳儿，柳儿却还是静静地躺着。血，不再流了，他轻轻地把插在柳儿胸口上的剑拔了出来，扔在了地上。他继续唤着柳儿，柳儿还是沉默无语，直到她火热的身体渐渐地变凉。

　　他抬起头，看了看四周，巨大的广场变得死一般寂静，只有夜风肆无忌惮地在广场上横行着。风扫过他的脸颊，让他的身体也一同变冷了。

　　他依然抱着柳儿，他觉得这只是一场戏，柳儿总会在戏完了之后醒来的，所以，他不担心，他一点都不害怕，他相信柳儿会回来的。

几个小时以后，灯熄灭了，东方开始出现一些红色的光芒，半边天变成了紫色，天空现在美极了，月亮还继续挂着，看着他和柳儿。

"今夜无人入眠。"他自己又复述了一遍，然后点了点头。他看着柳儿平静的脸，渐渐记起来了。他记得在五岁的时候，邻家有一个叫柳儿的小女孩，他们一起长大，共同成长，非常熟悉，非常亲密，虽然有过特殊的关系，但却保持着纯洁。是的，这一切都是真实的，百分之百真实，他终于记起柳儿了，一点不漏地记起了她。

然后，当太阳即将在楼群间升起之前，他抱起柳儿，走下舞台。他对柳儿说，你总要走下舞台的。他们向这座城市的深处走去，赶在夜晚被白昼代替之前。

戏，演完了。

杀人墙

　　来自遥远北国的寒风越过长江的江面，向古老的南京袭来，刀一般的北风刮过路上行人的脸颊，所有人都行色匆匆的。罗周站在寒风里，风吹乱了他的头发。面向北风，他的眼睛被迫微微眯起，看着这座六朝古都的远方。他真希望能够下一场雪，有雪才是真正的冬天，尽管他明白，冬天象征着死亡。

　　南京的冬天，空气里弥漫着一股湿气，谁都说不清这股湿气是从哪里来的，这湿气渗入了罗周的身体，渗入了每座建筑物，每一棵树，每一棵草。罗周觉得，这湿气来自地下。他打了几个哆嗦，离开风口，向厂子里走去。

　　这是一家看上去非常老旧的工厂，就像二十世纪末中国不少国有企业一样，一直在困境中挣扎着。现在这家工厂的命运已经到头了，厂里已经拖欠了几个月的工资，欠了一屁股债的厂长不知道跑到哪里去了，厂子已经宣告破产了，这块地已经被卖掉了，用不了几天，这家厂就要被推土机夷为平地。偌大的厂区里没有几个人，一片死气沉沉的，这样的寂静让罗周有些怅然若失。

　　忽然，一阵刺耳的救护车的声音响起，罗周看到一辆救护车开进了厂区。发生了什么事？他快步跟在救护车后面，跑了没多远，车子停了下来，几个身穿白大褂的男人从车上走下来，他们奔进了一栋破旧的小楼。罗周停在楼前，他知道这栋楼里只有值班室有一个人。

很快，几个穿白大褂的男人从楼里出来了，他们合力架着老李往外拖。老李高声地叫着："杀人了——杀人了——鬼在杀人——杀人——"

老李尖厉的声音划破了厂区的寂静，这声音是如此刺耳，以至于罗周听了心里一阵狂跳。这是怎么回事？老李平时是一个非常和善的人，性格内向且温和，话也不多，从来没有像现在这样失态过。老李就像发疯了一样，在几个强壮男人的手中不停地挣扎，他的眼睛通红，脖子梗着，头发几乎都竖了起来，两手乱舞，两脚乱蹬。可以看到旁边几个男人的脸上已经有了好几处伤痕和血迹，他们显然是费了九牛二虎之力才制伏了瘦小的老李。

"他怎么了？"当他们走过罗周的身边时，罗周不解地问道。

"你们厂报案，说这里有人发了神经病，果然发得不轻，哎哟——"穿白大褂的男人又被老李踹了一脚。

老李看到罗周，眼睛顿时瞪得大大的："他们在杀人——鬼在杀人——"

老李立刻就说不出话了，他的嗓子似乎已经喊哑了，但是他依旧在挣扎着。穿白大褂的人把他拖到了救护车上，然后，发动车子，扬长而去。这个时候罗周才注意到救护车上印着的单位名称——精神病医院。

罗周总觉得今天早上有些奇怪，空气里弥漫着一股特殊的气息，他猛地摇摇头，耳边却依然回响着老李的话。鬼在杀人？也许老李真的疯了。忽然，他见到老张匆忙走来，罗周向他打听老李的情况。

老张说："就是我打电话把精神病院的人请来的。昨天晚上，老李值夜班，不知道经历了什么事情，今天早上变得疯疯癫癫的。我见到他的时候，他紧紧抓着我，对我说了一通莫名其妙的话。"

"他说什么？"

"我听不明白，好像是在说杀人，听起来挺可怕的，他说他在值班室后面的那堵墙下面看到了鬼，鬼在杀人。真是荒诞不经，他简直是疯了。唉，他这个人也挺可怜的，苦了一辈子，最后进了精神病院。"老张说着说着，表情还有些惊恐。

"是啊。"

"不过——"老张也是老职工了，已经在这里工作了三十几年，他忽然欲言又止。

"不过什么？"

"过去，这里也发生过类似的事情。有的人在值夜班以后，就莫名其妙地疯了，疯了的人都说自己看到了鬼，或者看到了非常可怕的场面。曾经有人来调查过，但没有任何结果。"老张压低了声音说。

"你是说——闹鬼？"

"谁知道呢，就当我没说，我先走了。"老张不敢多待，匆忙离开了这里。

罗周看着老张远去的背影，仔细想着他的话，想着想着，不禁感到有些毛骨悚然。他从不相信这世界上有鬼魂，但老李确实疯了，他看到了什么？小楼前空空荡荡的，罗周的影子在冬天的日头下很长，那影子在地面上延伸，随着他的走动摇晃着，如同一个黑色的幽灵。他离开了这里，转到了小楼的后面，在楼的后面，他见到了那堵黑色的围墙。

在冬日的阳光下，那堵黑色的墙静静地矗立着，墙面稳重而厚实，看上去又高又大，像一座黑色的山崖。那堵墙很长，至少有五十多米，在墙两端的尽头，则是通常所能见到的那种表面覆盖着白色水泥的砖墙，与眼前这堵黑色的墙形成了鲜明的对比。罗周静静地看着这堵墙，墙脚下是一片开阔地，看起来至少能容纳几百人，地上什么都没有，只是一片白地，寸草不生，如同一片没有生命的荒原。他看着这堵墙，心里忽然有些不舒服，这堵墙对他造成的视觉冲击让他难以忍受，他的呼吸有些急促，本能地后退了几步。

风继续吹。罗周眼前忽然产生一种画面，他觉得眼前这堵黑墙会忽然倒下来，向他压来，把他压成一堆肉酱。他明知那只是他的幻觉，但这感觉却很真实，这让他有些担心，自己会不会和老李一样发疯？他一阵颤抖。

不知道是因为寒冷，还是别的什么原因，这堵有着魔力的墙依旧牢固地立在他眼前。黑色的墙面很光滑，像一张沉默的脸，似乎在向他诉说着什么。罗周摇了摇头，他闭起了眼睛，转身迅速离开了这里。

刚走了几步，他看到一个穿着黑色风衣的人站在小楼边，也在观察着那堵墙。罗周仔细地看着他，那张脸很陌生，罗周在脑海里努力搜索着，他终于想起来了。一个月前，一些日本人坐着黑色丰田轿车来到了这家工厂。他们参观了整个工厂，还特地来到这里看了看，这让许多人感到费解，日本人为什么会对这鬼地方感兴趣？还是罗周陪同日本人转了好几天。虽然这些日本人对中国人非常礼貌、客气，可罗周还是本能地不想和他们多接触。此刻，眼前的这个人，就是那些日本人中的一个。

当罗周走过他身边的时候，那人立刻对罗周笑了笑，微微地鞠了一个躬，嘴角掠过一丝奇怪的神色。罗周停了下来，在凛冽的北风里，他的目光一下子变得锐利起来，两个人的眼睛对视着，似乎在进行着某种对峙。最后，日本人却步了，他后退了几步，在他身后停着一辆日产面包车，车门打开了，里面似乎有好几个日本人，他上了车，然后车子开动了。

那个日本人上车前最后看罗周那一眼让他有些困惑。他们到这里来干什么？这个厂对他们来说毫无用处，反而是一个负担，但他们却斥巨资买下了这块地和所有的厂房，但直到现在，也没有人知道日本人买下这块地到底有什么用处。也许全世界的人都疯了，罗周暗自咒骂了一句。

厂区一片萧条，罗周晃悠了一整天，渐渐地，天色暗了，北风更加肆虐。他没有回家，因为今天他值夜班。草草地吃过晚饭后，罗周走进小楼的值班室。昨天晚上，老李就在这个房间过的夜，第二天一早，就被送进了精神病院。罗周想到这些，心里忽然一阵惊悸。他并不是一个胆小的人，但他的耳边却时常响起老李的疯言疯语。整整一天，老李的声音一直纠缠着他。罗周坐在值班室里，看着窗外的夜色，此刻已经一片黑暗了，天上既没有月亮也没有星星，只有呼啸的风。他看着窗外，脑子里忽然不由自主地冒出了一句话——月黑风高杀人夜。

罗周不愿意再想下去，他宁可相信老李的发疯是因为胡思乱想导致的，其实什么事都没有发生过，全是源于老李自己的臆想。

"通常，人总是被自己吓死。"喜欢看斯蒂芬·金小说的罗周这样对自己说。他用自己带来的被子裹着身体，躺在了值班室的床上，还好房间里有暖气，他并不觉得冷。

关灯之后，房间陷入了黑暗中，黑得就像是在坟墓里。罗周闭上眼睛，忽然觉得自己不是躺在床上，而是躺在棺材里。过了很久，他一直都没睡着，他总觉得窗外有什么声音，也许是风吹动了窗外的棚子。那声音就像是在敲一面战鼓，虽然沉闷却传得很远，尤其是借着风势的时候。

在呼啸的风声里，罗周一直难以入眠，他的耳边忽然又响起了老李的声音："他们在杀人——鬼在杀人——"

"不！"罗周控制不住自己，大叫一声，坐了起来。睁开眼睛，窗外依旧黑漆漆的一片，耳边是北风的声音，他忽然发觉自己的后背已经沁出了一些汗珠。他再也睡不下去了。他掀掉被子，穿上外衣，走出了值班室。

现在去哪里？罗周自己也说不清楚。他只是无法在值班室里待下去了，他的脚步在空旷的走廊里响起，不断地传出奇怪的回声。走廊里没有灯，他像一个盲人一样摸索着走到了小楼的门口，然后走到楼外。

风，来自北国的风瞬间吹乱了他的头发，他的身体在风中瑟瑟发抖，似乎随时都会被大风卷走。他本可以走出厂区，到马路上转转，那边应该还有一些人在，可以打发时间。可是他没有这么做，他向另一个方向走去，转向了小楼后面，尽管他知道，在小楼后面，有一堵黑色的墙。

去那儿干吗？他有些莫名其妙，虽然他告诫自己不要去那个地方，但脚好像已经不是自己的了，自动向那里走去。罗周竖起了衣领，在寒风中不断哈着热气，搓着手掌。

转过一个弯，忽然，他看到了一片光亮，这让一直在黑暗中的他有些难以适应。他眯起了眼睛，过了片刻之后才看清楚。

在那片白色的灯光里，罗周终于看到了——鬼。

鬼，就在那堵黑色的大墙下。

此刻，在这寒冷彻骨的黑夜里，这道白色的光线照耀着这片空地，而眼前这堵黑色的墙几乎已经被光线照成了白色。在这堵大墙之下，罗周看到了鬼影，不是一个，而是许多个鬼影，不，也许是人，可他又实在分不清那到底是人还是鬼。

罗周浑身颤抖着，他不知道自己该怎么办，他的双脚几乎麻木了。他睁大眼睛注视着那堵大墙底下发生的一切——杀人，他们在杀人。

他看见许多穿着破烂棉袄和各色旧衣服的人，在那片白色的灯光下。他们的脸被照得惨白，他们的表情惊慌失措，他们张大了嘴巴，似乎是在大喊着什么。可是，罗周什么都没有听到，除了北风的怒吼和呼啸。他数不清大墙底下到底站了多少人，看起来至少有一两百人，他们排成好几排，就像是在拍什么集体照。但是又不像拍照，因为他们没有什么秩序，乱成一团，不少人还互相搀扶着，大多数人的身上还绑着绳索。这些人里有一半是女人，她们看上去衣衫不整，大多面带羞愧耻辱的表情，其中甚至还有几个挺着大肚子的孕妇。除此之外，还有许多白头发的老人和调皮的孩子，真正的中青年男子倒不多。有一些孩子还很小，尚在母亲的怀里，罗周甚至还看到其中有一个婴儿正在母亲怀中吃奶。

这是些什么人？他们为什么会深更半夜来到这即将被拆除的厂区？罗周开始怀疑自己是不是和老李一样产生了幻觉。

不，这不是幻觉，他确实见到了这些人，这些人站在那堵大墙底下，惊慌失措地看着罗周。

"你们是谁？"罗周向他们大叫着。

尽管这些人都张嘴在说话，可是罗周什么都没有听到。

忽然，那堵大墙前，又出现了一群人，他们穿着电视里经常见到的日本军队的服装，头上戴着绿色的钢盔，手里端着步枪和机关枪。

"你们该不是拍电影的吧？怎么也不通知厂里一声？"罗周向他们嚷了起来。

这些人似乎没有听到罗周说的话。忽然，罗周看到他们的枪管里冒出了火光。天哪！他们真的开火了。可是，罗周却什么声音都没有听到，就像是在看一场无声电影。在这些穿着日本士兵服装的人当中，有几个扛着机关枪，他们匍匐在地上，枪管里不断喷射出火苗，所有的枪口，都对准了一个目标——大墙底下的人群。

有人中弹了。

不，许多人都中弹了，他（她）们的胸口瞬间绽开了一个大洞，鲜血像喷泉一样从胸口，从腹腔，甚至从头顶涌出。鲜血染红了他们的棉袄，染红了脚下这片荒凉的大地。第一排中弹的人都倒下了，接着是第二排，所有中弹的人都张大了嘴，罗周虽然听不到他们的声音，但可以看出他们的口型，他知道他们喊的是救命，也有的人在骂畜生。

罗周嘴巴大张地看着这一切，一步都动不了，他不知道眼前所见到的是真实的还是幻影，唯一能肯定的是，现在那堵墙下正在进行着杀人的勾当。不是在拍电影，而是确确实实的屠杀。

是的，鬼在杀人，在杀人，就在那堵黑色的大墙之下。那些穿着日本军服，戴着钢盔，端着步枪和机关枪向人群肆意扫射着的不是人，他们绝对不是人，而是一群——鬼。

老李没有精神病，他说得一点都没错，鬼在杀人。

月黑风高杀人夜。罗周看到许多孩子也中弹倒下了，这些孩子倒下的时候，脸上还挂着笑容，他们也许真的以为那些人是来给他们照相的。有一个母亲在用身体保卫自己的孩子，但是子弹穿透了她的身体，结束了他们的生命，还有，还有那几个孕妇，她们被子弹洞穿了肚子。看着这些，罗周忽然想吐，忽然想哭。

每一个倒下的人，脸上表情各异，有的愤怒，有的仇恨，有的羞愧，有的耻辱，还有的冷漠。

最后一个倒下的，是一个戴着眼镜、留着长长的黑色胡须的中年男子。他站在最后，在大墙的中点，几排机关枪的子弹射进他的胸膛。他的胡须在风中颤抖着，他的目光里闪现出某种特殊的东西，似乎隐藏着什么，最后他缓缓地卧倒在一片尸山血海中。

罗周再也控制不住自己了，他向那些杀人的鬼冲去，正当他即将抓住一个军衔为中尉的鬼时，灯光忽然灭了。那些耀眼的白色光线立刻消失得无影无踪，黑暗又重新笼罩在了罗周的头顶。

一切都消失了。

真的一切都消失了吗？

罗周跑到大墙跟前，什么都没看见，刚才那些人呢？那些被杀害的人呢？地上空空如也，什么都没有，还是一片寸草不生的白地。而那些杀人的鬼，也瞬间不见了踪影，逃回了阴曹地府。

寒风依旧凛冽。

罗周缓缓地走到那堵黑色的大墙脚下，虽然在一片黑暗里他看不太清，但他还是触摸到了墙面。那墙面冰凉冰凉的，就像死人的身体。他的手立刻缩了回来，不敢再碰这堵墙了。他抬起头，仰望着黑暗的天空，没有人给他答案。

见鬼了。

刚才那道白色的亮光又是从哪里来的？他回过头去，后面的小楼沉浸在黑暗中，什么都看不清。罗周忽然心里一凉，他不想自己和老李一样，再被送入精神病院，他大口地喘着气，飞快地离开了这里。他一路快跑，转过弯冲进了小楼。

在小楼黑暗的走廊里，他停了下来。现在去哪里？反正此刻就算吃一瓶安眠药他也睡不着觉了。忽然，他想到了什么。他跑到了二楼，这里过去都是办公室，厂子倒闭以后，就没有人管了，他按照记忆，摸到了厂档案室的门口，门没有锁。他推开门，把电灯打开，档案室很久没有人管了，弥漫着一股陈腐的味道。

罗周曾经在这间档案室工作过，他熟悉这里的资料排列，自从厂倒闭以后，就没有人再动过这里的东西了。他找到了这家厂过去的档案资料，原来这家厂的前身是南京国民政府一家化学研究所，始建于 1929 年，1949 年以后研究所被改成一家化工厂。档案里显示，这家化学研究所的创始人名叫林正云，生于 1890 年，1912 年赴美国留学，在海外学习和研究了十七年，成为当时著名的化学家，也是美国一所大学的教授。1929 年，林正云归国，在南京创办了这家化学研究所，担任研究所所长，为当时的中国培养化工人才，并进行化学方面的研究。

接着，罗周在档案柜的最里层发现了一沓资料，他仔细地看了看，原来竟是林正云的工作日志。他如获至宝一般翻开了这本工作日志，粗略地看了看，日志从 1929 年 10 月 20 日开始，一直到 1937 年 12 月 18 日结束，总共持续了八个年头，一天都没有中断过。

罗周随机挑选了 1937 年的几篇日志阅读。

12 月 1 日——

制造影像墙的材料已经全部运到了，这些材料来自安徽的一座磁铁矿山，我们正在全力以赴地用这些特殊的磁铁矿石修建这座墙。经测算，我估计两个星期内就可以完工了。研究所的全体同人都很高兴，因为我们正在进行一项重要的实验，虽然缺乏经费，但我们依靠自己的力量即将完成，也算是没有辜负大家几年的辛苦。

不过，今天早上传来一个坏消息，常州沦陷了。据说日本军队还滥杀无辜，我真的很担心，自从上海开战以来，我就没有睡过一个安稳觉，11 月 11 日，上海沦陷，我们所里许多人都哭了。但愿我们的国军能保卫住首都。

12 月 10 日——

经过这些天的努力，影像墙的工程已经进入了收尾阶段，我们已经开始在墙的表面刷上我们所里花了好几年时间自行研制出来的磁性感光材料，这样类似的材料，在国外还没有，我为中国人能够制造出这样的材料而感到高兴。此外，电磁灯也已经开始安装了，在电磁灯与影像墙之间，大约有一百米的空地，届时电磁灯所发射出的电磁光线将把空气中所有物质的影像都投射到影像墙上，这样，就可以用影像墙来记录影像了。

然而，今天早上，我听到了炮声，这说明日军已经进攻到南京城外了。我没有想到我们的国军居然如此不堪一击，空有数十万大军和郊外的城防工事却无法打退日军的进攻，看来民国的首都已经危在旦夕了。许多人都劝我尽快离开南京，如果现在走也许还来得及。可是，现在我们的实验正进入了关键时刻，绝不能一走了之，否则就会前功尽弃，我决心留下来完成实验。

12 月 13 日——

呜呼哀哉。日军入城了。

我偌大一个中国，居然连几个倭寇都打不过，连首都都送入了敌手，吾辈真的是愧对列祖列宗啊！此刻的南京城，已经风声鹤唳、草木皆兵了，街上乱成了一团，许多溃兵来不及逃走，只能丢下武器等待投降。而我没有走，研究所的大多数人都没有走，我们必须完成我们的使命。

在隆隆的炮火声中，影像墙即将竣工了。

愿老天保佑我们。

12 月 14 日——

许多难民涌进了我们化学研究所，他们全都惊慌失措的，其中有些人还受了伤。他们告诉我，日本人一进城就开始屠杀平民百姓，他们见人就砍，烧杀抢掠，许多妇女也遭了殃。所有人都非常害怕，他们的房子已经被日本人烧了，家里的财产被洗劫一空，现在外面的街头已经是恐怖的世界了。我看着这些人，不知道该说什么才好，我只感到心里万分痛苦，我恨我只是一介书生，不能上阵杀敌。我们所里存着一些粮食，足够大家过冬了，我们把粮食拿出来分给了这些难民，让他们挤在研究所的房子里，希望日本人不要找到他们。

12月15日——

影像墙终于完工了，这是一堵用特殊磁铁石修造的大墙，墙面上还刷着一层厚厚的磁性感光材料。我看着这堵黑色的大墙，心里不知道是什么滋味，它高大而厚实，看起来就像是一道长城。可它终究无法抵挡倭寇，现在我只能对这堵墙说——你诞生的不是时候。

今天，我的一个学生冒险走出研究所去接他的家人，结果回来的时候，他已经失去了一条胳膊，他说他走到自己家里的时候，发现父母已经被杀害了，自己的妻子也在被强暴后自杀，他一岁的儿子被日本人的刺刀捅死在摇篮里。狂怒的他去找日本人报复，结果被日本人抓住，他们没有杀他，而是砍下了他的右手，为的是让他永远生活在痛苦中。现在他回到了我们所里，少了一只胳膊，他疯了。

12月16日——

按照原计划，应该是今天进行实验的，可是，看着这么多难民，我首先要做的是保全他们的生命。不断有逃难的老百姓躲进我们研究所，他们带来的消息越来越可怕。日本人确实已经开始屠城了，屠杀的对象不分男女老少，手段残忍无比，简直就是一群畜生。有一个死里逃生的难民告诉我：昨天下午，日军从司法院等难民收容所带走了两千多名难民，押到汉中门外，用机枪扫射后，复以刺刀捅，然后用木柴浇上汽油焚烧，情景惨不忍睹。我听后十分震惊，现在已经是文明的二十世纪了，居然还出现如此野蛮地对平民的大规模屠杀，难道日本军队就一点人性都没有吗？在万分痛苦中，我们以泪洗面。

12 月 17 日——

　　我们躲在研究所里，但是我们的鼻子都闻到了一股血腥的味道。整个南京城已经成了尸山血海的人间地狱，这血腥的气味弥漫全城，我似乎能听到万千亡魂在呼喊，谁能给他们报仇呢？我有一种预感，情况会越来越坏，现在我们所里已经藏了两百多个难民，日本人很快就会找到这里来的。我看着这些无辜的人，他们中有许多是女人、老人、孩子，甚至还有孕妇，我的心里如同刀绞一般。在野兽面前，我没有能力保护他们，我甚至连自己都保护不了。

12 月 18 日——

　　上帝啊，为什么对中国人这样不公平。
　　我担心的事情终于发生了，日本人找到了这里，他们荷枪实弹地闯了进来。我甚至能看到为首的一个日本人手里提着的军刀还在淌血，那个畜生的腰间还挂着几颗中国人的人头。他们把两百多个难民全都关在了地下室里，然后把其中有稍有姿色的女子带到我的实验室里蹂躏。而我们几个研究所的工作人员则被关在了档案室里，我现在什么都不能做，只能在档案室里写我的工作日志。
　　我明白，我们这些人，一个都活不下去了，都将成为那些野兽的刀下亡魂。是的，我们逃脱不了死亡。但是，我想让我们的子孙后代记住我们的遭遇，记住在 1937 年 12 月南京所发生的一切。此刻，夜色已经降临，窗外寒风凛冽，这风带着死亡的气息席卷着南京城。一个日本军官走进来，命令我们准备一盏探照灯把楼下那块空地照亮。我们研究所并没有什么探照灯，只有一盏功率为两千瓦的电磁灯。此刻，那盏电磁灯就高高地悬挂在影像墙上，电磁灯只要一亮，灯光照到的所有物体都将把自己的投影反射到影像墙上，然后被影像墙的磁性材料记录下来，永远地保存着，只要再把另一种电磁灯重新投射在那堵墙上，所有被记录的影像就会自动呈现出来，就像是一场永恒的无声电影。总有一天人们会发现这个秘密的。电磁灯的开关就在我手上，我开动了电磁灯，瞬间，楼下那片空地被耀眼的白光笼罩。日本人用刺刀把地下室里的难民驱赶了出去，他们让难民在楼前排列开来，两百多人都面对着影像墙和电磁灯的光线。这时候，那个日本军官又来到了我们的房间里，他命令我们也下去，我们将和那些难民们一同被屠杀。我点了点头，明白自己就快要死了，我不再留恋什么，我只希望，现在我所进行的科学实验能够成功，能够通过我的电磁灯和影像墙把这大屠杀的罪证永远记录下来，让后世子孙铭记我们民族的灾难，与另一个民族的罪恶。

好了，我的工作日志到此为止，我会把工作日志放入档案柜，留待后人发现。

永别了，朋友们。

林正云

林正云的工作日志到此为止，这是最后一页，看完这一页，罗周全都明白了。他沉浸在一种巨大的痛苦和愤怒中，他大口喘息着，好像经历了工作日志里所记录的一切。

窗外的风继续呼啸。现在罗周明白，那堵黑色的大墙，其实就是一个巨大的摄像机，它把所有在电磁灯照耀下发生的事情都记录了下来，然后在另一种电磁灯的光线下再把影像重新显现出来。他刚才看到的，就是当年在电磁墙前被记录下来的影像，那就是在南京大屠杀中所发生的一起集体屠杀事件。罗周知道，从来没有人能用摄像机记录下南京大屠杀中的大规模集体屠杀事件，但是，那堵墙记录了下来。

这是铁证，铁证如山。

在这些工作日志的最后，罗周还看到了一张林正云的照片，照片的下面写着拍摄日期是 1937 年 12 月 5 日。照片上的林正云四十多岁的样子，戴着一副眼镜，留着长长的黑色胡须。就是他，没错，刚才罗周在黑墙前所见到的那个最后倒下的中年男子，就是照片中的林正云，他和那些难民共赴了国难，一起死在了日军的枪口下，并且被他自己创造的天才发明——影像墙记录了下来。

罗周小心地把这些工作日志放在一个皮包里，他要把这些珍贵的资料保存下来，不能让它们随着这栋小楼一起被毁掉。忽然，他听到了一阵巨大的声响，那不是风的声音，绝对不是。

怎么回事？

罗周的心里一惊，他忽然想到了什么。不，不，他带着皮包飞快地跑出了档案室。他冲下楼梯，跑出小楼，转到了小楼后面。他又见到了耀眼的光线，此外，还有飞扬的尘土，在一盏巨大的灯光下，他看到了一辆推土机，那是一辆巨型推土机，是他所能想到的最大型号。那台推土机正在用那巨大的前铲推倒那堵黑色的大墙。

"不！"罗周高声叫了起来，这是罪证，杀人的罪证，他们在销毁罪证。罗周看到了那些日本人，他们带着红色头盔，穿着西装站在空地上，怡然自得地指挥着推土机作业，他们发现了罗周，用一种轻蔑的目光看着他。来不及了，已经来不及了，那辆巨大的日产推土机已经把整堵墙全都推倒了，尘土高高扬起，现在，那堵黑墙已经在推土机下变成了一堆废墟。

现在，黑墙已经消失了。

面对黑墙的废墟，罗周跪了下来，这是罪证，被销毁的罪证。他明白了，为什么日本人会看中这家工厂，因为他们已经知道了这堵黑墙里埋藏的秘密，他们处心积虑使这家工厂破产，然后买下这片土地和厂房，就是为了销毁罪证。老李的发疯，也是因为他们用电磁灯使那些影像播放造成的，而以前的闹鬼传说则可能是因为闪电雷鸣等自然因素造成的。

现在，那些日本人已经谈笑风生地离开了这里，推土机也开走了，只留下一片黑墙的废墟。罗周的眼眶里闪着泪光，狂风呼啸而过，吹乱了他的头发，使他的样子看上去有些可怕。他看着黑夜深处，那茫茫无边的夜色依旧笼罩着这座城市。他抬起手，把泪水轻轻擦去，接着，他挺直了腰，从地上站了起来。

忽然，他觉得自己终于长大了。

请记住——1937 年 12 月 13 日，中国南京。

神秘岛

　　我在海上漂浮着，救生衣支撑着我虚弱的身体。

　　海上风平浪静，昨晚的狂澜巨涛都消失了，我反而更加恐惧。现在我唯一所能做的，就是等待死亡。

　　昨天下午的航行中，我发现无数的鱼在海面上翻腾，它们用尾巴拍打着海面，整个海面一片鱼鳞的反光。我没想到这就是鱼给我们的警告，动物的异常反应通常都是自然灾害的前兆。昨天晚上，那令人恐惧的大浪突如其来地从海平线上升起，大海的力量谁都无法阻挡。我透过船舱的玻璃，看到在黑暗的海平线尽头，一道红色的光线闪过，还有一片烟雾笼罩着那片海域——可怕的海底火山爆发了。

　　巨浪一下子就把"探索"号海轮给掀翻了。我立刻套上了救生衣，打开舷窗爬了出去。求生的本能使我在海水中挣扎，当我回头望去，"探索"号已无影无踪。海浪继续咆哮着，我几乎绝望了，闭起了眼睛，在风口浪尖颠簸着。直到恐怖的长夜过去，太阳放射出万丈光芒，一切又归于风平浪静。

　　远方似乎有一片陆地，我抬起疲惫的手揉了揉眼睛，向远方的海平线望去。

　　海市蜃楼？我又平添了一阵忧伤，但仍奋力向那个方向游去。天哪！这幻影太真实了，我能清楚地看到它的沙滩、岩石和陡峭的悬崖。

我继续向前游去，忽然，脚下是绵软的沙子，我站了起来，是沙滩！这不是海市蜃楼，而是真实的陆地。我倒在了沙滩上，大口喘着气，全身近乎虚脱。

我用最后一点力气爬了起来，我要寻找附近的居民！

我离开沙滩，发现岩石上生长着许多海生植物和藻类。怎么都被海洋植物和藻类覆盖了呢？整个陆地就像是刚从海里打捞上来的沉船一样，"锈"迹斑斑，如同死一般的海底世界。

我走上山坡，向下望去。那是什么？我又揉了揉眼睛，确定这不是梦，接下来，我所见到的这座城市将让我终生难忘——

毫无疑问，这是一座巨大的城市，确切地说，是一个城市遗址。我跑向一个更高的山头。结果是令人绝望的，这是一个孤岛。

我在港湾边，发现了巨大的人工码头的遗迹。那些码头虽然覆满了海洋生物，但是却依然可以看出当初光滑整齐的样子。码头边有许多高大的建筑物排列着，看上去就像是仓储区。在这些建筑物的正中，有一条宽阔的大道。我从来没有见过类似这些风格的建筑，既不是东方式的，也不是西方式的，它更近似于现代建筑。

我向前走去，惊叹着这个城市的巨大与辉煌，我曾去过意大利的庞培古城考察，而现在所见到的这座城市，其规模远远超过庞培，保存得也非常好，只是全都覆盖了一层厚厚的海洋生物。

不知走了多久，我穿过一座高大的拱门，接着，是一座巨大的广场。广场大得惊人，看上去至少可以同时容纳好几万人。在广场的中央，矗立着一座金字塔。我一下子就想到了墨西哥与古玛雅人，他们古代城市的中央也都矗立着金字塔。只是，玛雅人的金字塔比起我眼前的这座，实在是小巫见大巫。

金字塔的正面有一道长长的阶梯，我仰望着金字塔高高的塔尖，觉得自己很渺小。我逐级攀登，终于来到了金字塔的顶端，再回头看脚下的城市与岛屿，脑子立刻清醒了。

金字塔顶有一扇小门，我摸了摸，应该是特殊的合金材料做成的。我清理了一下门上的附着物，门上渐渐现出一些奇怪的符号。从形状来看，那些符号像是某种线形文字。这扇门看上去极其坚固，门的边缝衔接极其紧密。我尝试着用手指触摸门上的那些符号文字，其中有些是可以活动的，我用力推动这些活动的符号，忽然，门打开了。

我无法抑制自己的好奇心，踏入了这扇大门。头顶忽然出现一片亮光，也许是某种荧光物质引起的，光线十分柔和。我感到这里与外面是两个截然不同的世界，这里干燥、洁净。眼前有一条通道，我大着胆子沿着通道走了下去。

不知道走了多久，忽然出现了一扇门，又是合金材料，门上依然有那种符号。我使劲在门上推了几把，果然，门自动打开了。

门里是一个空旷的房间。房间中心有一张石桌，桌上放着几大卷竹简。我大吃一惊，难道这是中国人创造的文明？我小心翼翼地拿起其中一卷竹简，仔细地看了看，没错，肯定是中国先秦时期的竹简，上面是用蘸着黑色墨水的小刀刻出来的隶书。

这些字从笔法上来看是秦隶无疑，与我们后世所见到的汉隶有所不同。看来，这些竹简的作者必是秦始皇时代的人无疑了。

我如获至宝一般掂量着这沉重的竹简，心里说不清是什么滋味，作为考古工作者，能看到秦代的竹简是非常幸运的事情。可是，我现在被困在这孤岛之上，熬不了多少时间，恐怕就要与这竹简一同作古了。既然都是死，不如把这些竹简看完再死不迟，也好对自己有一个交代。

现在，我开始默默地读起了第一卷竹简，我一边读一边尝试着把这些秦代的古文翻译成白话文，第一卷译文如下——

大秦始皇帝三十七年，本人秦越，奉始皇帝命随徐福入海寻访蓬莱、方丈、瀛洲三神山。船队共载童男童女三千人，由三十艘大船组成，扬帆远航。启航之后，风和日丽，船队顺着海流航行，一路平安无事。

不料十日之后，突然遇到风暴，我所在的船只不幸沉没，我坠入了海中。但忽然有什么东西把我托住了，我低头一看，身下居然是一只白色的海豚。我顺势抓住海豚的背鳍，任由着它向远方游去，不知不觉中，我昏迷了过去。不知道过了多久，我从昏迷中醒来，发现自己在一片沙滩上。

这是一座孤岛，岛上却有一个繁华的城市，港口里停泊了各种船只。城市里有许多高大坚固的石头房子，宽阔的街道两边到处都是商店与酒楼，行人如织，熙熙攘攘，总之是一派繁华的景象。在城市的中心，还有一个巨大的广场，与我们大秦咸阳皇宫前的广场相比一点都不逊色。广场中心有一座高大的三角形的塔，整个塔金碧辉煌，令人目眩。这里的居民看上去都是温文尔雅的样子，待我十分友善，把我当作他们中的一员，一年以后，我完全学会了他们的语言、文字。

这座城市叫大洋城，文明程度极高，这里有许多学校，每一个居民都能接受教育，这里既没有穷人也没有富人。他们很聪明，尤其是数学方面。大洋城人天生都是游泳好手，特别擅长潜水。我在大秦已算水性极佳的人了，可是这里五岁的小姑娘游得都比我好。大洋城人擅长造船和航海，据说他们的海船能够不间断地航行到大海的另一头，我见过许多来自其他国家的人，他们都是坐着大洋城的船只来这里进行贸易的。

最令我难以理解的是，大洋城居然没有皇帝，也没有贵族，居民们组织起一个大会，大会的成员由大洋城全体成年居民选出，称之为权力大会。所有的法令都由权力大会通过开会进行讨论，三分之二以上会员同意就能公布实施。大洋城的执政官是由全体居民一人一票选举出来的，任期五年，不准连任。这在我们大秦是不可想象的，始皇帝不是要大秦的基业以二世、三世这样千秋万世地传下去吗？

然而，大洋城最具号召力的人物并非是执政官，而是圣女。圣女居住在圣殿中，所谓的圣殿，就是市中心大广场中央的那座巨大的三角形建筑物。圣女一般不会轻易露面，常年居住在圣殿中，大洋城所有的人都崇拜圣殿和圣女，因为这是他们的信仰。

好不容易，我才把第一卷竹简全部译出来。看完后心里有一种说不出的感觉，这果真是一个秦国人写的，这个秦越跟随徐福去找三神山，其实就是为了给秦始皇找长生不老之药。他们遇到了风浪，秦越落海，居然被一只海豚救起，到了大洋城。我已经被深深吸引住了，我拿起了第二卷竹简。第二卷竹简的译文如下——

现在，已经是我来到大洋城的第二年了。虽然生活在这里很愉快，但是，我感到孤独，因为我思念故乡。我每天都在港口的码头边遥望大海，希望能发现来自大秦的人，可惜，从来没有。大洋城的海员们对我说："我们可以带你去世界上任何一个地方，但唯独不去大秦。"

"为什么？"

"因为大秦有暴政。"

我无言以对，也许，他们说得对。

忽然有一天，我发现一艘大海船冒着浓浓的黑烟驶进了港口。

水手们告诉我，这是倭族干的。倭族居住在远方的几个岛上，他们落后野蛮，居住的岛屿也很贫瘠，经常地震，所以他们常在海上抢劫商船。十年前，倭族对大洋城发动过一次战争，城里几万人被他们杀害。这次，海船又遭到了倭族的抢劫。三天后，整个倭族都要来攻打大洋城，要大洋城乖乖投降。

"为什么不反抗？"我问他们。

"你从大秦来，不知道我们大洋城人的习性。对你们大秦人而言，战争如同家常便饭，武力是解决问题的最好方式。可是，我们不这么认为，我们是文明人，怎么能和倭族这样的野蛮人相比，战争是属于野蛮人的。"

我心里忽然感到不是滋味，我们大秦也信奉战争，在大洋城人的眼中，我也应该是一个野蛮人。

这天晚上，在大洋城的中心广场上，召开了全体公民大会。大会在执政官的主持下召开。执政官宣布："全体公民们，野蛮的倭族即将入侵，他们要我们无条件投降。全体公民必须就此进行表决。在表决之前，请权力大会的会员先发言，公民也可以参与。"

接着，许多人跟着他发言，他们的言论几乎都倾向于投降。可我是一个军人，我不能眼睁睁看着大洋城遭到强盗的踩躏，我冲到台上，高声道："各位，我虽然是一个大秦人，但我和你们一样热爱这座城市。我知道你们厌恶战争，但我想告诉你们，当面对强盗的时候，只有比强盗更强大，才能保护自己，委曲求全只能是死路一条。穷凶极恶的倭族人会给你们自由吗？不，一旦你们放弃了抵抗，他们就会更加肆无忌惮，到时候，就真的是文明毁灭的时刻了。"

"对不起，大秦人，我虽然没有去过大秦，但我听说过你们大秦的暴政，你们信奉暴力与战争，但我们不相信这个。"

我失去了说服他们的信心，低下了头。

忽然，从高高的圣殿里传来了一个悠扬的女声："大秦人，请你留下。"

所有人都很惊奇，他们抬头仰望着圣殿，那个声音是从圣殿的最高处传来的，那声音非常悦耳，像是一个年轻女子的声音，在夜空中飘荡着。在上万人的注视下，圣殿最高处的那扇门打开了，一个披着白色长袍的女子缓缓走了出来。

"圣女。"广场里所有的人都向着圣殿的方向鞠躬。

圣女不说话，缓缓走下阶梯，等她走近了我们，我才发现"圣女"其实很年轻，不过二十岁的样子。她留着乌黑的长发，身材很好，就像一只漂亮的白海豚。圣女看了看我，她那大大的眼睛，闪烁出一种异样的光芒。

最后，她用那富有磁性的声音对大家说："让他试一试，也许大洋城能得救。"

很快，所有到会的公民都进行了投票，计票和验票是当场进行的。最后，执政官宣布了投票结果——抵抗倭族的决定获得通过，而我被任命为抵抗倭族的指挥官。

经过了三天的准备，大洋城的武装舰队终于出发了。我们紧急改装了五十艘商船组成舰队出海作战。航行了不多久，就与密密麻麻的倭族船队相遇了。

大洋城舰队在我的指挥下，使用了大秦海军的战法，所有的战士都奋勇作战，结果令所有的大洋城人意外，我们大获全胜，而倭族则全军覆没。

当我们回到大洋城的时候，受到了全体公民的欢迎。最后，执政官宣布："为了表彰秦越的功劳，权力大会一致推选秦越为新一任执政官。"

我却摇了摇头，对执政官说："不，我不愿做执政官，如果你们愿意，就让我做圣女的仆人吧。"

"什么，圣女的仆人？"

"对，如果表决的那晚没有圣女出现，恐怕现在倭族已经占领了大洋城，真正的功劳归于圣女。我想告诉你们，我心甘情愿为圣女服务，做一个卑微的仆人，这是我最大的幸福。"

他们耳语了几句，最后同意了我的请求。

我不知道自己是怎样读完这些竹简的，我的双手几乎被这摞厚厚的竹简压断了。但是，我却充满了看下去的欲望，我翻开第三卷竹简，默默地念出了译文——

第二天，有人把我带入了圣殿。

圣女坐在圣殿中央的大厅里，我不敢靠近她，只是远远地说："纯洁的圣女，我是您的仆人秦越。"

"秦越，你过来。"

我缓缓地靠近了她，终于看清了圣女，她正襟危坐，面无表情，直视着我的眼睛。她的眼睛有一种慑人的魔力，我不敢再与她对视，把头低了下去。

"秦越，把头抬起来。"

我愣了愣，几乎忘了自己已经是她的仆人，必须无条件服从圣女，我轻声说："遵命，我的主人。"

我迅速把头抬了起来，可是，却依然不敢看她，我的视线在她的脸上游移，却始终没有对准她的眼睛。

"看着我的眼睛。"

我逃不了了，我和圣女的目光撞在了一起。

"秦越，你为什么要做我的仆人？"

"我的主人，对我来说，能够做您的仆人，是我最大的幸福。"

"你是大秦人，你思念大秦吗？"

"是的，每时每刻都思念故土，但是，我也爱上了大洋城这片土地，我想，也许我这一生都无法离开大洋城了。"

"秦越，你真的愿意把一生都交给我吗？"

"是的，我愿意终生做您的仆人。"

她终于点了点头。

从此以后，我就一直跟在圣女的身边，圣女几乎从未踏出过圣殿一步，总是把自己关在几个房间里，阅读刻在墙壁上的文字，那些文字多得惊人，也许一辈子都读不完，而且，那不是大洋城现在通行的文字，我看不懂。入夜，我会回到圣殿的一间密室里。

有一夜，我走出房间，在甬道里拐了许多道弯，最后走进一个陌生的大房间。房间里几乎一片黑暗，房间的顶上有一个天窗，苍茫的星空就在头顶闪烁。圣女穿着一身白衣站在星空下。

她正聚精会神地看着星空，虽然四周一片黑暗，但我能看清她那明亮的眼神。我也抬起了头，这时候，我才第一次感觉，这星空是如此美丽。

圣女察觉到了我的存在："秦越，你怎么来了？"

"对不起，我的主人，我打扰你了。"

"不，你没有打扰我。"

"我的主人，您是在预测大洋城的未来吗？在我们大秦，夜观天象总是为了预测未来的吉凶祸福。"

"预测未来？你真的是这么想的吗？嗯——"圣女似乎在思考着什么，"也许你说得对，从这星空中，我们的确可以预见到未来。"

"我的主人，那未来应该是什么样子？"

圣女看着我，目光在黑暗中闪烁着，似乎已经告诉了我一切。然后，她又把目光投向了星空，轻声说："未来的样子？未来是很美丽的，非常美丽，人们也许可以在天上飞行，可以不受限制地潜入深海，可以随时与遥远的天涯联系。不过，那是非常遥远的未来，非常非常遥远，也许在人类见识到这美丽的未来之前，大洋城早已经不复存在了。"

"我的主人，在未来，我必然已是一堆枯骨，那么您呢？"

"我？我不是神，不是万能的，我无法回答你。秦越，你回去吧，我想一个人静一静，想一想——未来。"最后两个字，她说得很长很长。

"遵命，我的主人。"我离开了这个开着天窗的房间，沿着来路，回到了自己的房间。我终于睡着了，那晚，我梦见了——未来。

几天以后，圣女走出圣殿，来到港口，我们登上一艘大海船，扬帆驶向了大海。圣女一直站在船头，海风袭来，吹乱了她乌黑的长发。她的目光直盯着前方的大海，似乎想从大海中发现什么，我能从她的眼睛中看出她对大海的感情。她一定深深地爱着大海。

忽然，海面上出现了许多海豚，那些白海豚在海面上竞相跳跃，高高地跳出海面，在空中划出一道道优美的弧线。大洋城人都非常喜爱海豚——它们是一种通人性的动物。海豚明显在跟随我们这艘船，几乎都在船头的部位。

不知航行了多久，所有海豚都聚集到了一起，来回游动着。圣女看着这些海豚，终于说话了："好了，就是这里。"

然后，圣女脱下了白色的长袍，她里面穿着一件贴身的衣服，把她整个体形都勾勒了出来。她轻轻地对我说："秦越，你愿不愿意跟我去海底？"

我虽然也会潜泳，但毕竟不能与大洋城人相比，但我几乎不假思索地说："我的主人，我愿跟您去世界上任何地方。"

"那好，戴上潜水面罩吧。"

圣女做了一个手势，一名水手端着一个奇怪的面罩来到我面前。我仔细地看了看那面罩，看上去就像是我们大秦的傩神面具，面罩眼睛的位置覆盖着一种透明的物质。我很惊奇，试着戴上了面罩。我能透过那层透明的物质看清眼前的一切，而一股新鲜空气从面罩里直涌向我的鼻孔，让我一下子神清气爽起来。

"秦越，跟我来。"圣女说了一句，然后她在船头纵身一跃，跳入了大海。我也跟着她跳了下去。

我仿佛进入了另一个世界。海水特别清澈，圣女不借助任何工具游在我前面，海豚也跟着我们。海底有许多奇特的生物：五颜六色的珊瑚、巨大的海龟、优美的海鳐。我跟着圣女和海豚不知游了多远，那里几乎所有的生物都能发光，发光的生物集合在一起蔚为壮观。更让我惊奇的是，圣女潜了那么久，几乎没有换过气，看上去她和海豚几乎没有区别，只是她的身体更加撩人。

终于，我们要寻找的东西出现了，那是一排海底建筑，宏伟壮阔，坐落在大海的中心。这简直是大洋城在海底的翻版。那些高大的建筑、宽阔的街道，还有城市中心的巨大广场，以及广场中心的三角形圣殿，全都一模一样。

海豚和我们一起游进了城市中心的广场，来到了圣殿的最高处。圣女伸出了手，触摸着圣殿最高处的那扇门，于是，那扇门自动打开了，我和圣女游了进去，海豚们却留在了门外。

我和圣女游进了圣殿，里面的海水被自动排干，房间里一滴水都不剩，柔和的光线又在房间里亮了起来。圣女呼吸了几口空气，转过头看着我。我这才明白，取下了潜水面罩。

她甩动着长发，湿漉漉的衣服贴在身上，让我不敢再看她。我跟着她走入阶梯，最后来到一个巨大的房间。房间里有一台奇怪的东西。圣女坐在这台东西前，按了一个圆形的钮，然后，那台东西就发出了亮光。

那是一个会发光的平面，平面里出现了一些奇怪的文字，然后又出现了许多千奇百怪的图像，有的图像很简单，就像太极图，有的则非常复杂。她仔细看着这些文字，同时对这台东西说着些什么话。圣女回过头来说："秦越，不用害怕，这是一台智慧的机器，我能从它的身上知道许许多多的知识。"

我还是忍不住问："我的主人，这台小小的东西，真的能够提供知识吗？"

"当然。"

"难道，它比竹简里的知识还要多吗？"

圣女对我微微一笑："你们大秦人用竹简来记载知识，我们大洋城人的祖先用这个来记录知识，只是，这台机器里面所包含着的知识，要比你们大秦所有的竹简加起来的知识还要多很多。"

我更加奇怪了："我的主人，可是这台东西看上去最多只能放几十卷竹简而已。而大秦有数十万卷的竹简被始皇帝投入了火中。"

圣女摇了摇头说："秦越，你相不相信，在古老的过去，曾经存在过一个伟大的文明。"

"我的主人，您是说过去？就像尧舜时代？"

"人类是多么无知啊。这个文明，并不是由人类创造的，从我诞生的那一天起，这里就是这个样子，在我之前的几万年里，也是这个样子。我吃着海豚的乳汁长大，海豚教给了我文明的信息。现在，这个古老文明里的一切信息，都保留在这台智慧机器里。"圣女继续往下说，"我之所以被大洋城人奉为圣女，是因为我是在这里长大的，海豚就是我的养父母，我是大海的女儿。圣女利用古老文明留下的知识，使生活在大海中的民族重新进入了文明时代，建立了大洋城。所以，每隔几十年，人们会把一个女婴送入这片海域，这里的智慧的海豚会抚养这个女婴，使她成为文明的使者，等她年满十八岁，她就要回到大洋城，成为圣女。而圣女的职责，就是用知识的力量，保卫大洋城的文明。每年的今天，我就要来到这里，从这台智慧机器里采集知识与文明，以使大洋城保持繁荣。"

接着，圣女继续念出那古老的语言，她的神色有些紧张。很快，文字变成了一幅图像。那是一幅大海上波涛汹涌的图像，无比逼真，我惊呆了，就好像这台智慧机器里藏着一片大海一样。然后，图像里的大海冒出了火焰，火山爆发了。平面里出现了一座城市，那是大洋城，在烟雾笼罩下，岛屿开始下沉，汹涌的海水冲进了城市，把整个大洋城淹没。最后，这座巨大的城市完全沉入了海底。

圣女忽然转过头来，我从来没见过她这种眼神。她的表情严肃，脸色更加苍白。

"怎么了，我的主人？"我关切地问她。

她沉默了许久，额头沁出了一些汗。

我想为她擦去这些汗水，于是大着胆子伸出手，她没有在意。我小心翼翼地帮她擦去汗水，手指触摸着她光滑的额头，我能感到她皮肤的冰凉。

"秦越。"她终于打破了沉默，"一个月以后，这里将有火山爆发，同时还会有地震，大洋城将在地震中沉入海底。"

"什么？我的主人，您是说，大洋城将要毁灭？"

圣女点了点头。

"可是，仅凭刚才的图像就能确认这场灾难吗？"

"是的，我能肯定，除了这些图像，还有文字资料和数据，这些都是智慧机器告诉我的。它是有生命的，它一直在观测海底与天空，所有的一切它都知道，它的预测不可能有错的。只有一个月，我们只有一个月，大洋城就要彻底毁灭了。"

"怎样才能拯救大洋城呢？"

"谁都拯救不了，大自然的意志是任何人都无法违抗的。我们只有顺从，顺从。"她淡淡地说。

"我的主人，这也许就是命运。老天注定的命运。"

圣女低下了头，慢慢地说："我们走吧。"

我们离开这里，回到了大海中，海豚还在等着我们。

圣女和我回到船上，向大洋城驶去。返航的路上，天色变得阴沉，许多海鸟怪叫着从我们的船上掠过，一切都像是灾难发生前的预兆。圣女一言不发，我的心头感到一种莫名的压抑。

大洋城，你还能活几天？

合上了第三卷竹简，我的心仿佛已飞到了两千多年前，那一切真的是太神奇了。海底的城市、失落的文明，还有智慧机器。很明显，那是一台具有人工智能的大型电子计算机。在遐想中，我拿起了最后一卷竹简。以下是第四卷竹简的译文——

　　圣女把全体公民召集到广场上，向大家宣布了大洋城即将沉入海底的消息。整个广场上顿时鸦雀无声，人们沉默了许久，没有人提问，没有人怀疑。他们显然非常相信圣女说的话。

　　然后，权力大会对此进行了讨论和表决，最后一致通过，大洋城的公民全体移民海外。所有的移民工作要在一个月内完成，人们要带走所有的财富，只是这宏伟的城市和建筑，是永远也带不走的。

　　圣女在我的耳边轻轻说："秦越，回你的故乡大秦去吧。"

　　"我的主人，那么您呢？"

　　圣女没有回答，只是默默地向前走去。

　　一个月的时间即将过去，大洋城的港口一片忙碌，人们纷纷举家出海，向四面八方而去。根据过去绘制的航海图，有的人去了北极，有的人去了大洋对岸的大陆，还有的人去了一个炎热的黑色大陆。

　　而我，我究竟该去哪里？大洋城人虽讨厌大秦，但毕竟大秦离大洋城不远，有好几艘船是驶向大秦方向的。有的船在离开码头之前，还有人专程来询问我跟不跟他们一起去大秦，我回绝了。大秦，那个我生长的国土，我永远难忘的故乡，我非常思念你，但是——我已经离不开一个人了。

　　根据圣女宣布的确切日期，明天的清晨，海底火山就要爆发，大洋城将在很短的时间内沉入大海。今天，我看见海鸟纷纷飞离了大洋城，一些小动物也逃出了巢穴，在海滩边哀号，还有许多海豚，在海面上跳跃着，这一切都告诉我，灾难已经不远了。

大洋城最后一艘船已经启航，整个大洋城终于寂静下来，只剩下我和圣女两个人。我望着茫茫海天，海边还有一艘小帆船，这是大洋城最后一艘能远航的船了，这是给圣女和我准备的。

　　"圣女，我一定要带你走，远远离开这里。"我呼唤着她，沿着空无一人的大道冲向圣殿。

　　我来到圣殿的大厅，却发现空无一人。最后，我在那间开着天窗的房间里找到了圣女，她却说："你怎么还没走，快点走，灾难就在今夜，现在走也许还来得及。"

　　"我的主人，让我带走你吧，还有最后一艘船，那是留给我们的，我们一起走，去大秦，那是一片辽阔的国土。"

　　她看了我一眼，那黑暗中的眼神闪烁出一种暧昧的光芒，然后，她又扭过头去，看着星空说："不，你一个人回你的故乡去吧。"

　　我终于下定决心了："我的主人，我要告诉你一件事。只是，在我告诉你以后，请不要怪罪我。"

　　"说吧，我不怪罪你。"

　　"我的主人——"我的声音有些颤抖，但最后还是把那关键的几个字说了出来，"我希望，你能——嫁给我。"

　　说完以后，我感到内心深处那憋了许久的一股气终于释放了出来。我看不到她的脸，只看到她的背影在星光下猛地颤抖了一下，然后她沉默了。

　　我继续说："我的主人，你永远都是我的主人，直到天荒地老，我们可以去大秦，在琅琊郡海边，造一间茅屋，我们每天出海打鱼，过平凡的生活，我们还可以拥有自己的孩子，我的主人，你是这么年轻美丽，就这么葬身于大海，难道不可惜吗？"

　　她的背影又是一阵颤抖，终于开口了："不，秦越，我知道，其实我早就知道你的心思了。我只能说，对不起，我不可能，永远都不可能，成为——你的妻子。我必须要留下来，必须，你不会明白的。"

她的声音也是颤抖的。

"为什么要留下来？无意义地等死吗？"

"不是无意义的，我是大洋城的圣女，我有我的职责，圣女必须一生保持贞节。否则，无法完成我们的使命。"

"不，贞节难道比生命更重要吗？我的主人，我只想问你一句——你是否爱我？"

她似乎受到了更大的打击，许久才回过头来，看着我。她慢慢靠近我，星光洒在她的眼睛里，那些古老的液体在她的眼眶里闪烁着。那张苍白的脸，忽然呈现出只有梦境里才有的美丽。

一阵湿润的感觉浸透了我的嘴唇，她，吻了我。

只是轻轻地一吻，只不过一瞬，恐怕将是我们两个人一生中最亲密的一次接触。然后，她退后了几步，平静地对我说："好了，这就是回答。"

我看到她的泪珠在脸颊上滚动着。我点了点头，嘴唇似乎还是麻木的，只一瞬，却似乎已经过了千年。

我终于开启了被她垂青过的嘴唇："谢谢你的回答，我想，我这一生已经足够了。"

"好了，你走吧，我不愿我所爱的人在我眼前死去。"

"不，只要你不走，我也不走，我要和你死在一起。"

"你别再伤我的心了，有些事情，你不明白的。"

我能看出她很痛苦，她又转过头去，望着茫茫的星空。

"告诉我原因，求你了，我的主人。"

她静默了许久，才慢慢地回答："真的要知道吗？"

我点了点头，我这才发觉，我的眼泪也充盈了我的眼眶。

她最后看了看天窗里的灿烂星空，然后按下一个按钮，两扇巨大的铁门封住了天窗，一丝光亮也透不进来，她轻轻地说："跟我来。"

她带着我走到大厅里，按动了大厅右侧的海豚浮雕，一扇暗门打开了。我跟着她走了进去。

　　那是一间奇怪的房间。在房间的中央有一张透明的床，由一些像水晶一样的东西构成，非常坚固。

　　她的情绪平息了下来，缓缓地说："从今天算起，在两千两百一十年以后，当太阳光直射到我们这片大地东西走向最长的那一条线上时，将会有一艘来自星空的大船来到我们生活的这片大地和海洋。"

　　"来自星空的一艘大船？"我听不懂。

　　"是的，那艘大船来自一颗非常遥远的星星，那颗星星非常非常美丽，被蔚蓝色的大海覆盖，在海底有一个古老、伟大而文明的世界。我们大洋城人的祖先就来自于那颗美丽的星星。几百万年以前，从那颗美丽的星星上飞出了一艘巨大的船，这艘船经过了漫长的旅行，发生了故障，被迫来到了现在这片大海里，他们无法修复那艘大船，只能在这片海底建设新的家园。几十万年过去了，我们一直都在等待，等待回到那颗遥远星球的机会。与几十万年相比，两千两百一十年又算得了什么呢？现在，大洋城要毁灭了，但是，只要这片大地和海洋中还有一个大洋城人活着，就一定要回归故乡。"

　　虽然她说的许多话我听不懂，但是，我能感受到她的决心，我轻声说："你们的故乡美吗？"

　　"美极了，那是一个和平、文明的天堂。有一艘新的大船从那颗遥远的星球出发了，那艘大船就是来接我回家的。现在，我要躺在这张透明的床上，这张床会把我保护起来。这个伟大的圣殿会保持完全的密封状态，直到两千两百一十年以后，我再度醒来。"

　　"我的主人，你是说，你将长生不老？"我很惊奇地问。

　　"是的，我的秦越，我亲爱的秦越，两千多年以后，我一觉醒来，你会在哪里？"她的悲伤让我心疼。

"我就在你的身边，永远，永远不离开你。"

"真的吗？"

我点了点头，再也抑制不住自己的眼泪了。

她终于对我微笑了一下，然后，她带着那永恒的笑容，缓缓躺在了那张透明的床。那水晶般透明的罩子立刻覆盖在她的身上。我的双手摸着那透明的水晶，坚固、冰凉、冷酷，这东西把我和她永远地分开了，不——

我把头伏在水晶罩子上，那双依旧麻木着的嘴唇，紧紧地贴在了她的唇上，只是，我们之间隔着一层厚厚的水晶。我的嘴唇一片冰凉，愈加麻木。

她在那层罩子的下面，对我点了点头，像是对我说了些什么，可我什么也听不到，最后，她微笑着闭上了那双明亮的眼睛。

我知道，她的眼睛这一闭就将是两千多年。两千多年以后，我又会在哪里？这时候，我感到了一阵剧烈的震动，时候到了，大洋城毁灭的这一刻来临了，我能感到整个大海在咆哮，岛屿在不断地下沉。

终于，一切都尘埃落定，我知道，现在我已经在海底了。

我记着我的诺言。我想让全世界都知道我和她之间的故事，知道伟大的大洋城，如果有朝一日人们发现了这里，让他们好好地保护她。

于是，我在自己的房间中，找到了许多我自己做的竹简，我在那些竹简上用刀蘸上黑色的墨水，刻下了这些文字，总共是四卷，希望后人能够知道这一切。

现在，我已经筋疲力尽了，把这些竹简放在这里。而我，则要回到我所爱之人的身边，一直到永远。永远。

再见。

看完最后一个字，我浑身虚脱了，天下居然有这种事，有这种痴心的人。四卷竹简，全在这里，现在我知道了，秦越是用最后的力气写完这些字，然后从容等死的。这座岛曾在海底沉睡过两千多年，而昨天，一场新的海底地震又使地壳运动产生了变化，而使这个沉睡的岛屿升出了海面。

一定要找到圣女和秦越！

我在宽阔的大厅里寻找着，终于在右侧找到了一个海豚浮雕，我把浮雕按动了一下。一扇暗藏着的门在我眼前敞开了。

那是一个闪烁着白色灯光的房间，房间四壁画着几十张大幅的壁画。在房间的中央，有一张秦越所写的"透明的床"，这是一个全封闭的隔离防护罩。在防护罩的旁边，躺着一个死人，他居然没有腐烂。那是一张中国人的脸，最多不过二十五六岁的年纪，黑色的毛发，秦式的发髻。他的表情很安详，就像睡着了一样。他没有腐烂，也许是由于这里在两千多年的时间里完全处于严密的封闭状态。

我静静地看着他，心里有一种莫名的感觉，也许，我也会和他一样——一种绝望涌上了心头。我又把目光投向了防护罩，显然防护罩是用特殊材料制成的，看上去类似于秦越所说的"水晶"。防护罩里似乎是一个永久冷冻舱，在这里面，躺着一个年轻的女子——圣女。

是的，她很漂亮，美得无法言说，她的美足够使所有男子为她去死。我现在也开始明白秦越为什么要守在她身边了。我看不出她属于哪一个种族，她的皮肤很白，脸形既有蒙古人种特征，也有高加索人种特征。她的血统并非是地球人血统，所以，用地球人的人类学来分辨她是愚蠢的。

她的嘴角带着神秘的微笑。我不愿再多看她，我怕自己也被她诱惑。

我抬起头，看着房间四周的壁画。

那些壁画也是用某种特殊材料画上去的，完整如新，非常巨大。我从第一幅画看起，一直看到最后一幅，我这才明白，原来整个大洋城人几十万年的历史全都记载在这些壁画里。

在一个遥远的星系里，有一颗美丽的蓝色星球，整个星球的表面都被大海覆盖。星球在漫长的岁月中，出现了智慧生命，这种智慧生命生活在海底，他们的外表看上去类似于地球上的海豚。我暂且称他们为海豚星人，他们创造了非常发达的文明，在海底建立了巨大的城市和农田，创造了完美的社会制度，建设了一个天堂般的海底世界。但是，海豚星人还不满足这些，他们热衷于星际探索，他们发射了光速旅行的飞船探索宇宙。其中有一艘经过漫长的旅行，来到了地球附近，这个时候，已经过去几百万年了。但是，这艘海豚星飞船突然产生了某种故障，被迫降落在地球上，这个时候，地球还处于一片蛮荒。由于海豚星人故乡是被大海覆盖的，所有的人都长得像海豚一样，所以，他们进入地球后，在大海中建立了新的海豚星人文明，就是那片海底城市。

后来，一些海豚星人穿着特殊的行走服来到了陆地上。在海边，他们发现了一种四足动物非常聪明，会爬到椰树上然后把椰果打下来砸碎了食用，这种动物就是猿猴。海豚星人天生善良，他们教会了这些猿猴直立行走，然后又教会猿猴们团结在一起劳动。在海豚星人的帮助下，猿猴开始进化成了人。这就是人类的真正起源。但有一部分人类，逐渐掌握了海豚星文明的秘密，于是，这些刚刚进化的原始人露出了地球生物的残忍本性，骗取了海豚星人的信任，在海豚星人的帮助下，进化出了类似于海豚星人的一些海洋器官。于是，他们对海豚星文明大举进攻，由于海豚星人长期处于和平环境，天性善良，根本就不知道杀戮为何物，结果遭到了灭顶之灾，被人类几乎屠杀殆尽。而那些来到海底的人类，由于缺乏海豚星人的帮助，最终无法适应海洋生活而死去。

有一小批海豚星人逃出了虎口，他们被迫改变了自己的基因，加入了许多人类的 DNA 成分，在进化过程中，诞生了一种外貌几乎与人类一模一样的种族。这支海豚星人的后代在一个岛屿上建立了大洋城，通过海底的大型电子计算机得到了许多文明的信息而重建文明。

看完这些壁画，我的心里忽然生出无限感慨，原来我们人类的诞生居然是承蒙了海豚星人的帮助，而人类又忘恩负义地毁灭了海豚星人文明。虽然不可思议，可仔细一想，确实有些道理，看看人类的文明史，不就是在不断的战争与杀戮中过来的吗？而爱好和平的海豚星人，虽然创造了高度的文明，却最终灭亡了，只剩下最后一个女子，躺在我身边的冷冻舱里。

而我，我将和秦越一样吗？我真的绝望了。

我忽然想到竹简记载的一段话："从今天算起，在整整两千两百一十年以后，当太阳光线直射到我们这片大地东西走向最长的那一条线上时，将会有一艘来自星空的大船来到我们生活的这片大地和海洋。"

根据竹简的内容，秦越来到大洋城的时候是秦始皇三十七年，而大洋城的毁灭是他来到这里的第二年，也就是秦始皇三十八年。但是，秦越并不知道，在徐福出海后不久，他的秦始皇帝就在出巡途中病死于沙丘。秦始皇是在公元前210年死的，也就是秦越来到大洋城的那一年，那么大洋城就是在公元前209年毁灭的。而公元前209年一直到公元2001年，这中间正好是两千两百一十年。我的心头一惊，没错，公元前209年的两千两百一十年之后就是今年。也就是说，今年，将有一艘太空飞船来到地球。当年，海豚星的飞船在地球迫降之时，想必一定向海豚星发出过求救信号。

那么圣女说的后半句话呢？"当太阳光线直射到我们这片大地东西走向最长的那一条线上时"——"我们这片大地"显然指地球，因为秦越不知道地球是圆的，所以他无法理解，只能用大地的意思来表示。"东西走向最长的那一条线"，地球上东西走向的线就是纬线，最长的一条纬线就是赤道。一年中阳光直射赤道只有两次，一次是春分日（通常是3月21日），另一次是秋分日（通常是9月23日）。我忽然感到异常激动。是啊！今天，今天是几号？昨天9月22日，今天是23日！

天哪，就在今天。

如果飞船是春分日到达的，那么我将看不到圣女，显然，应该是秋分日，也就是今天。我飞快地跑出了房间，一直冲到了圣殿最高处那扇门的门口。

海天之间一片灿烂的红霞，夕阳无限好，只是近黄昏。

海豚星人，今天你们会来吗？

忽然，在无限美丽的夕阳中，我看到了一个小小的黑点。黑点越来越大，最后变成了一只巨大的飞碟，快速飞来。

"你们终于来了。"我声嘶力竭地向天空中大声呼喊着。飞碟飞到了城市上空，突然停住，一动不动地悬挂在我的头顶上。从飞碟里跳下来一个"人"。实际上，那是一个具有人形的防护罩，防护罩几乎透明。我能清楚地看到防护罩里有一只类似于海豚的生物。不，那肯定不是海豚，但看上去的确与地球上的海豚非常相像。海豚星人显然看到了我，但却似乎不太在意，"他"径直走进了圣殿的那扇门。

过了不久，我看到海豚星人走出了圣殿门口，在"他"的身后，跟着一个美丽的女子。那是圣女，她的眼睛是如此明亮，在夕阳下，一身白衣，浑身上下都散发着一种神圣不可侵犯的气息。她是如此纯洁，就像一个少女。

她走过我的身边，回头看了看我，就像是一个刚刚从睡梦中醒来的少女，她似乎想在我身上发现什么。她的目光在我的脸上停留了一会儿，我知道，她是想在我的脸上寻找她爱过的人的影子。

然而，她终究无奈地摇了摇头，对我微微一笑，然后，飞碟里伸出一副梯子。她和那个穿着防护罩的海豚星人走上了梯子，进入了飞碟。

在她走进飞碟之前，又回头望了望四周的海天，这是地球，美丽的地球。然后她又看了看我，我是地球人。

接着，在她走进飞碟之后，飞碟的入口迅速关闭了。然后，飞碟腾空而起，向那遥远的太空飞去。

渐渐地，飞碟变成了一个小黑点，渐渐消失在了蓝色的大气层中。

一路平安，海豚星人，愿你们顺利回到故乡。纯洁的圣女，在茫茫的宇宙中，你等待了两千多年，现在，你终于踏上了回家的路，那么我呢？我的故乡又在哪里？我抬起头，望着夜幕降临后的天空，在满天星斗里，我却看不到我们生存着的这个蓝色星球。在无限的绝望中，我向宇宙大声呼喊着——我的归宿在何方？

突然，一个美丽的女声从漫漫星空传来——故乡，就在你的脚下。

圣　婴

　　这是一座海边的城市，沿江胡乱停泊着许多中国人的小木船，在水泥码头边，一艘巨大的英国轮船喷着黑烟停靠在岸边，它从地中海北岸的某个意大利港口驶出，是热那亚还是那不勒斯，这无关紧要，它是出直布罗陀海峡走大西洋绕好望角入印度洋还是走苏伊士运河也无关紧要，甚至它是否在科伦坡、新加坡、中国香港中途停靠也无关紧要，重要的是它在中国的这座城市停了下来。一个三十岁的意大利人选择了这座城市，或者说这座中国城市选择了这个意大利人。在我的记忆里，这个意大利人有着一双棕色的眼睛，眼睛隐约发出淡淡的光，这双深邃的眼睛让许多人终生难忘。他穿着一身黑色的衣服，下摆特别长，吸引了几个法国贵妇人的眼神。他挺直了身体，拎着一个沉甸甸的黑色皮箱，没人知道里面装了什么东西，他走下舷梯，看了一眼东方的天空，看了一眼这个神奇的城市，他知道，这就是他的目的地了。

　　下了船，踏上了中国的土地，却不需要签证，码头上只有英国人指挥的印度士兵和欧洲各国的国旗，还有留着长辫子的中国搬运工。他叫了一辆人力车，进入了我们这座城市。当人力车载着他穿越这座城市的大街小巷时，他有一种回到欧洲的感觉，直到看见了中国的国旗——黄龙旗，在黄龙旗下，有一个中国人穿着一件与他同样的黑色长下摆的衣服，胸前悬挂着十字架，向他微笑着。他下了车，和那个中国人以极其细微的声音说着什么，那个中国人的脸色有了些变化，然后在一间阴暗的房间里打开了他的皮包，这一瞬，改变了他在中国的命运。以上所述的时间是 1900 年，现在回到 2000 年，我开始叙述一个女孩以及她的一个梦。

在那个致命的清晨，我所要叙述的这个女孩醒来了，我没有必要给她以姓名，我只能称她为"她"。她是从一个奇怪的梦中醒来的，在她将来的一生中，她会不断回忆这个梦并加以解释。她的房间常年处于阴暗中，只有清晨的阳光透过百叶窗洒在她的脸上，那些白色的横向光亮像一张黑白条纹的面具覆盖着她，让她在床上支起的身体有了些斑马般的野性。当然，这只是一种印象，只有十九世纪的油画里才能体现的印象。她的眼睛位于阳光的缝隙里，所以从瞳仁的深处，就出现了一种光亮，这是她第一次感觉到了自己眼中的光。她似乎能直接看到这种光线，来自她的体内。她下了床，她总是在阴暗的房间里关着，皮肤呈现一种病态的苍白，仿佛是透明的玻璃，一碰就会变得粉碎。

她有了一种冲动，于是拉开了百叶窗，这个清晨的阳光异样明亮，深深地刺激了她的眼球。阳光像一把把利剑刺入她的体内，于是，她体内的某种感觉上升为直接的行动。她捂着嘴，满脸痛苦地冲出房间，躲到了卫生间里。她如此反常的行为立刻被父母看见了，父母不安地看着她把卫生间的门重重地关上，然后从里面传来某种母亲熟悉的声音，接着是抽水马桶和水龙头放水的声音。然后，门开了，她那张没有血色的脸，还有额头上豆大的汗珠，以及惊慌失措的神情都让父母看到了，母亲轻轻地问："怎么了？"此刻，母亲的语气是暧昧的，相当暧昧。但女孩没有听出来，她还不明白母亲语调暧昧的原因。

母亲又说："我们谈谈好不好？"然后她拉着女儿走进了一间小屋，关紧了门。门外的父亲面色铁青。他点了一支烟，此刻他的脑海中正在放电影一般重复着许多镜头，仔细地搜索有关女儿的一切蛛丝马迹。一个小时过去了，他的搜索毫无结果，这时，母女俩从房里出来了，母亲的神色相当不安，而女儿则显得平静得多。她们一定进行了非常详细的对话，纯属女性的对话,这种私密性质的对话恐怕是敏感的父母深为担忧的。

"走,我们去医院。"母亲的语气开始有些生硬了。

女孩不知道母亲为什么要带她去医院,经过一番检查之后,她和父母走出了医院。她发现正午的阳光下,父母呈现了一种绝望的表情。

回到家,母亲继续与她进行纯女性的对话,但是她完全听不懂母亲所说的,她唯一听懂的是母亲不断重复的那句话:"那个男人是谁?"

她无法回答,因为她的确不知道,面对母亲凌厉的攻势,她开始不知所措。可她越是不知所措,母亲就越是认为她在撒谎,越是认为女儿已经在不知不觉中堕落到了无可救药的地步。可怜的女孩,她是无辜的,请相信。

母亲最后真的生气了,便打开门,让父亲进来,父亲进来扇了女儿一耳光。女孩的眼睛里闪着泪花。她无法理解父母的行为,就像无法理解醒来前的那个梦,还有她身体深处的某些微妙变化,她茫然无知地看着父母,瞳孔里仿佛是透明的,她想要以此来向他们证明什么,但这没有用。

最后她大声地问父母:"我也想知道,到底那个男人是谁?"

母亲的脸上掠过一丝绝望:"你连哪一个都不知道吗?天哪,难道还不止一个?那你有几个男人?"

"住口!"父亲愤怒了,他产生了一种前所未有的耻辱感,仿佛是他自己在光天化日之下被剥光了衣服,失去了贞操一般,他再次打了女儿一耳光。

女孩终于忍不住了,她的泪水滴落在地板上,地板发出了滴滴答答的声音,她再抬头看了看父母,突然有了一种陌生感。她一把推开父亲,夺门而去,离开了这个家。

那个男人是谁?

她漫无目的地在这个城市流浪,穿着短裙和拖鞋,就像这个城市里随处可见的问题少女。她不知道自己在干什么,脑子里总是重复着那句话:

"那个男人是谁？"她真的希望能有人来帮她回答这个问题。

街上都是霓虹灯和灯箱广告，这让她有些目眩，她明白没人能为她解答这个问题，只有靠自己寻找。于是她在马路上寻找着，根据她有限的经验，那个仅存于想象中的男人应该二十出头，留着不太长的头发，脸应该是白白的，中等身材，穿一件 T 恤。除此以外，那个人的长相、职业、性格都是一片混沌。她寻找了很久，在人行道中站立着，看着熙熙攘攘的人群如同潮水般从她身边涌过，而她则像一块激流中的礁石，冷峻，苍白。

终于她见到了一个男人，这个男人基本符合她的条件，于是她拦住了他，说："你是那个男人吗？"

对方被问得一头雾水，茫然地看着她："小姐，你问什么？"

"我问你是不是那个男人？"

"哪个？"他的眼珠飞快地转了一圈，然后似乎明白了什么，意味深长地反问道："多少钱？"

"我身上没钱。"

"那当然，没钱才出来做嘛！来，这里人多，跟我走。"说着，他带着她转进了一条阴暗的小马路，他向四周张望了一下，然后轻轻地说，"地方你选，价钱我定，怎么样？"

"我们认识吗？"她不解地问。

"这还用得着认识吗？不认识最好。"

"不，你不是那个男人。"她立刻转身要走。

"喂，价钱也由你定，好不好？"

她已经走远了。

昏暗的路灯把她的影子拉长了，她一边走一边看着自己的影子，她知道，影子里还有一个影子，那个影子如此隐匿，仅能凭感觉去触摸。她不认识路，马路越走越窄，到最后变成了一条小巷，深深的小巷，除了几户人家的灯光外一片黑暗。她有些冷，下意识地抱住了自己的肩膀，向黑洞般的小巷深处走去。

突然，有一双手从后面抱住了她，一阵粗重的呼吸从她脑后传来，重重地吹在她的脖颈里。她想放声大叫，嘴巴却被一只手堵上了，另一只手有力地箍着她的腰，并越收越紧，让她喘不过气来。她用手肘拼命地向后反击，但撞到的仿佛是一堵坚固的墙。然后她感到自己腾空了，那只手抱着她向更黑暗的角落奔去。她感到绝望，接着想到了死亡。她的脑子里忽然闪出了这样的念头：死亡的感觉是美的。嘴被捂住了，于是她就用自己的心说。她问自己，为什么会在痛苦中感到美？难道那个男人就是他？如果是，她决定服从。

但是这种美感立刻就被打碎了，一道强烈的手电光束射到了她的脸上，黑暗中待了太久的瞳孔一瞬间缩小了许多倍，她的第一感觉是太阳，太阳降临了。一瞬间又什么都看不清了，白晃晃的一团光闪过之后，她看到有个穿制服的人提着手电筒向这里奔来，他大叫大嚷着什么。她觉得自己的脸现在一定被手电光照得雪白，白得像个死人。

腰间的那只手忽然松了，堵着嘴的手也松了。那个人要逃了，但她不想让他逃走，因为现在她已经认定他就是那个男人。她终于能够转过身了，但那个人也转过身向黑暗中拼命跑去，她大声地叫："你别跑，我跟你走。"她还从来没叫得那么响，尤其是在黑夜中。这声音让四周黑暗的窗户亮起了灯光。

她刚要向那个人追去，身后的一双大手就搭在了她的肩上。她别无选择，只能回过头来。她见到了一个警察，警察个子很高，脸在黑暗中看不清，但大概能分辨出是个年轻人。

"那家伙欺负你了？"他的嗓音富有磁性，有一种奇特的魅力。

她无法回答，也许她反倒更加渴望被那个男人欺负。

"不是吗？那他是你男朋友？"

"不。"

"那他是个流氓！你也不应该晚上一个人在外面乱转。你父母会着急的，如果不是我刚巧路过这里，你有没有想过会发生什么事？"

"可我想，他就是我要找的那个男人。"

"真没想到你是这样的女孩子，你叫什么名字，几岁了，家住哪里？"

"我不想说。"

"真不像话，现在的女孩子胆子太大了。走，跟我回分局去。"突然，路边有一盏灯亮了，照亮了小警察的脸，他的脸上还有几粒粉红色的粉刺，鼻子上好像冒着油，大概刚从警校毕业吧。于是她又有了一个奇怪的念头，也许那个男人就是他吧。这个突如其来的念头像一只锤子一样重重地敲在她的心上。

"你不认识我了吗？你忘了吗？那个男人就是你啊！"

"女孩子要自重。"虽然小警察和父亲的口气如出一辙，可他说这句话的时候声音明显在颤抖。

"你不记得我了吗？但这不奇怪，我也不记得你了，但我们一定认识过，否则我就不会去医院检查了。"

"你说什么？小声点，别让人听见，这种话可不能乱说的，我看你不该去分局，该去精神病医院。"说完，小警察就像躲避瘟疫似的转身走了。

难道他真的不是？她对自己说。小巷里一阵穿堂风吹来，她更冷了，急忙小跑着走出了小巷。在另一条马路上，她走进了地铁站。

身上只有三块钱了，她买了一张地铁票，走进了候车的站台。快关门了，地铁站里的人稀稀拉拉的，大多无精打采。她坐在一张椅子上，茫然地看着对面的广告，广告里有个身材苗条的女人，瞪着大得吓人的眼睛看着她。地铁来了，从地下的深处风驰电掣般冲过来，再缓缓地减速停下，它那空空荡荡的车厢里只出来两三个人，然后又进去几个人，她觉得实在有些浪费。她没有动，眼睁睁看着列车隆隆开动。过了一会儿，另一个方向的列车又冲了过来，反方向重复了一次，可她还是没有动。她不知道自己要去哪儿，现在站台上空无一人，离最后一班车的发车时间还有五分钟，她闭上眼睛，等待地铁工作人员把她轰出去。

五分钟后，她再次听到一班列车从隧道中赶来，风把她的头发吹乱，那种声音像男人的脚步声，重重地向她冲过来，它就像古代北方游牧民族来掳掠女人的骑兵队。列车再一次停下，像一匹喘息的马，然后车门打开，骑士们下马，马具在互相碰撞中产生美妙的声响。一个男人来到她跟前，好奇地看着这个在椅子上闭着眼睛的女孩。

　　但是这个人不是她要找的男人。

　　于是，在我们这个故事里，第二个女孩出现了。对于她，我给她一个名字——罗兰。

　　第一个没有名字的女孩睁开了眼睛，她第一眼见到的是罗兰的眼睛，她仿佛见到了自己眼睛的克隆品，在惊讶中她看清了罗兰。她有一种预感，罗兰将会帮助她，于是她大胆地对这个陌生的女孩说："我在寻找那个男人。"

　　"我在寻找我的孩子。"罗兰的回答同样令人吃惊。

　　她站了起来，好像很久以前就认识罗兰了。这时，另一个方向的列车来了，这是最后一班车了，她跟着罗兰走进了车厢。

　　列车启动的惯性令她向后轻轻一荡，然后列车驶入黑暗的隧道，列车里的灯光有些昏暗，在她的眼里，光线在不停地来回摇晃着，感觉就像在坐船。车里没什么人，不知从什么角落里传来打呼噜的声音。她们坐在一起，互相看着，她轻轻地问："你说你在找你的孩子？"

　　"对，一个月前，我生下了一个孩子，但他（她）生下来就失踪了，我没有见到他（她），不知他（她）是男是女。虽然在常人看来不可思议，但请相信，我确实生下了一个孩子，并且刚刚坐完月子。无论如何，我要找到我的孩子。"

　　"你到结婚年龄了吗？"

　　"没有。"

　　"那你和我一样。"

　　"你也丢了孩子？"

"不，我的孩子还好好的，还在我的肚子里，他（她）还很小，很安全。"

"那个男人知道吗？"

"不，我不记得有过什么男人，事实上根本就不存在什么男人。直到今天早上，在妈妈的帮助下，我才发现了这回事。妈妈问我那个男人是谁，不停地问，就像是审问我，可我根本就不知道。所以，我必须找到那个男人，尽管我也不知道他是谁、长什么样、干什么的，但我必须找到他，否则我永远也回不去了。"

"对，你和我一样。"在微微的颠簸中，罗兰的脸色似乎比她的更苍白。

不知道又过了几站，地铁终于到了终点站，她们走出地铁站，走过荒僻的马路。罗兰带着她来到了一栋小楼前。她觉得这栋小楼非常奇怪，至少有几十年的历史，小楼矗立在树丛中，有种神圣不可侵犯的气质，特别是尖尖的屋顶，能让她回想起什么，好像自己曾经来过这里。在屋顶正面仿佛有个什么标志，黑暗中看不清。然后她们到了三楼的一个房间。房里没有床，也没有什么家具，装饰很老，只有一张席子。

罗兰给她也铺了一张席子。她们关了灯，匆匆睡了。

窗外照进来蓝色的光，像一件晚礼服，柔软的丝绸面料，拖啊拖啊，一直拖到她的席子上。她不断用手指拨着席子的缝隙，一棱又一棱，就像是弹着吉他的琴弦。光洁的手指此刻有股瓷器的光泽。她眯着眼睛，满眼都是淡淡的蓝色，以及窗外婆娑的树叶影子。然后她看着睡在旁边的罗兰，罗兰侧卧着背对着她，她能看到罗兰背后身体的轮廓，被光线罩上了一层蓝色的光圈。那曲线和她自己的一模一样，只是更加丰满，更加有诱惑力，虽然罗兰还是一张女孩的脸，但身体似乎更像是少妇，那更证明了罗兰的确生过孩子。她发现罗兰的身体开始微微发抖，那圆润的肩膀像大海的波浪一起一伏，恰好与蓝色的光线谐调起来。渐渐地，起伏越来越大，海涛变成了巨浪，她开始听到一阵阵微弱的啜泣声，就像波浪爬上沙滩的声音。罗兰把身体转过来，变成了仰卧。于是她看到一个波峰从罗兰的胸口涌过，往下又是一个深深的波谷。罗兰的脸转向了她，她看到罗兰的脸上挂着两颗大得惊人的泪珠，发出钻石般耀眼的蓝色光芒。她伸出了手，轻轻地擦去了罗兰脸上的泪珠。

"我的孩子没了，我真的生下了他（她），上帝啊，我的孩子不见了，我的孩子，我的命。"罗兰终于畅快地哭了出来，紧紧抓住了她的手，两个人的十根手指像弯曲的树枝一样纠缠在一起。罗兰的头靠在她的怀里，她搂着罗兰富有弹性的肩膀，嘴唇贴着罗兰的头发，她有一种被青草吞没了的感觉。罗兰的身体继续在她怀里起伏着，冲击着她的胸口和心脏，她发现自己的胸脯已经被罗兰的泪水浸湿了。她咬着嘴唇，几乎咬破了，她感到自己怀里抱着的是她女儿，她们像一对痛苦的母女俩，依偎在蓝色光芒弥漫的房间里。

"我的孩子。"那个蓝色的夜晚，她的耳朵里充满了这种凄凉的声音。

一个大着肚子的少女用黑色的头巾蒙着脸走在佛罗伦萨的小巷中。长长的小巷两边是石头房子，窗户都开得很高，熄灭了烛火。黑暗的小巷似乎永无尽头，偶尔有巡街的灯火穿过，像一只暗夜中野兽的眼睛，发出捕食前幽幽的光芒。佛罗伦萨的少女绝望了，她没有了力气，在她纯洁无瑕的身体里，一个耻辱的生命正在蓬勃生长，要把她的身体给撕裂。少女把手扶在古老的石墙上，也许这堵墙是十四世纪黑死病时期修建的，充满了一种死亡的凉意。又是一股阵痛，撕心裂肺，少女用手捧着自己的腹部，满头大汗，她把自己的嘴唇都咬破了。不，不能在这儿，她对自己说着，她忍着前所未有的疼痛，一边扶着石墙一边缓慢地前进，一路上留下了一长串的血迹，引来了一群苍蝇。

终于，目的地到了，少女几乎是爬着进入了一个马厩，对，马厩，必须在这里。一匹白色的纯种马正在熟睡着。她把自己的身体放在了马槽上，分开了双腿。整个马厩充满了马尿和草料的气味，混杂着鲜血的味道，似乎已不是人间所能有的了。佛罗伦萨少女终于大声叫了出来，痛苦地呻吟着，白马被她的动静惊醒了，睁开大眼睛注视着这个陌生的场面。于是，白马见到一个孩子诞生了，是个男孩。男孩没有啼哭，而是手脚乱蹬着，吓了白马一跳。它狂躁地跳跃着，终于挣脱了缰绳，撞开了栅栏，冲入了佛罗伦萨茫茫的黑夜。

少女吻了吻男孩，然后哭着离开了马厩。男孩睁开了眼，静静地等待着那位神甫路过。

这是十九世纪的事了。

"你为什么要一个人住，你的父母呢？"清晨的光线再次降临在她的身上，她的嘴唇终于有了些血色。

"告诉你，我是一个弃婴，生下来就被扔掉了，我只有养父母，自从我肚子里有了孩子，他们就给了我一笔钱，把我赶出来了。"罗兰现在完全不像昨晚那样痛苦了，她的脸上始终挂有一抹微笑，"好了，谈谈你吧，你准备怎么找那个男人。"

"不知道，我想他应该二十出头，头发不太长——"

"够了，接下去是白白的脸，大大的眼睛是吗？这不对，女孩子总爱这样幻想，但这不可能。我说啊，那个男人至少应该有三十岁，脸白不白，眼睛大不大都无关紧要，他的身材很挺拔，最好戴一副眼镜。他应该事业有成，有一个妻子，但是他不满足，还在外面寻花问柳。于是他遇见了你，你也遇见了他，这是上天的安排，可惜，由于某种意外，他和你都失去了记忆，于是你不知道是怎么回事，他也不知道，害得你要到处寻找他，只有你们两个再次重逢，才能重新回忆起来。"

"你在写小说啊。我可不喜欢大男人，还是小一点好。"

"大的好。"

"小的好。"

"大的才有魅力，小的还没本事把你肚子弄大。"

"你不要乱说话，我不好意思了，那你孩子的父亲是个三十岁的男人？"

"不，我不想透露那个人是谁，总之这个人非常神圣，是世界上最神圣的人，不，他根本就不是人，而是神。"

"你太痴情了。"

"不，我说的是事实。"罗兰突然用一种非常严肃认真的目光注视着她，好像是以自己的眼睛在担保。那样子让她吃了一惊。

"好，我相信，走吧，我们去找我们要找的人。"

她们出了门，她特意回头看了看，屋顶正中有一块长方形的水泥，真是奇怪，也许是用水泥把什么东西给封掉了。

坐上了地铁，早上地铁车厢里人很多，空气也很浑浊，她们坐的位子对面有一个长头发的男人，戴着副墨镜。在拥挤的人群中，她能透过缝隙看到那长头发男人的半边脸。"那男人有一张坚强的嘴。"她轻轻地对罗兰说。

"对，薄薄的嘴唇，瘦削的脸颊，长头发，也许是个乐队吉他手或是鼓手，甚至可能是个诗人，总之是搞艺术的吧。不过，你也别期望太高，他也有可能是黑社会的。"罗兰的回答总是让她惊讶。

戴墨镜的男人像一尊雕像一样纹丝不动地坐着，似乎在思考着什么问题，她再一次轻声说："也许他也在寻找着我。"

"对，那个女人是谁？他正在忧伤地寻找着在他看来不存在的女人。这一定令他大为烦恼，因为这个命题无疑是自相矛盾完全不符合逻辑的，就像你一样。"罗兰的嘴角微微动了动，"瞧，他要走了，跟着他。"

她们跟着这个男人走出了地铁站。出乎意料的是，男人走进了一个公园，很小很偏僻的公园，又不是双休日，公园里几乎没什么人。男人踏着一条被茂密葱郁的枝叶隐藏起来的小径走着，身后背着一个黑色的包，他的影子在树林里忽然显得有些虚幻起来，不像是真实存在的，忽隐忽现。在小树林的深处，有一张绿色的长椅，被树木从各个方向包围着，几乎照不到日光。她们不明白公园为什么要选择在这里修一条长椅。男人在长椅上坐了下来，摘下了墨镜，然后从背包里小心地掏出了一个东西。

罗兰一看到立刻叫了起来："孩子，我的孩子！"她们冲到那个男人跟前，却发现男人手里的不是孩子，而是一尊雕像，婴儿的雕像。

这雕像大小也和真的婴儿差不多，只不过是金属做的，发出金灿灿的光芒。雕的好像不是中国婴儿，这尊金色的雕像有着高高的鼻梁、深深的眼窝，头上是卷曲的胎发，全身赤裸着，是个男孩，双手略微弯曲着向前伸出，好像要抓什么东西。

"这是什么？"

"圣婴。"

"圣婴？"

"就是刚诞生的耶稣。"

"这是金子做的吗？"罗兰大胆地问。

"不，是铜，外面涂了一层金属涂料。"

"他真可爱。太美了。"

"只不过是一件复制品而已，一文不值，真品早就失踪了。"

"失踪？"一提到失踪，罗兰总是下意识地想到自己的孩子。

"整整一百年前，一位传教士从意大利带来了一尊据说是出自文艺复兴时期某位艺术大师之手的圣婴雕像来到中国，安放在我们城市的一个教堂中，成为这个城市的所有基督徒共同供奉的圣物。但是，仅仅三十年后，这尊圣婴雕像便被一个神秘的人砸坏了，在教徒中引起了轩然大波，教会悬赏千两黄金捉拿破坏圣婴的人，但始终没有查出那人是谁，于是就不了了之了。我只不过是个穷雕塑家而已，无聊之余根据图片或模子等旧资料复制一些雕塑作品罢了，像这样的在我家里还有许多呢。我想在一个自然的环境中欣赏它，因为它是所有的圣婴作品中我最为满意的一个，所以我来到了这里，事实上我几乎每个星期都要来。满意了吧？"

"还有一个问题，你认识我吗？"她终于大胆地说了。

男人非常奇怪，他理了理自己的长发，接着仔细地端详了她一阵，最后叹了一口气："知道吗？你长得像一个人，如果我们过去真的认识，那我万分荣幸。可惜我不认识你，太遗憾了。"

"你说我长得像哪一个人？"

"他的妈妈。"男人把指尖指着圣婴对她说。

罗兰插嘴了："对不起，你能把这个雕像卖给我吗？我非常喜欢它。"

"不，你就算出再多的钱我也不卖，这虽然只是个复制品，但它依然神圣。"男人居然亲吻了雕像的额头一下。

"我求你了，我的孩子失踪了，我不骗你，我真的生下过一个孩子，但他（她）失踪了，我非常痛苦，我需要圣婴，我需要它。"罗兰说着又哭了，罗兰把头埋在她的肩膀上，泪水顺着她的肩头一直滑落到手指间。

"真的吗？"男人伸出了左手，抬起了罗兰的下巴，然后用右手擦去了罗兰脸上的泪痕，他有些无可奈何地说："看来，你的确比我更需要圣婴。拿去吧。"

"多少钱？"罗兰接过了沉甸甸的雕像。

"送给你了，还要什么钱。再见吧。"男人转身就走了，还没等两个女孩道谢，就已经消失在树丛中了。

"它真美。"房间里亮着一盏黄色的灯，罗兰的手里捧着圣婴，就像捧着自己的孩子。罗兰甚至还试图给雕像喂奶。罗兰的确是一个处于哺乳期的女人，两座雪白丰满的山峰挺立在她面前，在黄色的灯光下，给她一种拉斐尔画笔下《西斯廷的圣母》的感觉。"奶水把我的胸脯涨坏了。"罗兰对她继续说着，一边嘴角露出了一种初为人母的微笑。

"这栋楼很奇怪。"她改变了话题，"为什么只有我们两个住呢，其他的居民呢？"还没说完，一阵夜晚的凉风就从窗外吹来灌进了她的嘴，她咳嗽了几下，立刻慌忙地关上了窗户。

"据说几十年前，这儿有个十八岁的女孩子悄悄怀孕了，实在藏不住，于是就带着腹中的孩子自杀了。所以没人再敢住在这栋楼里了。至于我嘛，告诉你一个秘密，我的亲生父母把刚出生的我丢在了这栋楼前。后来一对生不出孩子的夫妻路过这里发现了我，便收养了我，把我养大成人，可现在又因为我败坏门风把我赶出了家门。其实我是无辜的，我是纯洁的，总之你是不会相信的，也用不着我多解释了。我总不见得大着肚子露宿街头吧，干脆就在这儿住下了，我的孩子是在这间房里出生的，可惜他（她）一生下来就失踪了。"

"孩子丢了你去公安局报过案吗？"

"去过，但什么都查不出，唯一的证据就是医院开具的证明——我的确生过孩子的检查报告。最后他们居然说我有可能是自己把孩子抛弃了，故意编造了孩子丢了的谎言。我没办法了，只能自己找。我贴了许多寻婴启事，但一点用都没有，我快绝望了。我决定明天去儿童福利院看看，那儿有许多弃婴，只能碰碰运气了。你呢？"

"我想去查一下这栋楼的历史。"

她没有坐地铁，而是一个人坐着巴士去查资料的。走下车，清晨的阳光像圣母的手抚摩着她的额头，在一条幽静的马路上，她忽然看见了自己的父母，他们偷偷摸摸地在墙上贴着寻人启事，上面印着她的照片。她悄悄地躲在一根电线杆后头观察着，妈妈苍老了许多，半边头发全白了，父亲也是，他正为了自己打她的那两个耳光后悔不已。一个纠查市容的警察过来了，向他们大叫着，父母惊慌失措地提着糨糊桶向一条小巷里奔去。

她想喊出来，但那句话刚到嘴边又咽了回去。她看着父母落荒而逃的背影，把自己的脸背了过去，但她终究还是没有哭出来，捂着嘴小跑着离开了这条马路。

在档案馆里，她花了三个小时的时间才查到了那栋楼的资料——

1900 年，意大利传教士保罗·马佐里尼来华传教，至本市落脚，并贴出广告，征集有马厩的空地。果然找到一大户人家的马厩，马佐里尼当即出巨资买下此块地皮，并将马厩改建成一栋教堂，以此为据点进行传教，因其地供奉有天主教圣物——圣婴雕像，故一度极为兴旺。1930年，马佐里尼回国，原教堂遂废弃，又被改建成民房。

"圣婴？"她自言自语着，"为什么要在马厩上造教堂呢？"

档案里还附着一张马佐里尼的照片，肃穆的脸庞，黑色的卷发，棕色的眼睛，他的目光中闪着一种淡淡的光，好像把视线的焦点对准了更远的地方，是耶路撒冷吗？还有他的资料——

　　保罗·马佐里尼出生于1870年的意大利佛罗伦萨，由于是一个弃婴，父母不详，从小在教会的孤儿院中长大。1890年在梵蒂冈神学院学习，1895年起在西西里岛某教区任神甫，1900年罗马教廷认定他传播异端宗教思想而将其流放至中国传教，据说此前他还私自带走了天主教圣物——圣婴雕像。马佐里尼到中国后，不顾罗马教廷的激烈反对，利用圣婴传播其关于上帝蒙召的新教义并发展教徒，被罗马斥为异端，他始终与罗马进行着斗争。直到1930年，因为圣婴意外被毁，罗马教廷使用了强制性手段召回了马佐里尼（另一种说法是梵蒂冈绑架了他）。马佐里尼回国后被强制反省悔过，但他始终没有屈从于罗马教廷，坚持自己的宗教理想，最终被宗教法庭开除教籍。晚年他在亚平宁山中隐居，于1944年失踪（一说他死于德军与盟军的战火），时年74岁。

走出资料室，她再次感到了自己身体深处的变化，她觉得马佐里尼的一双眼睛正从背后看着她。此刻大街上的阳光，已不再是圣母的手指了。

"你喝酒了？"她问着罗兰。在黄色的灯光下，满嘴酒气的罗兰倒在席子上，双眼无神地望着天花板，怀里紧抱着圣婴雕像。

"也许我的孩子永远都找不到了，他（她）也许死了。"

"今天我考虑了很久，我想要把我的孩子打掉。"

"你疯了吗？这是谋杀，你在谋杀一条人命，这是不能饶恕的罪恶，听我的，把孩子生下来。"罗兰大声地说着。

"可，可我别无选择，我今天看到了我的父母，他们很可怜。"

"听我说，当初我的养父母发现我有了孩子以后，也是非常痛苦，一定要我打掉孩子。我知道，虽然不是亲生的父母，但他们很爱我，把我当作亲生女儿，他们是为我好，可是我也必须为我的孩子考虑，我不能只想着我自己。我说什么也不能打掉孩子，然后就偷偷拿了一大笔钱逃出来了，其实他们也一直在找我，我回不去，我回去只会增添他们的痛苦。"

"但现在这样他们更痛苦。"

"痛苦？你几个月了，你的肚子还没大出来呢，你不知道大着肚子一个人走在马路上时我有多么痛苦。人们在旁边指指点点，把我当作不良少女的典型。有一回在外面吃饭，居然被老板赶了出来，他们说我晦气，会让他们触霉头。那一刻你知道我有多难受吗？我一个人去医院里检查，还要什么证明，我拿不出，那些医生就在旁边窃窃私语，你知道他们说些什么吗？我耳朵尖，全听到了，她们骂我婊子，其实我还是个处女呢。"

"真的吗？我以为世界上只有我身上才会发生这种事呢。"

"你很快就会感受到的，孩子对我们来说意味着什么？是一块肉啊，自己身上的一块肉，而且这块肉是你用自己的心血一点一滴养大的，你会感觉到他（她）越来越大，感觉到他（她）和你说话。你们是可以交流的，这种感觉多么美妙啊。你有没有想过把你身上的肉活生生地割掉是怎样的感觉？况且你肚子里的这块肉是有感觉的、有思想的，这块肉自己能感到疼，会哭，会叫，会抗议，他（她）是有血有肉的，是一个独立的人。"

"对不起。"

"不，你不要这样说，你知道生孩子有多痛苦，我说过，我没有去医院，我是自己一个人在这个房间里把孩子生下来的。我讨厌医院，讨厌他们对我指指点点，他们虽然嘴上不说，可他们看我的那种眼神就是对我最大的侮辱。我先看了许多关于接生的书，然后一个人买好了分娩需要的全部东西，做好了所有准备，就在这个房间里静静地等待孩子诞生的那一刻。分娩的那种痛苦只有女人才会理解，我无法用语言来描述了，一个人，你明白一个人自己给自己接生是什么感觉吗？是绝望。在绝望中，我真的把我的孩子生下来了，在我行将疼得昏迷过去之前，我能清楚地听到他（她）响亮的哭声，然后我晕了过去。天哪，当我醒来的时候，我的孩子却不见了，我甚至还来不及看他（她）一眼，我拖着产后虚弱的身体找遍了这座城市，我恨这座城市，它吞没了我的孩子。"

"别说了，我受不了了，我答应你，把孩子生下来。"她们流着眼泪睡下了。

佛罗伦萨的空气中充满了但丁的气味，佛罗伦萨人但丁在他的《神曲》中是这样描述地狱的，他认为地狱共分九层，形如漏斗，越往下越小。罪人的灵魂依照生前罪恶的轻重，分别在不同的圈层里受酷刑的惩罚，罪行越大的越居于下层。在第八层里受罪的有淫媒和诱奸者、阿谀者、贪官污吏、买卖圣职者、占卜者、高利贷者、伪君子、盗贼、教唆犯、挑拨离间者、诬陷害人者、伪造者，最后是——罗马教皇。

一个十岁的男孩正在一个昏暗的角落，悄悄地看着《神曲》，他孤独地躲在大理石雕像的阴影下，那是一个怀里抱着刚诞生的耶稣的圣母像。洁白的大理石，庄严肃穆，和佛罗伦萨所有保存下来的文艺复兴时期的雕塑一样，它也是出自某位大师之手，特别是玛利亚的脸庞，仿佛是一个十八岁的意大利村姑。男孩一边偷偷看着书，一边还扭头看着玛利亚的脸。男孩突然产生了某种欲望，他大胆地爬上了雕像，用手抚摸着玛利亚还有耶稣。

"孩子，你在干什么？"一个穿着黑袍的神甫走了过来，他一把将男孩揪下来，用巴掌狠狠地扇男孩的耳光。而男孩悄悄把手放在背后，将《神曲》藏在衣服里。男孩的鼻血流了出来，像一条红色的虫子，扭动着身躯爬在他的嘴唇上。在扇了十几个耳光之后，神甫松开了手，他抱着男孩的头说："对不起，孩子，你太让我失望了，你是我见过的最有天赋的孩子，是上帝创造了完美的你，你应该成为一个大主教，红衣主教，甚至——教皇。孩子，我爱你，你别让我失望。"

男孩茫然地看着他，目光仿佛是透明的，然后他闭上了眼睛，擦了擦鼻血。

这里是佛罗伦萨教会的一座孤儿院，时间是1880年。

一种奇怪的声音在她耳边响起，她迷迷糊糊地睁开眼睛，看到罗兰笔直地站着，双手伸开，就好像是在十字架上。罗兰睁大着双眼，眼神却好像什么都没有，她非常奇怪，站起来问："罗兰你怎么了？"

"我是供品。"

"什么？"

"我是供品，我的孩子也是供品，他（她）被供奉给了神，而我，只不过是一个供品的制造者。我的孩子现在一定已经被烤熟了，鲜美的乳肉，就像烤乳猪乳鸽和鸡子，他（她）是被吃掉的，只剩下一堆骨头渣子。"

"不，这只是你的幻想。"

"现在，我有一种预感，我马上就要死了。"

"不可能。"

"你看着。"罗兰还没说完右手中就出现了一把小匕首，发出闪闪的寒光，她只见到匕首在眼前一亮，然后罗兰的左腕上就开了一个口子，鲜血涌了出来，流到了地板上。她抱紧了双肩，变得不知所措，直到罗兰倒了下去，她才找了块手帕包扎了罗兰的伤口，然后吃力地背着罗兰走出小楼，叫了一辆车，把罗兰送去了医院。

第二天，她带着罗兰心爱的圣婴迷城雕像到医院来探望罗兰的时候，医生告诉她罗兰已经被转到精神病医院去了，因为罗兰刚醒过来就发了疯，脱光了自己的衣服胡言乱语，引来了大批围观群众，更糟的是罗兰见人就打，用盐水瓶砸破了一个医生的头。医院认为罗兰有严重的精神分裂症，必须将她送去精神病院。

她又带着圣婴迷城像匆匆赶到了精神病院，在一个小房间里，她见到了罗兰。这个房间的窗户上全装着铁栅栏，铁栏杆的投影像一道道黑色的手印按在她们的脸上。阳光时而暗淡时而强烈，来回在罗兰脸上游走，偶尔停留在那双无神的眼睛上。

罗兰一见到圣婴迷城像就猛扑了上去，一把抢过抱在怀里，躲到了房间的角落，被一片阴影覆盖着。罗兰现在就像个小孩面无表情地抱住了自己的洋娃娃，逐渐开始恐惧起来，浑身都在发抖，白色的睡袍皱巴巴的，睡袍下一双洁白的脚丫仿佛瓷器般光滑，精致、小巧，像个手工艺品。

她缓缓地走上去，用手抚摩着罗兰的脸，还有下巴、鼻梁，就像在抚摩一个玩具，而这个玩具的怀里还紧紧抱着一个真正的玩具。

"你真的疯了吗？"

罗兰的眼睛依旧无神地望着她，沉默像空气一样弥漫在这个小小的房间里，渗入了墙壁、地板、天花板，还有坚不可摧的铁栏杆。忽然罗兰伸出手抓紧了她，把嘴凑到她的耳边，耳语说："今天晚上，把我们小楼的地下室打开，挖开地板，挖开，掘地三尺。一定要去，听明白了吗？"

"为什么？"

罗兰不回答，闭上了眼睛，一动不动的，仿佛是一具美丽冰凉的女尸。

她回到了小楼，在黄昏时分，这栋楼被笼罩上一层金色。她再次走遍了整栋楼，总共三层，不包括最上层的阁楼。外墙的建筑风格和里面各个房间的风格似乎不相符，也许里面的房间是后来才造起来的，也许原来这里本就是一个空旷的大堂。她在一个房间里找到了一把铁铲，然后下到了地下室，地下室的门锁着，但是那把大锁已经锈迹斑斑了，她用铲子去砸那把锁，一下就把锁砸碎了。她推开门，开着手电筒走下黑暗中的石头台阶。到平地了，她用手电照了一圈，地下室其实很小，阴凉潮湿，让她止不住战栗。脚下直接就是泥土了，她开始用力地挥动铁铲。

她不知道自己的力量从何而来，瘦弱的手臂和肩膀还有细腻的手掌是如何让这沉重的铁铲深入地下的，而且她的腹中还藏着一个生命。也许就是这腹中的生命赋予了她勇气，虽然她是一个连看见蟑螂都要害怕得掉眼泪的女孩，但她现在在这样一个黑暗阴冷的地方居然无所顾忌地掘地三尺，这连她自己都不敢相信。随着时间的流逝，地下室里堆满了挖出来的泥土，泥土的气味从地底的深处蓬勃而出。她已经决定了，无论如何，就算是挖出座火山也要挖下去，终于，铁铲碰到了一个硬物，发出金属碰撞的响声。

她把身体探了下去，用力地搬出了一个黑色箱子。她拖着沉甸甸的箱子爬上了石阶，出了地下室回到房间里。在黄色的灯光下，她费了很大的劲才打开了箱子，一股沉积已久的灰尘腾空跃起，布满了房间。她透过未落定的尘埃，把手伸进了箱子。她摸到一个东西，是个凉凉的金属。她把那东西拿了出来，一阵金色的光芒刺痛了她的眼睛——

一个婴儿，铜铸的婴儿雕像，是圣婴迷城，和罗兰的那个一模一样。只不过，这个圣婴迷城是残缺的，她看不出婴儿到底是男孩还是女孩。事实上，圣婴迷城的下身被砸坏了，缺了一大块，露出了铜的底色。

她用一块布小心地把布满灰尘的雕像擦干净，圣婴迷城露出了大大的眼睛，似乎能说话，沉重的身躯好像真的是刚出生的耶稣，只不过这个耶稣缺了一样东西，而这样东西是令所有的人敏感的。它疼吗？它在哭吗？她想如果自己是它的母亲，她一定会哭的。像罗兰一样，她把圣婴迷城像紧紧抱在怀里，一会儿就入梦了。

半夜，窗户被一阵突如其来的风吹开了，寒风把席子上的她惊醒了，在暗夜深处，似乎有个人在叫着她的名字。她放下圣婴迷城雕像，独自走下楼，又一次走进了地下室。这回她没有拿手电筒，什么都看不清，虽睁大着眼睛，却等于是个盲人。

忽然，不知从哪里亮起了光，地下室一下子大了许多，眼前突然多出了好几根木柱子和横梁，地上的泥土不见了，变成了厚厚的干草。在木栏杆中间，她见到了一匹马，浑身雪白，嘴上套着马嚼子，大睁着圆圆的眼睛注视着她，嘴里发出呼哧呼哧的声音。马把头伸向她，沉重的喘息喷在她的脸上，带给了她前所未有的温暖感。她忽然又冒出来一个古怪的念头。她在马的耳边轻轻说："那个男人是你吗？"

马好像听懂了，居然害羞地低下了头，把头倚在她的睡裙上摩擦着。突然一阵哭声响了起来，是婴儿刚出生时的啼哭，她吃惊地扫视了一圈这个突然变成马厩的地下室，最终在一个马槽里发现了一个婴儿。她双手颤抖着抱起了婴儿，婴儿像小猫一样，闭着眼睛，一双小手在空中乱抓。她觉得自己的腹中空了，这个婴儿就是自己肚子里的生命。她吻了孩子："我可怜的孩子，别哭了。"

"把我的儿子放下。"一个女人的声音突然从某个角落传出。她看见一个女人突然从地上爬了起来，这女人有着高高的鼻梁和深邃的眼窝，不像是中国人，女人满脸是汗，仿佛刚经历了一场痛苦。女人冲上来从她的怀里抢走了婴儿，深情地吻着。

她不敢相信这一切，大声问道："你是谁。"

"马利亚。"

马利亚？难道这个孩子是耶稣？她的胸口仿佛受到了重击，腹中的那个生命狠狠地跳动了一下。那匹白马抬起了头，圆圆的眼睛里涌出了大滴的眼泪。

"不！"她高分贝的尖叫声响彻了整个小楼，甚至惊动了这个晚上的月光。她带着满头的汗水和眼角的泪水醒来了，怀里还稳稳地抱着圣婴迷城像。

原来刚才只是一个梦。

"马厩，马厩。"惊梦后的她不断重复着这两个字，她现在隐约地明白，马佐里尼刚来中国时为什么要在马厩上修建教堂——因为《圣经·新约》

全书上记载着耶稣诞生于一个马厩的马槽里。为了供奉圣婴迷城，所以，马佐里尼选择了这里。

她的心头乱跳着，下意识地抱着圣婴迷城走到了窗边。风吹乱了她的头发，把她的衣裙扬起。穿白衣的年轻女人抱着孩子站在黑夜的窗口，这是一幅具有奇特审美意味的油画，所有的画家都在梦中见过。

她乘坐地铁去了那个小公园。她拎着大箱子，穿过一条茂密树林覆盖的小径。在小树林的中心，她找到了那条长椅，她擦了擦上面的灰尘，轻轻地坐了下来。

清晨的小公园里寂静无人，鸟鸣突然之间充满了她的耳朵。她坐在长椅上，额头发出乳白色的反光，没有表情，双眼的焦点在树叶的缝隙间徘徊。终于，那个长头发男人出现了，今天他没有戴墨镜，还是背着个大包，低着头拨开树枝来到了她面前。男人非常惊讶，做了一个奇怪的表情。

她站起来，对他说："你不是说你几乎每个星期都要来这儿吗？今天我的运气很好，等到了你。我给你看样东西。"说着，她从箱子里拿出了圣婴迷城雕像，递给了他。

他接过圣婴迷城像，上上下下仔细地端详着，足足有十几分钟默不作声。最后他把雕像放在唇边轻轻一吻。他的目光此刻就像老鹰一样锐利，仿佛她就是他的猎物，他压低了声音问："你从哪弄来的。"

"在地下室里挖出来的。"她确实被男人吓着了。

"告诉你，这是真品，真的，无论是雕刻手法还是铸造工艺，都具有文艺复兴时期的特点。天哪，与米开朗琪罗的技法相似，可能真的是他的作品。我在意大利留过学，主攻雕塑史，曾经废寝忘食地研究过圣婴迷城像的图片和各种有关资料，虽然过去没亲眼见过实物，但我敢说我对它的了解不亚于它的作者。你看它的脚底板——"他把圣婴迷城的左脚伸到她眼前。

"对，有一行隐隐约约的拉丁字母。"

"这是美第齐家族的族徽，说明这个曾经是佛罗伦萨统治者的大金融家族拥有过这个圣婴迷城像，后来又捐献给了教会。总而言之，这就是马佐里尼带到中国来的那尊圣婴迷城，而且它损毁的下身也的确与文献记载的相同。马佐里尼离开中国以后，被毁的圣婴迷城也不见了，人们以为是被他带回意大利了，没想到他把圣婴迷城留在了中国，太不可思议了，你很幸运。"

"谢谢你，可是当年为什么会有人要破坏圣婴迷城呢？"

"也许只有上帝知道，可能是宗教矛盾吧。"

"既然它是真的，那你就拿去吧，也许它对你有用。"

"不必了，我不是基督教徒，不会对圣婴迷城顶礼膜拜的，我只对艺术品感兴趣，能亲眼看到圣婴迷城的真迹，是我一生中最大的幸运，对我来说，这已经足够了。这是你发现，怎么处置由你决定吧，但最起码要保存好它，它的价值不能用金钱来衡量。应该是我感谢你，拿好，再见吧。"他再一次吻了吻圣婴迷城，然后小心翼翼地把圣婴迷城放到了她的手里。

"那就，再见吧。"

她把圣婴迷城放进了箱子里，刚转过身要走，身后又传来男人的声音："哎，还有一句话，其实你真的很像他的妈妈。"

"你是说圣婴迷城？"她心神不安地回过头来。

"对不起，没什么。对了，能不能把你的地址留给我，有机会的话我想去看看发现圣婴迷城的地方。"长头发男人的目光中闪烁着一种难以名状的东西。

精神病院里的气氛总令人压抑，虽然有时会看到滑稽的场面，但有时又是狂乱不堪。她和一个脸上有着一道伤疤的医生争辩着："罗兰是我唯一的朋友，为什么只能让我们隔着铁栏见面，她不是犯人。"

"看见我脸上的伤疤了吗？昨天被她的指甲抓的。给她打针死活不肯，而且我还从没见过她放下过那个洋娃娃，那是铜做的吧，那么大的人了，还玩这种东西，那么重的家伙，砸起人来可是要出人命的。更要命的是，她还胡言乱语说什么我们把她的孩子给偷走了，她的病可不轻啊。你去看她一定要小心，她可是六亲不认的。"

见面的时候罗兰正趴在铁栏杆前，衣服被自己撕破了，旁若无人地裸露着雪白高耸的胸脯，还把圣婴迷城雕像放在上面，像是在给小孩喂奶。

"罗兰，你怎么知道地下室里藏着东西？"

"藏着什么东西？"罗兰的口齿已经不清了。

"圣婴迷城啊，真正的圣婴迷城。不是复制品。"

"是谁让你去找出来的。"

"不是你吗？"

"我没说过。"

"昨天，不是你让我去把地下室的地板挖开的吗？"她有些着急了。

"你是谁？"

罗兰的这句话令她意想不到，她一时居然无法回答了："我是谁？我也不知道我是谁。"她感到了无助，用手握着铁栏杆，这样她也有了被囚禁的感觉。一串眼泪缓缓地溢出，在苍白的脸颊上滚动着。

罗兰突然把手伸了出来，用指尖帮她抹去了泪水，同时用一种奇怪的语气说："我知道你是谁，你是我的妈妈。"

"你真的疯了。"她转身就向外跑去了。

"不，我说得没错，我就是你未来的女儿。妈妈，你别走，妈妈！"精神病院里充满了罗兰尖厉绝望的叫喊。这声音在雪白的墙壁和天花板还有黑色的地板间来回飘荡着，一下子好几个精神病人都齐声高叫道："妈妈！妈妈！"

她总有一个预感，今天晚上那个长头发男人会来。恰巧她的窗下有一棵自生自灭的夜来香开花了，浓烈的香味像潮水一样涌进了整个小楼。她还在昏黄的灯光下仔细地看着圣婴迷城，同时不自觉揉了揉小腹。

长头发男人终于来了，他说他已经看过地下室了，可以肯定这儿就是当年马佐里尼供奉圣婴迷城的小教堂。然后他打开背包，拿出了一样东西。

　　又是一尊圣婴迷城雕像，但是与她前面见过的两尊最大的不同是，这个圣婴迷城是一个女孩，女圣婴迷城。

　　看着这尊圣婴迷城雕像的下身，她忽然有些不好意思了："这怎么可能？是个女婴。"

　　"这是我花了整整一个下午自己做的，并不费力，只要将我过去复刻的圣婴迷城的模子略加修改就行了。非常感谢你，是你今天早上给我看了缺损的圣婴迷城之后我才有了灵感，过去我一直是在模仿、在复制，而现在，我可以说，我已经在创造了。"

　　"创造？"她还是不明白。

　　"为什么圣婴迷城不可以是女孩呢？难道《圣经》上规定过圣婴迷城必须是上帝的儿子吗？让我们仔细想想，难道上帝的女儿不也是圣婴迷城，不也是救世主基督吗？所以，她是耶稣的妹妹。"

　　"也许你真的是个天才。"

　　"今天我一边修改铸造的模子，一边苦思冥想，是谁把圣婴迷城破坏了，目的又是什么。当我完成了我的女圣婴迷城后，我突然明白了什么，一切的问题就都迎刃而解了。告诉你，破坏圣婴迷城的人就是马佐里尼自己。"

　　"保罗·马佐里尼？"她吃惊地张大了嘴。

　　"就是他，是他把圣婴迷城偷偷带到了中国，又是他利用圣婴迷城传播被认为异端的宗教思想，最后还是他，亲手毁坏了圣婴迷城。你想想，为什么这件轰动一时的事件悬赏千两黄金，查了很长时间，却始终没有答案？因为作案者就是马佐里尼自己，这才是唯一的解释。"

　　"可圣婴迷城对他是有价值的，他为什么要这样做呢？"

　　"三十年代，马佐里尼在罗马受到天主教廷责难和攻击时，他给当时的教皇写过一封公开信，引起了轩然大波。他在信中说，上帝可以有耶稣这样的儿子，而圣母马利亚却是约瑟的妻子，那么从伦理上来说，人类的救世主耶稣就是一个私生子，上帝曾经惩罚了偷食禁果的人类始祖亚当和夏娃，可上帝使贞洁的马利亚受孕的行为本身也犯了同样的错误。既然上帝有自己的私生子，那么从逻辑上说上帝在拥有至高无上的神性的同时也拥有人性，而且上帝又是无始无终的，在漫长的人类历史里，上帝可以不断让类似马利亚的贞女受孕。同样是从逻辑上推理，因为上帝是万能的，所以，上帝既可以有儿子，也可以有女儿。既然如此，那么女人也可以做救世主基督，甚至可以做罗马教皇。"

"你怎么知道的？"

"做完女圣婴迷城以后，我总想找证据证明我的推理，所以我登录了一家意大利的新宗教网站，搜索有关马佐里尼的信息，他的资料不多，只保存了他的这封公开信。我说过我在意大利留过学，所以看得懂意大利文。事实上，就是因为他的这封信，罗马教廷认定他已经堕入魔道无可救药，所以将他开除教籍的。"

"因为马佐里尼有这样的思想，所以他甚至不惜牺牲自己，亲手砸毁了圣婴迷城的下身，从而让圣婴迷城的性别模糊，这样就有了一个暗示——圣婴迷城不一定是男孩，也可以是女孩。他所做的一切全是为了实现自己的宗教理想。"她终于明白了。

"对，千百年来，人类的宗教史上，能提出像他这样的观点的恐怕只有他一个了。虽然，听起来骇人听闻，侮辱了上帝和耶稣，还有圣母。可我仔细想了想，只有这种解释才是最符合逻辑，符合人的本来面目。还有就是在宗教领域，把女子提高到了和男子同样的地位。他并没有侮辱上帝，其实是赞颂了上帝的生命力。"

"上帝的生命力？"她在心里忽然想到了另一种世俗的叫法——"上帝的繁殖力"。

"我现在可以体会到当年马佐里尼在破坏圣婴迷城时的痛苦矛盾心理，他无限地崇敬和热爱着圣婴迷城，但他又有自己的宗教理论，只有最坚强的男子汉才有魄力为了他所坚持的信仰而毁灭自己的最爱，尽管我们无法确定他的这种新信仰是否合乎真理。"

"是真理。"她脱口而出。

接下来是沉默，她这才感到房间里夜来香的气味越来越浓了。

长头发男人锐利的目光忽然柔和了下来，轻轻说："其实你很美。"

她不说话。

"你像极了圣母马利亚。"

她不说话。

"你不信吗？是的，东方人与西方人谈不上相像，但是你的眼神非常像，这是拉斐尔的油画所要竭尽全力表现的眼神，他总是抱怨他的模特不够神似，画圣母的眼睛时，他总是加入自己幻想的成分。而你的眼睛，则是天生适合于给拉斐尔做模特的，如果你活在十六世纪初的意大利，拉斐尔也许会爱上你。"

她还是不说话。

他知道她在等待着什么，于是他吻了她。

长头发的男人有着刚毅的嘴角，她第一次见到他时就注意到他的嘴唇了，他的嘴唇充满了温暖还有力量。他长长的头发披散着，和她的头发纠缠在一起，让她难以分辨。

当他的欲望被勾起的时候，她却突然开口了："再问你一遍，我们过去认识吗？我是说在小公园见面之前。"

"我不知道这对你意味着什么，但我不能说谎，我们只见过三次面，前两次在小公园，第三次就是现在。在这三次之前，我从没见过你，真遗憾。"

"你的记忆还完好吧。"

"当然，我的记忆力比常人还要好。"

"那好，你不是那个男人。"

"哪个男人？"

"我肚子里的孩子的父亲。"

他吃惊地后退了一步，仔细地看了看她，然后说："对不起。失礼了。"说完转身要走。

"把你的女圣婴迷城拿回去吧。"

"送给你了，留个纪念，还是那句话，我是无神论者。"转眼间，他的脚步声消失在夜来香弥漫的夜色里。

三十六岁的保罗·马佐里尼独自坐在第一排的长椅上，圣坛上有耶稣的彩塑还有圣母马利亚，但是在最神圣的地方，供奉的是圣婴迷城雕像。小教堂不大，大堂约有三层楼这么高，偏门下面有个地下室。教堂外，夜已深了，就连煽情的月亮也退去了。教堂里点着几支摇曳不定的白蜡烛，把他的身影拉得很长很长。

他的眼神是如此烦躁不安，紧紧地盯着圣婴迷城，额头上满是大汗，在他坐着的长椅的另一头，躺着一个满脸通红的中国女孩。女孩没有穿衣服，红润的身体暴露在烛光中，激烈地喘息着，好久才平静下来。马佐里尼穿着黑色的教士服站了起来，一言不发地走出了教堂。只留下光着身体的女孩继续躺在耶稣的面前，而女孩身下一摊殷红的血正闪闪发光。

马佐里尼在黑暗的街道上走着，半夜的街上只能偶尔见到几个更夫。月亮始终没有出来，他在一片漆黑中凭记忆摸索着，到了一扇大门前，有节奏地用手指关节敲着门。敲了好久，一个胸前挂着十字架同样一身教士服的中国老人端着蜡烛给他开了门。

马佐里尼跪在他面前用中国话说："王神甫，对不起，我现在能不能做忏悔？"

她第一次来到这座巨大的教堂，哥特式的尖顶和充满装饰的门，还有大堂里虔诚的信徒们，窗户上装的都是彩色玻璃，于是一切都被彩色的光线笼罩着，像一场梦。她找到了一位神甫，把真正的圣婴迷城交给了他。

自然，神甫非常惊讶，然后一位主教接待了她，并要她填一个表，以便能够给她一笔奖金。她没有填住址，只写了一个假名——马利亚。接着她趁着年迈的主教不注意，偷偷躲进了一个小房间，小房间里还有一个小格子窗，看不清里面。忽然里面传出了声音："孩子，你是来忏悔的吗？"

　　"忏悔？"

　　"每个人都需要忏悔，因为人先天就是有罪的。"

　　"原罪。"

　　"孩子，你说得对，你很虔诚。"

　　"神甫，我肚子里有了孩子。"

　　"你结婚了吗？"

　　"没有，我还没到年龄呢。"

　　"可怜的孩子，愿上帝饶恕你。"

　　"可我是贞洁的，像马利亚那样贞洁。"

　　"孩子，你不要开这样的玩笑，这是一种亵渎。"

　　"我说的是事实，我以我的生命发誓，我是贞洁的，我的身体只能献给一个人——上帝。"

　　"上帝是神。"

　　"上帝同时也是人。"

　　"孩子，你不是基督徒，愿主饶恕你。"

　　"只有上帝才能使贞女怀孕，我的肚子里怀着又一个耶稣，或者说是耶稣的弟弟。我是新的圣母。无论如何痛苦，我也要把这个孩子生下来，好好地照顾他，把他养大成人，我的孩子会改变世界的。"

　　"愿主饶恕你。"

　　走出教堂，已是黄昏了，在教堂的门口，坐着一个衣衫褴褛的中年女人，以一种特殊的眼神看着她。她们对视着，直到她感到浑身发冷，匆匆离去。

1906 年的冬天，我们这座城市下起了一场罕见的大雪，一座小教堂的后门打开了，一个意大利人抱着一个刚出生的婴儿匆匆走了出来，在门里面，有一张床，一个美丽的中国女孩躺卧着，床单上全是血，这个女孩已经因为难产而死了。

意大利人用小被子紧紧包裹着婴儿，婴儿在风雪中不断啼哭着，使意大利人来回地摇晃。他有一双浓黑的眉毛和明亮的眼睛，却低着头不想被别人看到自己的脸。雪越下越大，他在雪地上踏出两行长长的脚印，远看就像是两排大大的眼睛瞪着天空。

他来到一片荒凉的野外，这里有几个十字架墓碑。他看了看婴儿的脸，那是一张混血儿的漂亮脸蛋，孩子突然不哭了，露出了奇怪的微笑。意大利人弯下身子，吻了吻婴儿的额头，然后把婴儿放在了一个墓碑前。接着他向前走了几十步，躲到了一个高大的坟墓背后，远远地观察着。被子包裹着婴儿，在地上被雪打湿了，婴儿使劲哭着，那声音让人揪心。

忽然一对农民夫妇出现在雪地中，他们都是信教的，他们看见了地上的婴儿，吃了一惊，心疼地抱了起来。他们骂了几句婴儿的父母，然后把婴儿抱走了。

一只冬日的麻雀停在了一动不动的意大利人身上，抖动着翅膀上的雪。

半年以后。

还是在那栋小楼里，她的呻吟像金属刮擦的声音一样尖锐高昂，充满了一种母性的力量。她一个人躺在房间里，两眼望着天花板。那种巨大的痛苦从自己身体的深处源源不断地袭来。她感觉自己是在战斗，与痛楚战斗，而且是孤军奋战。她在自己的嘴里放了一块毛巾，但她依然感到牙齿快被自己咬碎了。她把头扭了过来，看到了地上躺着的女圣婴迷城像，那是一个男人送给她的，这个铜铸的女婴在向她微笑。于是她感到了一种力量，来自于自己的体外，不断地输入她的肉体和灵魂。虽然现在自己有一种被撕成两半的感觉，但她却在巨大的痛苦中隐隐约约地嗅到了幸福的味道。

冲，前进，冲吧，小基督，救世主，耶稣，快出来吧，别让你的妈妈痛苦了。这里就是马厩，就是你命中注定的出生地。来吧，世界需要你。来。

你的妈妈痛苦地叫唤着，她嘴里的毛巾被咬碎了，她已经竭尽全力在战斗了。

出来啊。圣婴迷城。

你出来了，出来了，好的，头，身体，手，脚，干得好，救世主，干得漂亮，小基督。你完全出来了，你胜利了，你战胜了全世界。响亮地哭吧，你欢呼吧，庆祝胜利。

看，你的妈妈昏过去了。

她醒来的时候，清晨的阳光再次像箭一样射了进来。一点力气都没有，好像身体不是自己的，脑子里一片空白，过了很久，她才想起来什么。

"我刚才把孩子生下来了，在昏迷前，我清楚地听到了婴儿的哭声。我的孩子。"她在心里自言自语着，然后吃力地支起身体，在房间里张望着。

没有看到孩子。

只有女圣婴迷城雕像张开双手看着她。

她绝望了。

神圣的阳光突然又像地毯一样铺满了整个房间，洒在她的额头和脖颈，她靠墙坐着，披头散发，脸上的血色更少了，似乎变成了一个玻璃人。她的嘴唇嚅动着："我的孩子不见了。基督失踪了。"

当她的身体刚刚复原了一点以后，就去精神病院看罗兰。但精神病院告诉她那里根本就没有罗兰这个人。

"这不可能，罗兰已经在精神病院住半年了，就是那个整天怀里抱着个婴儿雕像的女孩，她的病很严重，你们不会不知道的。"

"真的没有，我们院从来没有这样的病人。"

"医生，你的脸不是被罗兰用指甲抓破过吗？看，伤疤还在呢。"

"这是我在家里被老婆抓的，我看有精神病的人是你。"

罗兰像个彩色泡沫一样无影无踪地消失在了这座城市，她无奈地离开了精神病院。

她回到了父母身边，被妈妈紧紧地抱了起来。她像是刚从噩梦中醒来，回到家，连续不停地睡了两天两夜。醒来后，把自己的经历原原本本地说给了父母听。

"你住的真的是那栋小楼吗？"母亲问。

"没错。"

"孩子，二十年前一个冬天的清晨，我和你爸爸路过那栋楼，在楼前的台阶上，发现了一个襁褓中的女婴，便把她捡了回来，养大成人——"

"别说了！"她打断了母亲的话，"那个女婴就是我，对不对？我也是出生在那栋楼里的？"

"是的，我们不知道你的父母是谁，可我们是爱你的。"

"我知道，不管怎么样，你们永远是我的爸爸妈妈。可我的孩子呢？二十年前，在那栋小楼前，你们把我捡去了，可现在，还是在那个地方，是谁把我的孩子捡去了呢？"

大教堂的尖顶依然庄严美丽，似乎永无止尽地伸向天堂。教堂前的信徒们小心翼翼地进进出出，各自怀着一颗虔诚的心。

在教堂前高高的阶梯上，那个披头散发的中年女人还在那儿坐着，她逢人就说："我的孩子丢了，我真的生下了我的孩子，但他（她）不见了，失踪了。我的孩子是耶稣，是基督，是救世主，是上帝的儿子，而我是圣母马利亚，我是上帝选中的贞女。先生，我的孩子丢了，你见过他（她）吗？"

她在一边远远地看着中年女人，听到旁边有几个人在说："这个女人太可怜了，二十年前就来了，不知是哪儿的人，说自己的孩子丢了，自己是圣母，疯得可不轻啊。当年她刚来的时候啊，还是个如花的少女，不少人打她的主意，看看现在，愿上帝饶恕她。"

"妈妈。"她走上去对中年女人说。

女人的眼神空洞无物，对她视若无睹，继续喋喋不休地说着她重复了许多年的话。她看着女人，睫毛颤抖了几下，最后她离开了，不再打搅这个中年女人的生活了。

晚上十点多，她坐上了地铁，在这座城市里穿梭着，空空荡荡的车厢里弥漫着一种她所熟悉的气息，灯光暧昧不清，车窗外一片漆黑。她在车窗上照着自己的脸，她觉得自己生过孩子后变得丰满了，胸脯也更饱满了，更像一个成熟女人了。她用手挤了挤胸口，觉得有些湿润，那是乳汁。

忽然，她有了一种停下来的感觉，于是列车真的停了下来。她下了车，空无一人的站台上坐着一个女孩。这个陌生的女孩有着忧郁的脸，苍白的皮肤，穿着短裙和拖鞋，闭着眼睛似乎在享受着什么。女孩蓦地睁开眼睛，和她对视着。她发现这个女孩的眼睛和自己的简直毫无区别。

眼前这个同龄的女孩突然开口说道："我在寻找那个男人。"

她总觉得这句话有些熟悉，但却想不起来了，于是她对女孩说："我在寻找我的孩子。"

另一个方向的列车隆隆地驶来了，这是最后一班了，她走进了车门，女孩也进来了。她们坐在了一起，车厢进入了黑暗的隧道，给她们一种在坐船的感觉。

"你说你在找你的孩子？"陌生的女孩问她。

"是的，我的孩子失踪了，可我的确生下了他（她）。"

"你到结婚年龄了吗？"

"没有。"

"那你和我一样。"

"你也丢了孩子吗？"

"不，我的孩子好好的，还在我肚子里。我在寻找那个男人。"

在偶尔有人打起呼噜的最后一班地铁里，她们轻声交谈着，她总觉得这些话在哪说过，但记不起来了。

列车驶向了终点站，终点站的附近有一栋小楼，小楼的下面曾经是一个马厩，马厩里有一匹马还有一个刚出生的婴儿。

马佐里尼尖锐的目光正注视着她们。

苏州河

现在是午后，我能感到自己的额头和发际上流淌着的阳光的温度。阳光悄悄闯进我的房间，进入我的体内。我轻轻呼出一口气，终于睁开了眼睛，我不知道为什么自己正躺在床上。一丝阳光正撞开我的眼睑，在我的瞳孔里闪烁着。

我在哪儿？

我看着高高的天花板和蓝白色的墙壁，墙壁的一面有一个阳台，阳光透过阳台内侧的玻璃窗洒了进来。阳光营造出一种慵懒的气氛，这气氛缠绕着我，让人昏昏欲睡。我终于站了起来，在这个看来有些陌生的房间里来回踱着步。一面落地镜子里，倒映出一张自嘲的脸。我看着镜子里的自己走来走去，忽然有些恍惚，直到我发现了写字台上的那张纸条。

是的，就是那张纸条，阳光洒在写字台上，纸条上就有了些反光。这反光略微有些刺眼，我伏下身子靠近写字台。这是一张特制的信纸，看上去像朵云轩的纸笺，然而终究又不是。我轻轻地拿起那张纸，还是在阳光底下，光滑如丝的纸面反射着阳光。一片白色的反光之下，一切都模模糊糊的，我的眼睛花了很长时间才慢慢适应过来，逐渐看清了纸片上写的那些字——

我的C：

　　昨天下午收到你的信，实在对不起，一开始我有些莫名其妙。我原本是不想理会这种信的，但我似乎对你有些隐隐约约的印象。昨天晚上我很无聊，几乎一夜无可事事，当我临着窗眺望着明媚月光的时候，我才突然想起了你的样子。对，那就是你，每天清晨缓缓地从我楼下走过，有时候偶尔与我打个照面，但你却一句话也不说。你也许不信，我还记得你忧郁的眼睛，不过，但愿我没有记错你的名字。

　　我的C，说来你也许不信，刚才我闲来无聊，莫名其妙地找出一张上海的地图看了看，此刻我觉得难以理解：为什么来自世界各地的人会聚在这里，建造起这么大的一座城市，而我却只需要一个房间。不，不要到我的家里来找我，你知道，在这座城市的中心还有一条河流穿过，在这条河上有许多座桥。我喜欢桥，我相信你也喜欢，那么，今天下午六点，我在你每天早上都要走过的那座桥上等你。

你的Z

于 12 月 16 日晨

　　很明显，这是一封女人写给我的信。这是我第一次看到她的字迹，似乎和我想象的差不多。我拿着这张纸，还能嗅出淡淡的香味，也许她的房间或者她的身上用了某种特殊的熏香。我的鼻子贪婪地猛吸了一口气，那味道立刻充满了我的胸腔。这张纸笺是从哪儿来的？刚刚莫名其妙地睡着了，目前我有些糊涂，想了好一会儿，才隐约记起今天上午好像有一个小孩给我送过一张纸条。而那个小孩长什么样？是从哪儿来的？我记不清了，这事就好像从来就没发生过一样，只有这张信纸确确实实在我手中。

　　"Z"，她自称"Z"，在字母表里，这是最后一个字母，也许有某种特殊的含义？不过，我知道这纯属巧合，就像她称我为"C"。不过，现在还有一个问题，我给她写过信吗？也许写过，也许没写过，我不敢肯定。是写给她的吗？有可能是她，也有可能不是她，我也不敢肯定。不过，现在我能肯定的是，我应该，或者说必须要到桥上走一走，在这封信上约定好了的时间，16 日，也就是今天下午六点。这是一个暧昧的时间，充满了无限的可能性。

我打开了阳台的玻璃门，趴在栏杆上。阳台突出在这栋大楼的墙壁上，就像是城墙的防御马面。栏杆是铁的，在转角的地方还有圆形的花纹。说实话，我喜欢这个阳台，我总是坐在阳台上看书，沐浴在慵懒的阳光下，四周的风会轻轻掠过我的额头和书页。我所在的这栋六层大楼有着黑色的外墙和欧陆式的装饰，现在，我就在三楼的阳台上眺望着马路对面。这条南北向的马路很窄，我几乎能透过对面那栋大楼的玻璃窗，清楚地看到那家公司里所有的一切。然后我的视线对准了东北方向的那些建筑物，在那些欧洲人建造的各式各样的大楼里，有一个个或紧闭或敞开的窗户，其中有一个就是"Z"的窗户。但是，我现在看不见她，我只能把目光越过那些建筑，最后所见到的是，外滩的屁股。我之所以称这些高大的楼房为外滩的屁股，因为我是从这些建筑的背面注视它们的，这种视角对我来说已经习以为常了。

我离开了阳台，在我狭小的卧室左边，还有一个小房间，我走进那个小房间，这是我的卫生间。我是个身无长物的人，除了我的卫生间。我拥有一个令许多人羡慕的洁白的钢皮大浴缸。我在卫生间里刷了刷牙、洗了洗脸，匆匆地刮了刮胡子，然后换上一身崭新的衣服离开了房间。

我的公寓大楼里有一台嘎嘎作响的电梯。我走进电梯，拉上折叠门，然后是一阵机械转动的声音。一根铁链条在我的头顶缓缓地运动着，载着我往下降去。透过折叠拉门，我看到三楼的地板在缓缓上升，二楼的公共走廊在我眼前闪过，直到来到底楼大堂。我又费劲地把折叠门拉开，底楼很脏很乱，我快步穿过大堂，来到了马路上。

阳光穿过周围的楼房，被挤成几条线射在马路上。我猛吸了一口空气，觉得两边的高楼中间夹着一条狭窄的马路，怎么看都像是一条深深的山谷。我很快就走到了十字路口，这里的道路非常密集，看着头顶两边各种风格的建筑，我觉得自己走进了一个巨大的迷宫。这是一个恰当的比喻，这座城市其实就是一座大迷宫，周边的道路比较稀疏宽敞，但越到中心，比如这里，就越密集、越狭窄、越曲折，谁也无法一眼就看到头。据说有的人一旦走进这里，就永远无法再走出去了。比如，现在从我身边走过的这个欧洲人，他的脸色苍白，虽然是高高的个子，但却瘦极了，一副弱不禁风的样子。我已经见到过他无数次了，他一言不发地走着，而且永远是这个方向，有时候在傍晚，有时候在清晨，没人知道他的目的地在哪里，或者说，他的目的地就是要找到自己的目的地。可他找不到，永远也找不到，他迷路了，他不断地重复着走过这条道路，年复一年，日复一日，他已经成了这座巨大迷宫的奴隶了。其实，有时候我也是。

与那个可怜的欧洲人擦肩而过之后，我忽然问自己：我这是要去哪儿？于是，我又一次在心里默读了一遍"Z"给我的信——桥，我记得那座桥，每天早上，我都要从那座桥上走过。那座桥的上方有着高大的钢铁支架，桥面则铺着水泥和沥青，远看就像是在河面上竖起一张铁网。我的眼前仿佛已经出现了那座桥的样子，它就横亘于我面前，而我脚下的马路，已经成了一条浑浊的河流。

我穿过好几条横马路，周围的建筑物都是黑灰色的，从四面八方包围着我。在一栋大厦的大门口，我见到了一个印度人（也许是锡克人），他肤色黝黑，留着大胡子，包裹着红色头巾，神色威严地看守着大门，这就是他的职业。再往前走了几步，我忽然听到了几下洪亮悠扬的钟声，那是从海关大楼的楼顶传来的。我总是在清晨被这钟声吵醒，但我喜欢这钟声，因为钟声里含着一股水蒸气的味道，就像是清晨在江边弥漫的大雾。我不能再往前走了，我缓缓走过狭窄的马路，在两栋黑色的大楼中间，我走进了一条小小的弄堂。其实我从来没有走进过这里，只是觉得这里也许是条近路。我没有想到，在两边高大的建筑物底下还居住着这么多人，他们穿着陈旧的衣服，做着各自的事情，比如刷马桶、哄小孩撒尿、打麻将，对我的闯入不以为意。两边的大楼实在太高了，以至于这里终年都不见天日，我抬起头看着天空，只剩下一条狭小的缝隙，一片耀眼的白光不动声色地照射下来。越往前走，越是狭窄，最后只能容纳一个人通过。忽然光线完全暗淡了下来，现在我的头顶是过街楼，我就像是穿行在地道中一样，这狭小的通道使我感到我正在别人家的房间里走动着，而别人家的某些事情正在离我头顶不到几十厘米处发生着。一阵细小的尖叫声传来，一伙孩子从我身边挤过，这让我只能侧着身体贴在人家的墙面上，听着他们的嬉闹声远去。我看着前方，只见到一点白色的光。

我终于走出了过街楼，拦在我面前的又是一条狭窄的马路，不过，马路的对面就是苏州河的河堤。我有些贪婪地呼吸着新鲜空气，阳光忽然又无比灿烂起来。我想，在去那座桥之前，应该先看看桥下的河。我过了马路，看见一个老太太正坐在一张小板凳上晒着太阳，老太太满脸皱纹，表情却很安逸，似乎沉浸在这河边阳光的沐浴之下。我脑子里忽然掠过一个奇怪的念头：这大概就是那位"Z"在几十年以后的样子吧。

我走上了河堤，趴在水泥栏杆边上，看着浑浊的河水。阳光在宽阔的水面上镀了一层耀眼的金色，掩盖了这条河流本该有的色泽。河水自西向东流去，水流非常平缓，河面上平静得出奇，只有一些细小的波澜在轻轻荡漾着金色的阳光。阳光被水面反射着，就像是无数面被打碎的镜子拼凑在一块儿。那些被剪碎了的金色反光，像一把把玻璃碎片飞向我的眼睛。这就是静静的苏州河。忽然，我觉得有些奇怪，那些独自航行的小汽轮和像火车车厢那样排成一列缓缓拖行的驳船都到哪里去了？是顺流而下进入了黄浦江，还是逆流而上栖息在市郊那充满泥土芳香的田野的河边了？失去了航船的苏州河是孤独的，我确信。

河水涨潮的时候到了。不知是从黄浦江倒灌进来的水，还是从北岸各条支流来的水，或者纯粹是月球引力的作用，我发现河水正在缓缓地上涨。也许河床已经被长年累月堆积的泥沙和垃圾垫高了许多，总之，河水上涨的幅度令我有些吃惊，因为现在应该是枯水季节。我却看到对岸河堤上的水线正节节攀高，浸湿了原本一直干燥的地方。然而，河水还是没有停止上涨的迹象，渐渐地，水面的高度已经超过了堤外的马路路面，而水面上不断闪烁着的金色阳光也在一同上升。我忽然有一种直觉：这条河堤将失去作用了。果然，仅仅过了几分钟，河水已经上涨到了距离水泥栏杆只有几十厘米的地方。我忽然发觉自己只要把手向下一探，就能轻而易举地在苏州河那浑浊的河水中洗手了。眼前的这条河看上去就像是我家的那只大浴缸，已经放满了水，只等我下去洗澡，现在正是伸手试一试水温的时候。

我不想在苏州河里洗澡。

我迅速离开了栏杆，跳下了河堤，而那个晒太阳的老太太已经不见了踪影，也许那老太太预感到了什么。我穿过马路，不想再进入那条阴暗无比的过街楼下的"地道"。我向马路另一端跑去，忽然，身后传来某种声音，就像在浴缸里放满了水，然后坐进去，水就从浴缸的边缘缓缓溢出的声音。我回过头去，发现苏州河的河水已经爬到了河堤的最高处，然后那些河水就沿着水泥栏杆缓缓流下来，浸湿了地面。不，更像是瀑布，长长的栏杆上挂着一长串的黑色或是由于阳光作用而呈现金色的瀑布。这些河水全都漫过了河堤，流向被河堤所保护的马路。现在，干燥的马路上，苏州河水正在肆意地流淌着。我得快点走，我快速走到一个路口，然后向南跑去，没跑几步，我回过头张望了一下，发现那些河水就像是一个大浴缸放满了水却忽然被人倒翻了一样，全都倾泻在了地面上。

河水在以它们自己的方式奔跑着，它们柔和，却不乏力度；它们冷静，却不乏激情。现在，我看到的就是激情四溢的苏州河，它充满着扩张性，在河堤之外的马路上横冲直撞。我说过，这是一个迷宫般的城市，所以，河边的小马路连接着无数个岔路口。河水与人的不同之处在于：一个人一次只能走进一条道路，而汹涌的河水则可以闯进无数条道路，迷宫意味着无数的可能性，所以，只有河水才能最终走出迷宫。在沿河的马路上奔流的河水已经有齐膝高了，当河水的前锋遇到岔路口的时候，就立刻分兵疾进，向这座城市的更深处流淌而去，这是水的特性。当我拐进了一条南北向的小马路时，我发觉苏州河的河水正在我的身后追逐着我，也许因为我是河水上涨的目击证人。我不想被河水俘虏，向远离苏州河的方向跑去，但是，身后汹涌的河水却一步不离地紧紧追赶着我。我的速度永远都及不上水，我终于被水赶上了，我的鞋子湿了，还有袜子，裤管。这里没有阳光，我终于看清了苏州河水的本来面目，被这肮脏的河水弄湿的可是我新买的裤子啊。我慌乱地看了看前后左右，几乎所有的马路都已经被河水占据了，而这里的水面已经接近我的小腿了。这冰冷的苏州河水让我战栗不止，我浑身冰凉，现在迫切地需要回家，回到我舒适的家里，最好再在我的大浴缸里洗一个令人羡慕的热水澡。

我向我家的方向跑去，两边依旧是高大的黑色建筑物，中间是一条狭窄的小马路。这里之前像一条山谷，现在则是一条浑浊的河谷。我穿过一道又一道十字路口，每一道十字路口，都成了一个小小的河港，河水在这里汇聚，又向四面八方流去。河水已经漫过了我的大腿，用不了多久就会漫到我的腰间，我可不想在大街上游泳。忽然，我看到了那个印度看门人，他依旧忠于职守地站在那栋大楼门前，像一尊雕塑。他的下半身全都浸泡在浑浊的水里，而上半身却仿佛依旧停留在印度西部干旱的沙漠中一般。我原本想和他打招呼，带他一块儿逃离这里，但这恐怕是自讨没趣，除了他的主人，谁都无法让他挪动半步。我只能丢下他，向家的方向跑去。

当河水已经涨到我胸口的时候，我终于跑进（或者说是游进）了我家所在的大楼的大堂。电梯肯定不能用了，我跑上了楼梯，一口气跑到了三楼，彻底摆脱了苏州河的河水。我拖着湿透了的身躯走进了我的房间，脱下了全部衣服，以免那肮脏的河水把我家弄脏，然后立刻钻进了卫生间。我说过我有一个令人羡慕的大浴缸，现在我在浴缸里放满了热水，然后钻进了热气腾腾的浴缸中。当我被苏州河水浸泡了很长时间，浑身冻得颤抖不止之后，钻进浴缸里洗一个热水澡是我唯一的选择。

我的卫生间很快就被水蒸气笼罩了，我全身浸泡在热水里，只露出头部，我闭上眼睛享受着，似乎已经忘了刚才发生的事情。我想我应该做一个梦的，可我终究还是没有睡着，半梦半醒之间，我忽然想起了一个人：Z。

我怎么能把她给忘了呢？"Z"和我约好了六点钟在桥上见面的，我可不能迟到。可是，现在出了意外，苏州河水封住了所有道路，我不可能游着泳去赴约（当然她更不可能）。不过，我想这是不需要我来解释的。也许我还得再给她打一个电话，重新约一个时间，可我并不知道她的电话号码，但这并不重要。

正当我在浴缸里遐想时，一阵冷风忽然吹到了我的后背上，卫生间的门开了。我坐在浴缸里看向我的房间。不可思议，我的房间里全是水，浑浊的水，是我浴缸里的水吗？不，我瞬间明白了：这是来自苏州河的水。

显然，河水上涨之快已经超过了我的预料，居然漫上了三楼。坐在浴缸里的我显得手足无措，现在河水甚至已经漫到了我的浴缸边缘。面对这种局面，光着身子的我已经无能为力了。我拧开了浴缸的排水孔，一缸的热水全都排了出去，然后我又立刻用塞子拧紧了排水孔，因为我已经预见到了某种局面。我的钢皮浴缸底下并没有用水泥封牢，只连接着一根排水管。不一会儿，我发现我的浴缸渐渐漂浮起来，我的卫生间里已经充满了浑浊的河水，这些河水的浮力居然托起了我的浴缸。现在我的浴缸里一滴水也没有，只剩下光着身子的我孤独地坐着，看着越涨越高的河水听天由命。在卫生间里漂浮着的大浴缸带着我漂到了卧室，我的房间里全是河水，一些木头家具也随着水漂浮起来。我看到墙上还挂着一件厚厚的棉大衣没有被浸到水，我立刻伸手把那件大衣拿了下来，然后严严实实地裹在自己的身上御寒。裹着棉大衣的我看了看窗外，水平面已经和窗台一样平了，对面大楼的房间里同样也都是水，从这里看过去就像置身于江南水乡。此刻我的大浴缸就像是一艘无动力救生艇，载着我漂出了我的房间，来到了阳台上，不过我已经看不到我的阳台了，因为水太浑浊了，铁栏杆全都浸泡在水面以下，什么都看不到。浴缸继续向前漂去，我忽然发现，若是在几个小时以前，我所在的位置正好是悬在半空中。而此刻三层楼以下的马路已经成了河床，我猜大概已经开始长水草了，而在两座大楼之间则有着一条深深的河流。

　　无奈的我躺在大浴缸里，我弄不清自己究竟是在水面上漂着，还是在半空中飞着，我只是用力抓紧棉大衣的衣领，把全身包裹起来，以免寒冷的风钻进来。浴缸带着我顺流而下，两岸依然是黑色的大厦，一个个都岿然不动。以前我所熟悉的道路全都成了河流，而且一样密集复杂，这些河流也像是迷宫一般，不断地分岔。我想我现在最好能找到一支船桨，这样我就能像划船一样划着浴缸，控制住方向了。虽然我过去一直向往能够独自泛舟于江南水乡那密如蛛网的水道里，听着采菱女的歌声，闯入江南的薄雾中。可是，我并不希望自己像现在这样仅仅只裹着一件棉大衣，坐在一个钢皮浴缸里航行。可是，我对这一切都无能为力，我瑟瑟发抖地看着周围的一切，看着这座浸泡在三层楼高的大水的城市。我忽然想起了那个印度看门人，不，也许是锡克人，他现在大概依旧在水底的大门口看着大门吧。我忽然有些莫名其妙地羡慕起他来了。

　　我忽然发现一个人向我的浴缸游来，原来是那个欧洲人，我说过，他在这里迷路了，永远都在不断地重复着，绕着一个又一个的圈，从起点到终点，再从终点到起点。现在他依然在寻找着自己的目的地，只是无法再走了，只能游泳，而且他的泳姿看起来还不错。他从我的浴缸边游过，像往常一样，我和他一言不发，不过我觉得这次我比他更为尴尬。

　　我的浴缸继续漂浮着，我忽然感到自己现在就像重新躺在了摇篮里，在水的怀抱里，摇啊摇，摇啊摇，你们要带我到哪里去？

　　我再也看不清这座城市了，迷宫般的道路，不，现在应该说是河流，不断地交错着，又不断地重复着，眼前不断有大厦的墙壁从我的浴缸边擦过。这一切就像是亚马孙河深处的热带雨林里的河道，唯一不同的是，阳光已经不见了，十二月的寒风正萧瑟地掠过。浴缸里的我终于有些困了，我裹紧了大衣，缓缓闭上眼睛……

不知道过了多久，当我再次把眼睛睁开的时候，我感觉自己好像漂过了一片茫茫大海，脑子里模模糊糊的。

我张望着四周，发觉两边不再有高高的大楼，映入眼帘的是两道长长的河堤，我这是在哪儿？

答案是苏州河。

是的，我正在苏州河上，确切地说，是我的大浴缸正载着我漂在苏州河上。泛滥的河水早就无影无踪了，只剩下被两道河堤老老实实地关在河道里的苏州河，枯水季节的苏州河水平面很低，离河堤的顶部至少有三米的距离，在靠近河岸的某些地方甚至还能见到露出水面的河床上的沙砾。原来，大水已经退了，来也匆匆，去也匆匆，这可笑的洪水只泛滥了两三个小时，一下子涨到了三层楼高，现在又一下子变回了枯水的原样。而我和我的浴缸，则从被大水淹没的街道上漂到了苏州河的河道上。但遗憾的是，当大水匆匆退去后，我和我的浴缸依旧在苏州河里缓缓漂浮着。我现在多么渴望能够有一艘驳船从我身边缓缓开过，我会求操着苏北口音的船老大给我一根竹竿拉我上去，或是给我一口热开水喝。然而，四周什么船都没有，也许全都给大水冲跑了，只剩下我的浴缸。

天色已经晚了，这座繁华的城市就像什么都没有发生过一样，重新又华灯初上了，霓虹闪烁，发出刺眼的光芒，没有留下任何一丝洪水肆虐的痕迹。看着这座不夜城，再看看现在的我，一个人躺在苏州河的中央，随着流水漂浮，其实我有一个属于自己的房间，还有一个很不错的阳台，最重要的是，我有一个洁白的钢皮大浴缸，可以洗热水澡，今天它又救了我的命。然而，我还能回到我的房间去吗？漂着漂着，我的心里感到一阵绝望，于是，眼角流下了几滴眼泪，也许我真是一个软弱的人。可是，我现在确实很冷，冷得就快冻僵了。我真有些害怕自己实在忍受不了，冲动地把浴缸里排水孔的塞子拔掉，这样我就会在三十秒之内沉入苏州河底。

现在几点了？我的脑子里忽然产生了这个问题。我光着身子，身上只有一件棉大衣，乘着一个大浴缸，除此之外，一无所有。所以，我不知道时间，这让我有些焦虑。

忽然，从外滩的方向，又一次传来那巨大的钟声，我听到了，那是海关大楼的钟声。天哪，现在我要说我爱这钟声，我静静地数着：一、二、三、四、五、六。悠扬的钟声敲响了六下，我又看了看越来越暗的天色和一轮缓缓升起的皎洁的月亮，现在已经是晚上六点钟了，正是"月上柳梢头，人约黄昏后"的时刻。于是，我自然而然地想起了我的"Z"。

浴缸里的我继续随着苏州河水漂浮着，忽然，前方出现了一座桥，那座我熟悉的桥。那高大的钢铁支架在桥的上方牢固地竖立着，互相交错的钢铁就像一张网一样。我裹紧了棉大衣，全神贯注地注视着那座桥，直到水流带着我渐渐靠近它。我看见桥沿的铁栏杆边，站着一个穿着大衣的女人。桥边的路灯发出淡淡的光，但这也足以使我从桥下的苏州河上看清她的脸了。

她是"Z"，我的"Z"，是的，就是她。她看上去大约三十岁的年纪，要比年轻的我大个七八岁，她留着半长的头发，头发有些卷曲，调皮地垂在耳际。她略施了一些粉黛，在路灯的清辉下，我能看出她似乎在等什么人，她不断向桥的南端张望着。

她没有失约，可是我也没有失约，在约定的时间，她和我都抵达了这座桥。不同的是，她站在桥上，我漂浮在桥下的苏州河里，而且身上只裹着一件御寒的棉大衣。我想大声对桥上的她喊一声："晚上好。"可是，当她发现在傍晚的苏州河上漂浮着一个白色的钢皮浴缸，而这浴缸里还有一个蜷缩在大衣里的男人时，她会有怎样的表情呢？我不敢想了，更不敢出声了。

忽然，我发现一个男人也来到了桥上，那个男人看起来很年轻，穿着一种我从没见过的衣服。他走到"Z"的身边，似乎和"Z"认识，"Z"

对他微笑着，而他则显得有些腼腆，就像我一样。"Z"的目光在路灯下暧昧地闪烁着，本应该给我的眼神，却给了那个我不认识的人，这自然让我有些怅然若失。

一阵冷冷的风吹来，我忽然听到了桥上两个人的对话。我离桥面至少有五米，能听到他们之间的对话完全是一个奇迹。其实，今天我经历的一切本来就是个奇迹，总之我听到了"Z"对那个男人所说的话："你好，你果然是一个守时的人。"

那个男人说话的声音则很轻，略微有些胆小，断断续续地说："很高兴能收到你的回信，为什么要约我在桥上见面？"

难道"Z"写了两封信？一封给我，另一封给他。我开始对她失望起来。

"Z"缓缓地说："我说过，因为我还记得你忧郁的眼睛，而且我喜欢这座桥和这条苏州河。"

年轻的男人好像欲言又止，但最后还是说了出来："我想对你说一件奇怪的事，今天收到你的信以后，我睡了一个午觉，做了一个非常奇怪的梦。我梦到自己跑出去找你，穿梭在几十年前的街道中，当我跑到苏州河边的时候，发现苏州河水忽然涨了起来，最后，河水居然漫过了河堤，涌进了马路，成了汹涌的洪水。我只能逃回自己家里，由于浑身湿透了，我就洗了一个澡。可是，大水居然冲进了我在三楼的家里，而且使我的浴缸带着我浮了起来。我坐在浴缸里，只裹了件棉大衣，漂出了我家，在被苏州河水占据的街道中四处漂浮着。后来，不知过了多久，洪水退了，我和我的浴缸却最终漂进了苏州河，而四周的一切又都恢复了正常，只有我一个人坐在浴缸里，漂浮于苏州河上。后来，我的梦就醒了，却吓得我一身冷汗。"

听完这话，我大吃一惊。此刻我抬起头，努力看向男人的脸，在柔和的路灯下，我终于看清了他的脸——那是我自己的脸。

我的身体一阵颤抖，我看到桥上的"Z"和"我"一起离开了寒风中的桥栏杆，他们靠得很近，向桥南的马路走去，那里依然是灯红酒绿。

现在，桥上空空荡荡的，只剩桥下的我，坐在我的浴缸里继续缓缓漂浮着。

我裹在棉大衣里，苏州河的波澜轻轻荡漾着，在这柔和的夜色里，我终于睡着了，我梦见自己就这样漂进了黄浦江，漂进了长江口，漂到了海洋中，永远永远地漂浮着，直到世界的尽头。

夏娃的密码

她很美。

美得惊人。一头黑色的卷发，夹杂着几缕天生的红色发丝。一双大而明亮的黑眼睛闪烁着，鼻子生动而调皮，嘴唇丰满，下巴的线条柔和。更重要的是，她那近乎于浅棕色的皮肤，健康的肤色，介于中国人与非洲人之间。她看上去似乎不属于任何种族，或者说，任何种族的特点都可以在她身上找到。当然，那些仰慕她的同事都知道，她的父亲是一个中国人，而她的母亲，据说是一个非洲人，完美的基因组合。

此刻，她正在中华大学分子生物研究所里。她打开计算机，收到了一封邀请函——

三天前，在坦桑尼亚的乞力马扎罗山终年积雪的山顶上，发现了两具古人类遗骸，遗骸保存之完整令人吃惊。古人类学家张教授已经进行了初步的检查，发现这两具骨骼距今大约有十四万年的历史，而且有着与现代人几乎完全相同的体质特征。这很可能又是一个与人类起源有关的重大发现，于是，张教授邀请该领域的权威研究机构——中华大学分子生物研究所来协助他们做进一步研究。

看完以后，她想也许应该去一次非洲，问候一下十四万年前的那两个人。不过，首先应该把这个消息告诉她的父亲——一位著名的分子生物学家。

男同事们看到她走出来，纷纷殷勤地向她打招呼。她实在太迷人了，既包括身体，也包括头脑。以至于所有的男人都在暗中憋着劲儿想要获得她的芳心，可是，没有一个人成功。她甚至有些讨厌男人，不管他们多优秀。不过，有一个人例外，那就是她的父亲。

　　半个小时以后，她回到了家里。这是一栋背山面海的房子，都市边缘的世外桃源。她已经一个星期没有回家了，没日没夜地待在研究室里工作。而父亲则恰恰相反，最近一个月，他整天把自己关在家里，不知在忙些什么。她总有种预感，觉得父亲越来越反常。她问父亲为什么，父亲却总是以仰天长叹来回答，在那声叹息里，她听得出父亲的心里隐藏着某种难以启齿的痛苦和忧伤。

　　难道是因为妈妈？父亲说，从她诞生那天起，妈妈就永远离开了人间，甚至连一张照片都没有留下来。父亲只能告诉她，妈妈来自非洲，和她一样迷人。掐指算来，父亲已经过了二十年的单身生活。也许他应该再找一个女人。可他却从来没有想过，他只关心他的女儿，有时她甚至觉得父亲对她的爱已经超过了父爱的程度。

　　她走进客厅，高声呼唤着爸爸，可是却没有人回答。那股莫名其妙的不安又涌上了心头，她把整栋房子都找遍了，都没有发现父亲的踪迹。除了地下室。

　　从小时候起，父亲就牢牢叮嘱过她，绝对不可以进入地下室。现在她就站在地下室的门前，眼前又浮现起了父亲那隐藏着某种秘密的眼神。终于，她无法抑制自己的冲动，打开了地下室的门。

　　当柔和的灯光照亮了这个神秘的地下室后，她却发现父亲并不在这儿，只有一台奇怪的机器，粗看起来像是某种医用治疗仪器，有个能容一人躺进去的凹槽，里端是玻璃罩子。机器的上方有屏幕和键盘。当她走到这台机器旁边的时候，屏幕忽然亮了起来，里面出现了一行字："我的女儿，你终于来了。"

　　"爸爸！"她叫了起来，"你在哪儿？"

屏幕里回答："其实，我不是你爸爸。对不起，我不应该叫你'女儿'，我只能称你为夏娃。现在，我亲爱的小夏娃，我将永远地离开你。"

她茫然地摇了摇头，显然，屏幕里是父亲的话，可是，他为什么不认她这个女儿了呢？

现在，这个秘密终于通过父亲（如果还能称他为父亲的话）的文字显示在了屏幕上——

我的小夏娃，此刻你眼前的这台仪器是一台时间机器。事情要追溯到二十多年前。那时候，我还是一个二十多岁的年轻人，除了主攻分子生物学以外，也对物理学非常感兴趣。我跟过一位元物理学教授，这台时间机器就是他发明的。但是，在一次实验中发生了意外，教授被时间机器送到了 1937 年 12 月的南京，就再也没回来过。我决心完成教授的实验，于是，自己操纵这台机器，进行了一次时空旅行。

那真是一次奇妙的经历，我把时空旅行的终点定在了十四万三千年前的东非草原上。不过，我的背包里还放着一个微型的时空旅行器，以便回去时使用。你无法体会，当我第一次降临在远古大陆上时，是怎样激动的心情。

一切都宛如是梦中所见，我发现了一些今天已经灭绝了的物种，也有一些物种和今天的后代不太一样。我甚至有些后悔为什么不把时间定格到白垩纪，那样我就能够亲眼见到恐龙了。但很快我就不再后悔了，因为，我见到了更有价值的物种——人类。

是的，人类，毫无疑问就是人类。既不是直立猿人，也不是像尼安德特人那样的早期智人，而是新人，与现代人类几乎没有任何区别的新人，更确切地说，就是生物学角度上最早的现代人。

她是一个女人。

更重要的是，她很美。

难以置信，在十四万三千年前，一个绝美的年轻女子出现在了我眼前。她裸露着的皮肤并没有我想象中那么黑，而是种健康的浅棕色，介于黄种人与黑种人之间，她的脸也是如此。她大而明亮的黑眼睛，正紧紧地盯着我。她的嘴唇如今天的非洲人一样丰满性感，但下巴的线条却像东亚人那样柔和。她还有一头黑色的卷发，发丝中夹带着几缕红色。

这就是十四万三千年前的女人，她有一种野性的美，上半身裸露着，胸前的肌肤发出诱人的反光，肩膀和小腿上全都是健美的肌肉，几乎找不到任何多余的赘肉。我知道那是她在艰苦的野外生存中锻炼出来的。她身上唯一的遮掩物是腰间裹着的一张猎豹皮，豹皮的斑点使她增色不少，也许她有着与我们相同的审美观。

她正在看着我。

一瞬间，时间似乎静止了，我也呆呆地看着她，看着我们祖先的脸，直到她突然转身飞奔而去。

她跑得就像一只真正的猎豹，我只看到她腰间那块充满美丽斑点的豹皮不断晃动着渐渐远去。我无助地在她身后追逐，但我的速度太慢了，只能大声地向她喊着，这真可笑，十四万年前的人怎能听懂现代人的语言呢？不一会儿，她就消失得无影无踪了。

作为现代人的我，在身体上与祖先相比实在太脆弱了，只能倒在灌木下休息。刚才我见到了一个人类，千真万确，是一个已经完全进化好了的新人，与现代人没有任何区别，除了人种。她的身上似乎同时具备了现代各个人种的特点，也许正因为如此，她才显得如此完美。现代人类的各色人种，直到数万年后才因为定居到不同的环境而开始分化，最早的人类虽然起源于非洲，但其外表和肤色未必与现代非洲黑人一样，黑种人的肤色也是在此后长期的进化过程中逐渐变黑的。

远古的夜幕在东非大草原上降临了，许多夜行动物出没了。也许，我应该回家了。但我又舍不得这里，是因为她吗？那个十四万年前的女人。

在远古神秘的星空下，东非草原的风吹过我的额头。在具有催眠力的风中，我渐渐睡着了。

不知过了多久，我缓缓睁开眼睛，第一眼所见到的是我的同类——她。

是的，就是她。昨天我所见到的那个女子，十四万三千年前的女子。她在看着我。

我忽然发现自己正躺在一个洞穴中。晨曦从洞口照射进来，洒在我的瞳孔里，瞬间，我冰凉的身体立刻感受到了满世界的温暖。也许，这种感觉更多的是因为我眼前这个美丽的女子。

我想起了昨天晚上，自己居然在草原上睡着了。天哪，那实在太危险了，天知道周围的夜色里隐藏着多少专门在夜间掠食的猛兽。在这野性的草原上，只有洞穴才是最安全的，毫无疑问，是她救了我。

我坐了起来，发现身体下还垫了一张羚羊兽皮。我抬起头看着她那双黑眼睛，晨曦从她身后射进来，腰间那块猎豹皮发出了金色的反光。我真不知道该如何来感谢她，她无法听懂我的任何语言。那就握个手吧，也许手与手的接触是表达情感最简单的方式。于是，我向她伸出了手，她似乎还不明白，眼里一片茫然。面对我这个来自十四万年后的不速之客，她还有些紧张。不过，有一点可以从她的眼睛里看出来：她知道我和她一样，我们都是人类。也许正是出于同类之间的怜悯，人类与生俱来的感情，她救了我。

终于，她也伸出了手，也许只是出于对我动作的模仿。她的手心很粗糙，与现代人娇嫩的手形成了鲜明的对比。

我握住了她的手。这是一双十四万年前的人类的手，十四万年的漫漫岁月，人类进化史的长河被我和她的两只手，紧紧握在了一起。

她的手很有力量，一把就将我拉了起来。她笑了，笑起来的样子很美，她裸露着的胸膛正在鲜活地跳跃着，浑身每一寸皮肤都散发着诱人的光泽。此刻，我所见到的只是美，丝毫没有其他成分，这是我们祖先的人体之美，这种美是原始的，又是纯然天成的。我不得不承认，我被这种美征服了。

她把我拉到了洞外，外面是一片低矮的灌木树林，能够抵御大型动物的入侵。我和她手拉着手，贪婪地呼吸着清晨的空气。

她拉着我在树林里奔跑，她的体内有着无穷的活力。我想，我已经和她建立起了某种良好的关系，那我应该叫她什么？夏娃——对，我应该叫她夏娃，伊甸园里的夏娃，她和她的同伴们是我们的祖先。

"夏娃。"我叫了她一声。

她愣了愣，回过头看着我，不知道我说的是什么意思。于是，我用手指着她，又叫了一声："夏娃。"

她点了点头，也用手指了指自己，她很聪明，已经意识到了这是我对她的称呼，新人的大脑其实和现代人几乎没有区别。然后，她笑了笑，用手指着自己，大声地说："夏娃。"

天哪，她居然会说话，尽管她并不明白夏娃代表什么意思。看来人类掌握语言的历史相当久远。

"夏娃——夏娃——夏娃——"她嘴巴里不停地在重复着这两个汉字。她走到一棵小树边，采下几粒红色的小果子，放到了我手里。我明白了，这是我们的早餐，原始社会通常都是男性打猎，女性采集果实。果子的味道很甜，富有水分。这片树林里有许多这样的果子，很快，我们就吃饱了。

然后，她——不，我应该称她为夏娃，我的夏娃带着我离开了小树林。

走了不久，我见到了一处被稀疏的小树林环绕着的山丘，这里地势险要、怪石嶙峋，在陡峭的山坡下有几个巨大的天然岩洞。在洞口前有一眼碧绿碧绿的泉水，几十个腰间裹着兽皮的人正坐在泉水前，还有几个怀里抱着婴儿的妇女在哺乳。这是一个原始人群的部落，他们除了种族特征以外，其他一切身体特征都和我们现代人一模一样。

当他们发现我以后，都非常惊讶，我能理解，就像哥伦布第一次抵达美洲的时候，印第安人对他们的感觉一样。夏娃走到他们跟前，对他们说了几句话，我只能听出这是一种音节含混的语言，在说话的时候，夏娃还不停用打手势等肢体语言来辅助。这是人类最早的语言，只处于萌芽阶段，但正是这简单的几个音节，最终使人类进入了文明的殿堂。

我还特别注意到，男人们对夏娃都十分尊重。也许这正是母系社会的雏形，女性拥有更高的地位。很快，夏娃把我拉到了部落成员们中间，他们都对我非常友善。有的人还大胆地伸出手，好奇地抚摸着我。我无法用语言和他们交流。但人类共通的眼神却是可以交流的，特别是在我与夏娃之间。

从此以后，我就成了部落的一员。我在他们中间度过了十几个日日夜夜。每天，夏娃和女人们都要去附近的树林采集果实，而我则跟着男人一起去狩猎。一个妇女要分娩了，原始人生孩子是自生自灭。更要命的是难产了，大家只能眼睁睁地看着。我学过一些医学知识，虽然没有任何工具，但还是尽力帮助她生产。我忙得满头大汗，母子才得以平安。这件事以后，大家就对我更好了。每次分配食物的时候，他们还特意给我多加一份。夏娃对我的好感也更强烈了，总是以一种特别的目光看着我。我和她都互相离不开对方，她非常聪明，总是能够明白我想要表达的意思，我们能通过眼神进行特殊的交流。

但是，每到夜幕降临，我就睡在洞穴口，绝对不进去。想起那些男男女女衣不蔽体地混居在山洞里，我就不好意思。而夏娃就睡在离我只几米之遥的地方。有几个夜晚，我从睡梦中醒来，见到夏娃的身体，这时候我就明白了，我和她之间迟早要发生什么的。

终于，这一天来临了。那是一个下午，她带着我离开了部落的营地。在黄昏前，我们来到了一座巨大的山峰脚下，那座山实在是太雄伟了，在山顶上，还有几块白雪覆盖着——乞力马扎罗的雪，这是非洲最高峰乞力马扎罗山，山顶终年积雪。

面对着乞力马扎罗的雪，我欢呼雀跃，这是非洲大陆的圣地，是大自然的奇迹。人类的祖先，就是在这座山脚下，繁衍生息的。夏娃似乎也对这座山异常尊敬，她的眼神里甚至有些崇拜这座山的味道。她拉着我的手，跑进了山脚下的一片陡坡里，她发现了一个山洞，然后，带着我走进了洞口。

我立刻想到了什么，心跳加快了，不知道该怎样脱身。夏娃也似乎明白了我的意思，但是，她依旧拉着我的手，来到了山洞深处，四周一片黑暗，我什么都看不见了，除了她的瞳孔。

这是一个错误？

在茫茫无边的黑暗中，我似乎回到了出生以前的状态，回到了母亲的腹中，就像这个洞穴。人类的生命就是这样起源的，从远古直到今天，一直都没有改变过。此时此刻，万籁俱寂，只有神圣的生命，正随着夏娃轻微的喘息声而蠢蠢欲动。

她是夏娃，是十四万三千年前的女子。而我，来自二十一世纪，一切都是这样不可思议，而一切又都是这样妙不可言。

在那个瞬间，我忽然想到了《圣经·创世记》，想到了伊甸园里的某个错误。现在，这个错误已无法挽回了。

当我从悔恨中醒来的时候，夏娃依然沉浸在甜蜜的睡梦中。在黑暗中，我回想着几个小时前发生的一切，我干了些什么？她十四万三千年前的女人，是我们的祖先，天哪！也许，我会在这个有着旺盛生命力的女人身体里留下一些什么？我无法饶恕自己。

刹那间，我决定离开这里。就像《圣经》里说的那样，上帝把犯了罪的亚当和夏娃逐出了伊甸园。我就是我的上帝，我要自我放逐。

我最后吻了夏娃一下，亲爱的夏娃，永别了。

我走出了山洞，来到了乞力马扎罗山脚下的旷野中，回头望了一眼黑夜里白雪覆盖的山顶，世界是多么美好啊，原谅我吧，夏娃。

我打开了我的背包，取出了微型时空旅行器。

我启动了时空旅行器的返回程序，瞬间被带进了时空隧道，重新穿越了十四万三千年的岁月，回到了我在中华大学的秘密实验室。

我回来以后，在自己的手心里，发现几根卷曲的头发。我立刻意识到，这是夏娃的头发，被我从十四万年前的乞力马扎罗山脚下带回到了二十一世纪的秘密实验室里。我把这几根夏娃的头发珍藏了起来。然后，这次时空旅行的奇特经历被我深埋在了心底，从未向任何人提起，重新过起了原来的生活。

但是，我无法忘记夏娃。白天，她的音容笑貌时常浮现在我眼前。而到了夜晚，我会在梦中见到她。我整天失魂落魄，茶不思、饭不想，简直是"衣带渐宽终不悔，为伊消得人憔悴"。再这样下去，用不了多久我就会成为一具行尸走肉。虽然我的肉体还在这里，但是，我的灵魂留在了十四万三千年前，留在了夏娃身边。我必须，要和她在一起。

于是，我做出了一个重大的决定。

在当时的科学界，许多人都在秘密进行克隆人实验，许多技术上的问题已经被解决了。于是，我也私自进行了克隆人实验，我要克隆的是——夏娃。

我利用那几根夏娃的头发，从头发的体细胞里提取出了夏娃的DNA。然后，根据DNA培养出了胚胎，又放入了一个健康妇女的体内，使胚胎在那个妇女的子宫内发育。最后，经过十月怀胎，我的小夏娃——你，终于诞生了。

我的小夏娃，现在你明白了吗？我不是你的父亲，是我克隆了你。你就是夏娃，十四万三千年前的女子。

你出生不久，我就抱走了你，抚养你长大，我谎称你是我的女儿，和一个非洲女子所生的混血儿。我就像你的亲生父亲一样精心地爱护你，呵护着你的成长，我在你身上倾注了所有的感情，因为，我深深地爱着夏娃。

　　我一天天地看着你长大，你就是我的杰作，我发誓要用生命来保护你，就像所有的父亲一样。现在，已经过去二十多年了，你也终于长大了，我似乎又重新看到了十四万三千年前伊甸园里的夏娃。

　　夏娃，我爱你。

　　随着你越来越像伊甸园里的夏娃，不，你就是夏娃。我无法抑制我的感情，我觉得你就像我旧时的情人，我随时都想要吻你。我已经等了二十多年了。可是，对于夏娃来说，却已经等了足足十四万年。十四万三千年前，只是你的前世，而现在，则是你的今生。不管是前生还是今世，我都永远爱你。

　　是的，我是爱你的。可是，你爱我吗？在我眼里，你是我的夏娃，你是我来自远古的爱人。但是，对你来说，你不是夏娃。虽然，你有着和她完全相同的DNA，但这并不表示你们是同一个人。夏娃只是你的前世，只是你的一个遥远梦境，一个幻影而已。

　　你就是你。

　　我不应该把我对夏娃的感情强加在你头上。我确实创造了你，但是，你并不是我的附属品，你有自己的生命、有自己的意志、有自己的感情，你可以去选择你真正爱的人，而我，必须也只能是你的父亲。

　　所以，我不能和你在一起。也许，当我用夏娃的头发把你创造出来的时候，这就是一个错误。你已经长大了，我不能让错误再继续下去。

　　我决定回到十四万三千年前的乞力马扎罗的山脚下，在我和她结合为一体的那个夜晚，夏娃还在山洞中熟睡着。当她在第二天清晨睁开眼睛的时候，她依然会看到我，就像什么事都没有发生过一样。而我，将依然是二十多年前那个年轻的我，我不再离开她，永永远远和她厮守在一起。

　　我情愿放弃这里的一切，从二十一世纪回到十四万年前，从IT

时代回到石器时代，一切都是为了我所深爱着的女子——夏娃。

　　我的小夏娃，我的孩子，你依然是我的孩子，对不起，爸爸离开了你，爸爸必须离开你。

　　再见，我的孩子。

"爸爸！你别走。"

她扑在这台机器上，高声叫了起来。忽然，机器里发出一阵奇怪的声音。一股烧焦了的味道传出来，屏幕立刻灭了。原来这台机器已经预装了自动毁灭系统，当这段文字结束以后，就会立刻短路，烧毁所有的内部系统。

终于，她意识到，已经永远见不到"父亲"了。

她茫然地走出地下室，来到镜子前，看着镜子里的自己。谁都不会想到，这张脸来自十四万三千年前的东非草原。她对镜子里的人说："知道吗？小夏娃，你只是一个复制品，一个来自远古的复制品。"

她回过头，看到了父亲微笑着的照片，不，还应该叫他父亲吗？他是她前世的情人，而她的前世是她的另一个DNA，来自十四万三千年前。终于，她明白了他看她的那种眼神，她明白了埋藏在他眼神深处的忧郁与悲伤。

泪水顺着她浅棕色的脸颊滑落，挂在了她的红唇边上，就像古老的夏娃。

一周以后。

一架轻型飞机，载着她和她的同事们掠过非洲大地。她坐在舷窗边，俯瞰着身下茫茫无边的东非大草原。她一走下飞机，就望见了眼前那座雄伟的山峰——乞力马扎罗。机场位于一片山间高原。层层山峦之上，可以仰望到几点雪白色山尖，在山峦和蓝天交界处，积雪辉映着阳光，如金刚石般闪烁。

山脚下有一座华人科学家张教授建立起来的研究所。他们在一间实验室外见到了张教授，一个中年的中国男人，在东非草原上度过了半辈子。张教授一眼就认出了她："我的小天使，你长大了。"

她也认出了张教授，原来张教授和她"父亲"是好友，都是人类单一起源论的支持者。她还记得小时候，张教授很喜欢她那与众不同的外表，总是叫她"小天使"。现在，她低下头轻声说："你好，张教授。"

"我已经听说你父亲失踪的事，我很难过。"张教授转而对大家说，"目前两具古人类的遗骸正在无菌实验室里妥善保存着，我正在对其进行DNA分析。"

一位研究生问道："对不起，我想知道两具遗骸的保存程度如何，据说距今有十四万年，经过了那么长的时间，还能否得到完整的DNA呢？"

"不仅有保存完好的核DNA，而且还有完好的线粒体DNA，两具遗骸身上都有。一支登山队在攀登乞力马扎罗山顶时，发现了这两具遗骸。这两具遗骸原本埋葬在顶峰附近的冰层之中，虽然位于赤道附近，但是乞力马扎罗的海拔高度达到5895米，山顶上的冰雪层已经堆积了几十万年。但是最近十几年来，全球气候变暖，乞力马扎罗的冰雪在减少。所以，这对在冰雪中埋藏了十四万年的遗骸终于露了出来被发现了。"

"也就是说，因为在高山冰雪的封闭之中，所以这两具遗骸保存得相当完好？"她提问了。

"是的，就像是天然的大冰库，死者的细胞组织可以保存十几万年。知道埋藏在西伯利亚冰雪中的长毛象吗？当俄国人发现它们的时候，甚至还可以把几万年前的大象肉煮熟了吃。"

"我明白了，现在我们可以看一看那两具遗骸吗？"

"对不起，现在还不能，最近几天我在对这两具遗骸做一项重要的基因对比工作，为了避免对DNA产生污染，实验室要尽量避免与外界接触。再等几天，只要分析结果一出来，大家就可以观赏那两具遗骸的尊容了。"

"那你请我们来干什么呢？"一位研究生遗憾地说。

张教授回答："当然是有用的，现在，我想提取你们每一个人的血样标本。"

"张教授，你是要分析两具遗骸和现代人类的基因关系吗？"她问道。

"你很聪明，没错。"

"那好，先提取我的血样吧。"她非常信任地对张教授点了点头。

接下来的一个星期，张教授都在实验室里忙碌着，而其他的人却都无所事事，张教授似乎只需要他们的血样。还有一批来自北美与欧洲的科学家也得到了相同的"礼遇"，被抽血的人中甚至还有澳大利亚的土著人、美拉尼西亚人、克丘亚印第安人、北极爱斯基摩人。

她忍受不住这种沉闷，决定出去走走。她来到了山间原野，仰望乞力马扎罗的雪峰，总觉得在那峰顶之上，有什么正在呼唤着她。于是，她决定攀登乞力马扎罗山。

虽然从这里可以望到山顶，但要走到峰顶却需要好几天，登山者每到一个山间小屋都要休息一到两天，以适应高山环境。她带足了全套登山设备，用了三天时间，终于独自抵达了顶峰。

这里是被冰雪覆盖着的火山口，四周是一片白茫茫的冰雪世界。向极远方眺望，可以依稀看见高山草原和茫茫无边的东非大草原，似乎整个世界都在她的脚下了。

正当她伸开双手，想要高声叫喊起来，以发泄自己胸中的郁闷时，忽然有人在她身后说："小天使。"

"谁？"她回过头来，却发现是张教授，她忙说，"张教授，你怎么在这里？"

"乞力马扎罗的雪。多美啊。"张教授自顾自地说。

"也许是因为这里的雪太美了，所以，那对十四万三千年前的男女，才会被埋葬在这里的冰雪中。会不会是他们自己爬上山来的呢？"

"有这个可能，当人感到自己要死的时候，总会找一个干净一点的地方。在原始人眼中，这座冰雪山峰或许还具有某种重要的意义。"忽然，张教授以一种特别的目光看着她说："我的实验已经完成了。"

"太好了，结果怎么样？"

张教授缓缓地说："结果太不可思议了，你知道我为什么要提取你们的血样？不仅仅是你们，还有来自全世界的各个人种，主要是女性，大约有一百多个不同的种族类型，当然你是最特殊的一个。我从你们的血样中提取了线粒体 DNA，我相信你一定知道线粒体 DNA 的作用。"

"我当然知道，线粒体是存在于细胞质中的细胞器，提供机体所需的能量。线粒体 DNA 存在于线粒体中，呈环状双链结构。线粒体 DNA 只能由母系遗传，无论是女性还是男性，我们的线粒体全部都来自于母亲。我们母亲的线粒体则全部都来自我们的外祖母，以此类推，直到远古。线粒体构成了对于我们的母系祖先的独立记录，没有被主细胞核的 DNA 沾染，而主细胞核 DNA 是均等地来自于我们的父母的。"

"回答得很好，那你知道什么是线粒体夏娃吗？"张教授继续问。

"教授，你不是在故意考我吧？"但她还是照着她学过的知识回答，"所谓线粒体夏娃，就是所有现代人最晚近的纯粹母系共同祖先。科学家曾在全世界随机抽样了一百三十五名妇女进行线粒体 DNA 调查。她们有澳大利亚土著、新几内亚人、美洲印第安人、西欧人，东亚人，非洲人。他们逐对研究了每个妇女之间的线粒体 DNA 差异的数目，最终确定了在十至二十五万年前有一个总分叉点，处于该点的女子是所有现存人类的最靠近我们的纯粹母系的共同祖先，她就叫线粒体夏娃，后期实验把时间定到十四万三千年前，必然存在这么一个女子，所有现存的人类的线粒体 DNA 都来自于她。"

张教授点了点头，缓缓地说："现在，线粒体夏娃就在我的实验室里。"

"什么？"

"她已经在我们脚下的冰雪里埋藏了十四万年。"

"你是说那具女性遗骸？"

"是的，我对她的主细胞核 DNA 与线粒体 DNA 都做了分析，并且和那具男性遗骸的主细胞核 DNA 与线粒体 DNA 分别做了对比，难以置信的是，我发现那具男性遗骸的线粒体 DNA 与那个女性的有着某种遗传关系，也就是说，那个男人的线粒体 DNA 来源于那个女人。更重要的是，根据线粒体 DNA 的突变规律，该男性遗骸的线粒体要比女性晚了许多代。"

"这怎么可能呢？除非那个男人是那个女人的后代。"

"不，根据碳 14 测定，他们生存于十四万三千年前。他们差不多是同时死亡的，男子的年龄比女子略大几岁而已，死亡年龄是四十多岁，要知道原始人的平均寿命很短，四十岁在他们当中应该算是寿终正寝了。当时我立刻就想到了线粒体夏娃这个假设，所以，我给世界各地的研究机构都发出了邀请，因为他们里面有各色人种。我检测了他们的线粒体 DNA，并与那具在这里发现的女性遗骸的线粒体 DNA 做了分析和比对，结果发现，不论你是一个中国人还是澳大利亚土著、非洲人、欧洲人、印第安人，你们所有人的线粒体 DNA 都与那个十四万三千年前的女性有着直接的遗传关系。"

"所以她就是线粒体夏娃？"

"没错。"张教授点了点头，"她确实存在，她是今天我们所有人的最晚近的纯粹母系的共同祖先。我们每一个现代人体内的线粒体 DNA 都来源于她。"

她怔住了，一种莫名其妙的感觉又在心中蠢蠢欲动。忽然，她听到了一阵巨大的风雪声，海拔 5895 米的山顶上即将刮起一场可怕的暴风雪。

"快点下山。"张教授赶紧说。

她点了点头，和张教授一起跑下了山顶，用了几十个小时，才回到了研究所里。

此刻，许多记者已经云集在了山脚下，他们正焦急地等待着张教授，他们无法理解，张教授为什么要花好几天的时间冒险上山，去找一个中华大学分子生物研究所的女实习生。

新闻发布会很快就召开了，张教授向全世界宣布发现了线粒体夏娃，但是，对于同时发现的那具男性遗骸，他却没有做任何说明。

她坐在张教授的身边，总觉得张教授似乎还隐瞒了什么。在新闻发布会结束以后，她要求去实验室里看一看线粒体夏娃。张教授同意了，他盯着她的眼睛，缓缓地说："你应该去看一看，我的小天使。"

在进入实验室之前，她换了全套的防护服，并进行了全身消毒。然后在同样装束的张教授的陪同下，一起进入了实验室。在实验室里，有两具水晶棺材一样的玻璃防护罩，一对生活于十四万三千年前的男女遗骸就躺在防护罩里。

她先看了看那具女性遗骸。

遗骸保存得相当好，十四万三千年来，乞力马扎罗山的冰雪一直妥善地保护着她的身体。尽管如此，在漫长的岁月里，遗骸不可能完全保持原貌，皮肤都已经变黑了，身体缩水，脸部深陷。但是，至少还可以看清身躯、四肢和部分脸部。

她看着遗骸的脸。忽然，发现那张脸的轮廓和自己有些相像，她满脸狐疑地看了看张教授，张教授也像推敲某个化石标本一样观察着她的脸。

"有一个秘密我一直没有说出来。"张教授缓缓地说，"我在分析你的血样的过程中，惊奇地发现，你的主细胞核 DNA 序列，与眼前这个十四万三千年前的女人一模一样。是的，完全一样。也许，在你的身上，埋藏着某个关于人类起源的秘密。"

她呆住了，看着张教授的眼睛，几乎要崩溃了，她又看了看防护罩里的那个十四万三千年前的女人——线粒体夏娃。她明白了，这个女人就是她的前世，"父亲"用这个女人的一根头发"制造"出了她。所以，她是另一个线粒体夏娃，活着的夏娃。

她强忍着眼泪，来到了另一个防护罩前，里面躺着一具男性遗骸。这具遗骸的保存程度与那具女性遗骸差不多。她仔细地看着这具遗骸模糊的五官，也觉得有一种似曾相识的感觉。

张教授的声音又在她耳边响起了："很奇怪，我发现这具遗骸表现出了明显的蒙古利亚人种东亚亚种的种族特征。可是，在十四万三千年前，现代人类的祖先还聚居于非洲，不同人种的分化是在许多万年以后，人类走出非洲以后才开始的。"

此时此刻，她已经明白了某些东西，她看着这具遗骸，冷静地说："张教授，能否把这具男性遗骸的 DNA 样本提供给我一些，也许，我能够帮你解释这个问题。"

"真的吗？"张教授犹豫了一会儿，最后点了点头说："看在你父亲的份上，我同意。不过千万不能泄露给别人。"

"好的。张教授，如果我父亲知道，他一定会感谢你的。"

张教授说："当然，你父亲是我最要好的朋友。"

她深呼吸了一下，看了那两具男女遗骸最后一眼，在心中默默地祝福着他们，然后走出了实验室。

几天以后。

她回到了家里的实验室，分析了在乞力马扎罗山顶上发现的男性遗骸的 DNA 样本，并且与她"父亲"遗留下来的毛发做了比对。她的结论是：这是同一个人的 DNA。

现在，她明白了一切，和线粒体夏娃一同被发现的那个男人就是她的"父亲"。他离开了她，乘坐时空机器，又回到了十四万三千年前的乞力马扎罗山脚下。当他回到他的夏娃面前时，他不再是四十多岁的成熟男人了。他又变回成了那个二十多岁的年轻人，从此，他们一起生活在伊甸园里，繁衍生息，他们一定生了很多女儿。他不会意识到，和他生活在一起的人就是线粒体夏娃，他和夏娃的女儿们将传递她的线粒体 DNA，再传给夏娃的外孙女们，她们一直往后传下去，经过十几万年的岁月，遍布于地球上的每一个角落。

这是一个神圣的过程。

太不可思议了，可是，科学告诉她，这一切又都是事实。她茫然地离开了实验室，走到一扇面朝大海的窗户前。海风吹进窗户，吹散了她卷曲的长发，她努力呼吸着带有海水味的空气，摊开了她的手心。

在她的手心里，有几根卷曲的头发。这是昨天晚上，从"父亲"的保险箱里找到的，这几根头发藏在一个铁盒子里，盒子上写着两个字：夏娃。

那是线粒体夏娃的头发，被"父亲"保存了二十多年。她也知道，她的生命就来自于从这几根头发上提取的DNA。

此刻，她摊开手伸到了窗外，一阵海风吹过，立刻卷走了那几根夏娃的头发。

永别了，线粒体夏娃。

小白马

一

　　海边有一片巨大的滩涂，涨潮时一片汪洋，退潮时成为一块永远都走不到尽头的大陆。在巨大的海堤上，风从远方吹来，带着股咸味和刚刚被捕上船的梭子蟹的腥味。这味道悄无声息地爬进了男孩的鼻孔，但他早就习以为常了。他总是一个人在海堤上徘徊，等待着大海涨潮。这里依然是荒凉的，大堤上空无一人。

　　离涨潮的时候还早着呢，天空飘着一朵白得让人心疼的云。男孩看着云，就好像看着自己，于是他感到有些心疼。几只海鸟停留在滩涂上，优雅地走了几步，留下许多三叉戟一般的脚印，它们用脚爪和尖嘴在泥土中仔细搜寻着贝类或是小螃蟹，直到海潮将近，它们才扑扇着翅膀飞向云朵的深处。

　　海水慢慢上来了，虽然现在还看不到，但明明白白在地平线的尽头，那些灰色的泡沫像一大群顽皮的小孩连滚带爬地冲上了大滩涂。天空的颜色渐渐变了，也像海一样成了灰色，那些云在天上做着鬼脸，越来越多。男孩喜欢这样的时刻，他光着脚丫坐在石头大堤上，眼睛直盯着遥远的地平线，从天与地模糊的灰色交界线里寻找一丝海的踪迹。终于海来了，天与海，海与地，地与天，组成了三个奇妙的部分，几乎全是灰色的，只是深浅不一罢了。

就在这个时候，那匹小白马出现了，没人知道它从哪儿来，男孩想，也许它是从海里出来的。它全身是纯白色的，皮毛闪着异样的光亮，脖子上的鬃毛在随风颤动。小白马在滩涂上奔跑着，蹄下的泥土飞溅起来，四条腿和腹部都沾满了泥水，然后停下来转了一个圈就不动了。它抬着头看着身后汹涌澎湃的海潮和身前几百米外的大堤，还有大堤上的小男孩。

马和男孩对视着，突然男孩霍地站了起来，瘦削的肩膀仿佛立刻就要被海风吹倒了。他从没见过马，尤其是在这荒凉的海滨滩涂上。男孩突然意识到，小白马现在所处的位置，几分钟后就要被潮水吞没了。于是，他爬下大堤，向小白马奔去。男孩的双脚陷在潮湿的泥土里，他用力拔出脚，再一次踏下，先是一声清脆的"叭"，然后又是一阵泥巴的堆积声。泥水直溅到男孩的脸上，那股又咸又凉的感觉从脚底板升到了头顶。

男孩终于跑到了小白马跟前，马一动不动地看着他，那双大大的眼睛里闪着一种奇特的光。男孩伸出了手，那双瘦瘦的手轻轻抚摸着马的头顶。小白马的个头很小，比男孩高不了多少，与他同样消瘦。男孩似乎能感到马的毛皮下那突出的骨头，他把头靠着马的脖子，它身上很热，白色的皮毛像一片柔软的草皮。

渐渐地，海水漫上来了，已经淹没了马蹄和男孩的脚掌，那些灰色的泡沫如一只只小螃蟹遍布了男孩的小腿。小白马却依然无动于衷地站着，男孩把嘴贴在小白马的耳朵上轻轻地说："你不走，我也不走。"

小白马把头扭过来，大眼睛眨了眨，男孩从马的瞳孔里看到了自己。小白马四条腿弯曲了下来，身体几乎伏在海水上。男孩立刻明白了它的意思，于是就伸腿跨到了马背上。小白马的身体在他的胯下微微颤抖着，然后它把四条腿艰难地直了起来，向大堤的方向飞奔而去。

小白马用尽全力在奔跑，男孩紧紧地抓着马鬃，身体贴着马脖子。他能感到马全身剧烈的摇晃和它颈动脉的猛烈跳动。小白马终于摆脱了泥水，鼻孔大大地张开，撒开了四蹄，海水像喷泉一样高高溅起，他和它全身都湿透了，他们是在和海水赛跑。终于，小白马战胜了海水，带着男孩跑上了丁字坝的斜坡，来到了大堤上。

　　海水终于抵达了目的地，灰色的泡沫变成了美丽的浪花拍打着堤坝边的泥沙。海与天变成了一色，像一幅巨大的水粉画悬挂在男孩眼前。为什么海是灰色的？男孩在小白马的背上问它。小白马的蹄子用力敲打着堤坝的石头地面，男孩不知道这算不算回答。

二

　　海堤边有一间小屋，负责看堤的男人在昏暗的灯下喝着黄酒。门突然被推开了，这个故事里的男孩，也就是这个男人的儿子带着一身泥回来了。男人告诉儿子，他明天要去市区办事，要儿子自己照顾自己几天，顺便帮忙看着大堤。然后男人看着儿子吃完了饭，便匆匆睡下了。

　　男孩却一直睡不着，他出了门，海边夏夜的月亮像是一张银盆大脸，他又一次坐在大堤上，看着海，然后渐渐睡着了。海风像妈妈的手一样，揉着男孩的身体，让他梦见了妈妈。

　　他忽然感到妈妈就在身边，海水向两边分开，她从大海的中心走出来，就像个美人鱼，还拖着尾巴，靠近了他。妈妈的鼻息吹在男孩的脸上，他轻轻叫了一声，然后睁开了双眼——那是一双大大的眼睛、大大的鼻孔，温暖的气息喷向男孩的脸。男孩伸出手，抚摩着它，是小白马。

　　"你怎么又回来了，快离开海边啊！"男孩对它说。

　　小白马张开嘴，露出了牙齿，从齿龄看，它还小着呢。它的嘴唇在男孩的脸上停留了片刻，让男孩感到整个身体都热了起来。他站起来，把头伏在马背上，让眼泪流在它白色的皮毛中，渗入小白马的体内。

"我的妈妈走了，是被涨潮的大海带走的，就在一年前的今天。"男孩对着小白马的耳朵说。

小白马点了点头。

男孩继续说："你的妈妈呢？你的妈妈也走了吗？"

月光下，小白马的眼睛里流出了一种咸涩的液体。小白马也会流眼泪吗？男孩问起了自己。

此刻，男孩并不知道，离他几十米的草丛中，躺着一个浑身肮脏的流浪汉。他的全身都被黑夜和蒿草隐藏了起来，只有那双猎鹰般锐利的眼睛，正悄悄地盯着月色下闪闪发光的小白马。

三

男孩陪着父亲去海边公路上的长途汽车站，然后目送父亲坐长途汽车去市区。

从大堤到海边公路还有很长一段路，中间是一大片草地，那是几年前围海造田诞生的土地，因为盐分太大，只能长草，和滩涂一样，也是几乎一眼望不到头。这时候从草地那边，走来了两个去海滩拾贝壳的少年，他们看到了草地里的小白马。一个满脸痘子的少年说："看，这么大一只羊。"

"胡说，这明明是头牛，哪有那么大的羊。"另一个圆脸少年说。

"不，它是羊，一只没有角的母羊。"他用手摸了摸小白马的毛皮，小白马很不情愿地甩了甩头。

"你这个白痴，把牛当成羊，我打赌一定能从它身上挤出牛奶来。"

"打赌就打赌，赌十块钱，有种现在你去挤牛奶。"

圆脸少年趴到了马肚子底下，大着胆子用手去摸索马奶子，但什么都没摸到，他急了，用手乱抓。结果小白马两只前蹄高高抬起，向下踩去，少年吓坏了，在地上打了个滚退到了几米开外。

"哈！你输了，我说得没错吧，这是一只羊，给我十块钱。"

圆脸少年极不情愿地掏出了十元钱给了满脸痘子的少年。

"这只羊这么大，我们把它卖了一定赚很多钱，走，我们带它走。"

两个少年一起拽小白马的头和鬃毛，但它把脖子猛地一甩，一个少年的胸膛仿佛被重重地一击。他立刻恼怒了，大声叫起来："你他妈的敢打我。"

然后他一脚踢到了小白马的肚子上，它立刻高声嘶鸣了起来，那声音非常响，把两个少年吓得大惊失色，圆脸少年叫道："这哪里是羊，明明是老虎。"

接着他大胆地从地上拾起一块石头，砸向小白马。小白马只能转身向公路的方向跑去，四蹄在青草堆中踩出深深的印子，后面两个少年追了好一会儿，直到小白马跑到了公路上，他们才停了下来。

"妈的，十块钱还给我，这东西根本既不是牛也不是羊，而是老虎。"

"你别耍赖。"话音未落，一个少年就出拳打在了另一人的脸上。

随即，两个人在草地上扭打了起来，直到我们的男孩来到他们身边，轻声问道："我的小白马呢？"

两个少年立刻停止了扭打，以奇怪的目光看着男孩，满脸痘子的少年抹了抹鼻血说："什么？你说那东西不是羊，而是马？"

四

小白马在公路上奔跑着，一个骑自行车的人迎面赶来，吓得摔倒在地上。还有几辆汽车都停了下来，驾驶员走出来惊讶地看着它。

"看，那是什么？"一辆去市区的长途汽车驶过小白马身边，车窗边的一个小女孩问她的爷爷，爷爷揉了揉眼睛，对小女孩说："丫头啊，那是头驴子，解放前我们家还养过驴呢。"

小白马在公路上打了一个弯，跑进一个镇子。镇子上的马路很脏，房子倒是盖得很漂亮，马路两边全是饭店、发廊和歌舞厅。小白马似乎从没见过那么多人，一下子变得有些手足无措，它被惊奇的人们围了起来。人们从小镇的四面八方赶来看热闹。

"这是马！"人们认出了它。

"喂，兄弟，它一定是从野生动物园里跑出来的，那儿离这不远，什么样的活物都有。也许它是从美国来的。"

"什么，美国！对，西部片里的美国牛仔骑的就是它。"

"那么说，这就是洋货了，洋货比国货贵。"

"那当然，你说它能卖多少钱？"

"我说它能卖一辆自行车的价钱。"

"靠，我晕！你当是卖猪啊？我看至少是助动车的价钱。"

"呸呸呸，我看它最起码能卖到本田摩托车的钱。"

"喂，这畜牲又不是你们的，干脆见者有份，大家一块儿把它卖了分钱。"

"这儿有几百个人，一人一份还不够我买包红塔山。"

"喂，骚货来了。"

几个发廊女从人群中硬是挤了进来，她们都一齐叫了起来："好漂亮的小马！"

"它那么瘦，一定减过肥了，它比你强。"

"来，我把头伸到它肚子下面，看看它是先生还是小姐。"

"你真不要脸。"

"哎哟，还是个小伙子呢，我一看就知道它一定是个处男。"

"它还没发育吧，你可别占人家小伙子的便宜。"

"来来来，让一让，派出所的人来了。"

"这畜牲是谁家的？怎么不看好，影响市容环境卫生，破坏秩序。全都给我散开，你们聚在一起准没有好事，全散开。"

小白马看到周围的人少了，立刻撒开蹄子向前奔去。

五

"请问有没有见过一匹马？"男孩对着一个瓜田里的老头问。

"马？见过，五十多年前，日本兵在这儿跟新四军的游击队打仗，出动了几百名骑兵，那些马啊，又高又大，骑马的日本人却又矮又小，特别滑稽，你知道吗？特别滑稽。"

"不是，老爷爷，我是说今天。"

"没错啊，千真万确，是我亲眼看见的，那些马啊，又高又大，骑马的日本人却又矮又小，特别滑稽，你知道吗？特别滑稽。真的，不骗你，那些马啊，又高又大，骑马的日本人却又矮又小，特别滑稽。"

小男孩失望地离开了老头。

老头却还在自顾自地说："千真万确，是我亲眼看见的，那些马啊，又高又大，骑马的日本人却又矮又小，特别滑稽。"他还在不断地重复着，也许已经重复了五十多年。

"小白马——"男孩一边走，一边不断叫着小白马，他已经走了整整几个钟头了。男孩又累又饿，就在一望无际的瓜田里摘了个西瓜吃，淡红色的瓜瓤，还没有熟透，男孩顾不上了，直往嘴里塞。忽然，起风了，从海那边过来的，夹杂着一股海潮味，他明白这不是一般的海风。男孩看了看天空，密布的乌云从东南方向过来，然后他见到远方的公路上从市区方向开来了一辆黑色轿车和面包车。

小白马，男孩不安地站了起来。

六

"喂，你瞧，那是什么东西。"

"一匹马。天哪，这地方怎么会有一匹马？"

"老板，我们马戏团里有熊有狗有猴子，就是没有马，我看，我们也把它给……"

"哈！就你小子鬼主意多。快，把套熊的绳子拿来。当心，它来了，好，给我套。妈的，你怎么这么笨，快，别让它跑了，你们把它给四面包围了。好，这回看你这匹畜牲往哪儿逃。再给我套啊，你他妈的手脚怎么这么慢，当心我炒你鱿鱼。"

"哎哟！疼死我了。老板，这畜牲踢我。"

"他妈的，你小子太没用了，踢死活该。你们别愣在旁边看热闹，给我一齐上啊，这畜牲吃草的，不会咬人。"

"喂喂喂！你干什么？不能用刀子，我要活的，不要死的。"

"逮住喽！好！你小子真他妈有本事，今晚上我请客，花中花夜总会。来，把给猪吃的泔水钵头搬来，我的马，快吃，吃了就有力气表演了。"

"老板，它不吃。"

"妈的，这怎么可能，这可是大饭店里送来的泔水啊，那里的客人吃东西从来吃不干净，这里面可全是山珍海味啊。我们想吃都吃不到呢。这畜牲真是不识抬举。一定要教训教训它，老五，你是内蒙古人，一定会骑马，这畜牲就交给你了。"

"老板，我在老家是种地的，连驴都没骑过，我只会驯狗熊，骑马不行。"

"放屁！你不骑立刻就给我滚蛋，一个月五百元的工资人家抢着做呢，你就当作是驯狗熊，把你的鞭子拿出来啊，给我抽，这畜牲别看它长得小，可野着呢。"

"哎！帮我数数，一鞭、两鞭、三鞭、四鞭……"

"你他妈的怎么停了，给我继续抽啊。"

"老板，这不是狗熊，狗熊皮厚，这小马那么瘦，我怕它挨不住。"

"滚！你给我滚出我的马戏团。我看是它挨不住，还是你挨不住。"

"别，老板，我给你跪下来了，别赶我走，我要是一走，非饿死不可。我抽，我往死里抽它。五鞭、六鞭、七鞭……数到哪儿了？"

"忘了，从头再数。"

"老板，已经抽了它五六十鞭了。身上全是血，您看，都倒在地上了，我看它不行了。"

"妈的，你怎么下手这么狠啊。"

"老板，这可是你让我干的。"

"他妈的你还敢给我顶嘴。去你妈的——啪！"

"哎哟，你怎么打我耳光啊。"

"打的就是你。你以为你是什么东西，马还能给我赚钱呢，你呢，在我眼里，你连狗熊连猴子都不如。走吧，走吧，这匹畜牲看来也没有用了，他妈的算我倒霉，白忙活了，让它躺这儿自生自灭吧。妈的，下雨了，快给我开车。"

七

在另一段海堤上，一队女民兵披着雨衣正在巡逻。

"队长，你的对象真不要你了。"

"他嫌我脸黑。"

"真没良心，我们每天守在海边，脸不晒黑才怪呢。"

"好了，别瞎说了，今天晚上有台风要来，当心点。"

"队长，你看，那边是什么东西。"

"提高警惕，我们去看看。"

"怎么是匹马，浑身是伤，全是血，是鞭子抽的，一定是从马戏团里逃出来的，真可怜。快，把我们的药箱拿来，好的，给它敷上点药，用绷带包扎伤口。当心，它疼着呢。好，轻点，它在发抖，马戏团的人也太狠了。"

"对，男人全不是好东西。"

·223

"它的眼睛睁开来了，它在流眼泪，就像人一样，看得我也要流眼泪了。快，水壶，给它喝点水。"

"它全身都是白色的，要不是受伤，它该多漂亮啊。"

"怎么，想你的白马王子了？"

"别乱说话，注意影响。看，它可真能忍啊，好了，它站起来了，站起来了。它又能走了。"

八

在男孩父亲看守的海堤上，来了一群人，他们是坐着汽车从市区来的，一个大胖子站在当中，后面有个年轻人给他撑着伞。胖子的脸此刻不怒自威，他整理了一下自己一尘不染的衬衫，然后高声对四周满身泥水的人说："你们瞧瞧，在这种关键时刻，这么关键的大堤上，居然连个人影都没有，你们的工作是怎么做的，怎么向上级交代啊？简直就是饭桶！把这个看守大堤的人的名字记下来，扣他一个月的工资，留职查看，以儆效尤。"

"领导，那我们再到前面一段大堤去看看？"

说话的年轻人突然看到另一个领导向他使劲挤了挤眼睛，一副滑稽的样子，年轻人还是没明白，于是那人急了，忙说："前面那段大堤就不必了吧，那么大的风雨，领导也辛苦了，先去饭店里吃顿便饭。至于前面，有一队女民兵守着，绝对没有问题，要不，我们用望远镜看看，也一样嘛。"

说着，他把一架有着长长镜头的高倍望远镜安在了胖子跟前，胖子顺势把眼睛贴了上去，对准了几千米开外的海堤。

"那是什么？在那队女民兵边上，还有一个东西。我看是条大狼狗，白色的狼狗，非常罕见，比人还大。来，你来看看。"

"天哪，前面大堤上是什么东西啊。虽然有着四条长长的腿，白色的皮毛，特别是长长的脖子，还有蹄子，看上去像马——不过……不过无论如何，这的确是一条大狼狗，领导到底是领导，眼力就是比我们一般人强。"

"那当然，我年轻的时候还养过狼狗呢。现在我的家里，还养着一大一小两条日本秋田狗，全是白色的，漂亮极了。狗这东西，是人类的好伙伴啊，最重要的一点就是狗对主人绝对忠诚，所以我宁肯相信一条狗，也未必相信一个人。你们用狼狗来看大堤，的确是一个非常好的办法，我很欣赏，回去以后一定要向上级报告，要表扬你们，而且还要推广这种办法。"

"领导，我们该走了吧，酒席早就准备好了，别凉了。"

"好吧，走。"

当他们坐上汽车远去之后，一个流浪汉从草地里爬了出来，在小屋外的屋檐下，他哆哆嗦嗦地找了一个隐秘的角落，蜷缩着身体，在凄风苦雨里躺了下来。

九

台风来了。

海边的小屋就像是一艘小舢板，在海风中颠簸。那些从太平洋的心脏长途跋涉几万千米的风像一个喜怒无常的小孩，突然号啕大哭起来，把人间的一切盆盆罐罐都砸得稀烂。

男孩把窗和门都关紧了，自己做了饭菜，吃完后就趴在紧闭的窗前眺望大海。台风之夜没有月光，外面的大海一团漆黑，只可以看到高高的溅到大堤上的白色浪头。雨点也不断敲打着窗玻璃，连同外面波涛汹涌的怒吼，让整个小屋震得发抖。

小屋里的值班电话响了，是父亲从市区打来的："儿子，你还好吗？爸爸过几天就回来，一定要照顾好自己，今天晚上要小心啊。"

父亲的电话挂了以后，男孩就趴在窗台前睡着了。他梦见自己变成了一匹小白马，在草地里吃草，然后向汹涌的大海奔去。

敲门，一阵急促的敲门声把男孩惊醒了。他打开了门，连同一阵风雨，小白马冲了进来，一下子把男孩撞倒在地。男孩看见小白马，一把紧紧地抱住了它。他关了门，让小白马弯下腿躺在地上，然后轻轻地抚摩着它伤口上的绷带。

"是谁打了你？"

男孩又哭了。

台风刮了一整夜。

十

清晨。

台风终于过去了。

"小白马，你从哪儿来。是从海里来的吗？你的伤口好得很快，我给你把绷带解掉好不好？答应我，以后无论如何都不要乱跑。我的妈妈住在大海里，你也是从大海里来的，你是妈妈送给我的礼物，我不能没有你。"

小白马对男孩点了点头。

男孩拿了一把妈妈活着的时候用过的木梳给小白马梳理鬃毛，它白色的皮毛在阳光下反射出白云一般的光泽，就像妈妈的皮肤。男孩紧紧地抱着它的脖子，对着它耳朵说："我去买早饭，一会儿就回来，你千万别走开。"

十一

"兄弟，你是哪的人啊。"

"安徽人。"

"家乡又发大水了？到上海来讨生活是不是？"

"对，我老家的地给水淹了，房子给大水冲倒了。到这边一直没找到事做，钱都花光了，饿了好几天，看来只能讨饭了。"

"别丧气，眼前就有现成的饭菜。看到那匹马了吧，我已经饿着肚子观察好几天了，你有多少天没吃过新鲜肉了？"

"半个月了吧。"

"我过去在内蒙古流浪的时候，我们一大群人饿了许多天，一起逮了一匹走失了的马，然后我们把马宰掉吃了，那味道啊，别提多香了。"

"我敢保证，马肉是世界上最好吃的肉。"

"你胆子真大。"

"瞧，这儿只有一个小男孩，他现在大概去买早饭了，至少要去半个钟头，我们动手吧，我已经准备好全部工具了。兄弟，帮个忙，咱俩一块儿上。"

十二

"小白马！"

小男孩绝望了。他在整个海岸线上奔跑了整整一天，最后到了海堤的尽头——巨大的垃圾场。那里堆积着山一般高的垃圾，仿佛是一座座连绵不断的丘陵。废旧的家用电器、报纸、纸板箱、建筑工地上拉来的废料，甚至还有报废的汽车。有许多来自五湖四海的拾荒者，在垃圾堆中寻找着对他们有用的东西。

忽然男孩看到了一摊血迹，长长的，带着腥味，上面有许多苍蝇。他顺着血迹飞奔着，见到了一堆骨头，有几根长长的，然后是一圈大大的肋骨和一个马的头骨，最后是一整张的马皮，白色的皮毛，没错，就是我们这个故事里的小白马。在马皮旁边，是一口大锅，锅里煮着马肉，飘出了香味。两个流浪汉正狼吞虎咽着半条煮熟了的马腿。

夕阳把男孩的脸染成红色，他的睫毛发出金色的反光。大滴大滴的眼泪像雨水一样涌出了他的眼眶，砸在那一摊血迹上，于是，血化开来了，越来越淡，变成了美丽的橙色。

男孩低下了头，捧着小白马的头骨离开了垃圾场。

十三

男孩独自一人在海边的小屋里，灯光黯淡，把他瘦瘦的影子投在泛黄的墙上。他感到自己身体里正发生着一种奇妙的变化，一种说不出的东西正从他骨头的深处钻出来，遍布他的全身。于是他回过头来，看了看墙上自己的影子，很奇怪——他的影子在变。男孩困惑地摇了摇头，然后抱着马的头骨睡着了。

第二天早上醒来的时候，男孩突然发现自己的皮肤变白了，而且变得毛茸茸的，怀里的马头骨却不见了。他想要爬起来，却办不到，只能从床上滚下来。他站了起来，但不是用两条腿，而是四条长长的带有蹄子的腿。他要开门，但却感到自己已经没有手了，只能用头把门撞开。

男孩向草地里的咸水池奔去，他发现自己用四条腿奔跑的速度比以前加快了许多，他奔到了水池跟前，平静的池水就像面镜子。在这面镜子里，男孩看到了自己——他已经变成了一匹马，一匹漂亮的小白马。

这时候，男孩并没有意识到自己的这种变化是致命的。他只感到自己有些饿了，于是他低下了头，吃起了青草。他是第一次吃这种食物，用牙齿细细地咀嚼着，他这才感到草是多么美味。于是，他畅快地在草地里撒开四蹄奔跑起来，他感到了作为一匹马的幸福。跑累了，男孩就在地上打了一个滚，在水池里洗了一个澡。

变成一匹马的男孩在水池里浸泡着，忽然看到远处走来了一个熟悉的男人——是父亲。

男孩日思夜念的父亲终于回来了，他立刻从水池里爬出来，撒开四蹄向父亲飞奔而去。当他来到父亲的面前，想要说声问候的话时，喉咙里却只能发出马的嘶鸣声。

父亲以惊讶万分的目光注视着男孩，他并没有意识到眼前的这匹马，其实就是他自己的儿子。父亲从腰上解下了皮带，狠狠地抽在了男孩的背上。男孩立刻就痛苦地倒在了地上，父亲又不知从哪弄来一根绳子，绑着男孩的马脖子，牵着他到大堤上去。

"儿子！儿子！"

父亲大声呼唤着儿子，却没有得到回应，只有身后的白马不断悲哀地嘶鸣着。男孩说不出话，他想告诉父亲，儿子就在这里，但父亲还在不断地寻找着儿子。最后父亲对自己说："妈的，这小崽子又到哪儿玩去了，他晚上一定会回家的，至于这畜牲嘛，带到牲畜市场上卖了，好歹能赚一笔外快。"

男孩死活都不肯跟父亲走，于是父亲又用皮带抽打着他，直到身上全是血，才被父亲带走了。

十四

牲畜市场上有各种人和畜牲，猪、狗、牛、羊、兔、鸡、鸭、鹅一应俱全，就是没有马。人们操着不同的方言交易着，男孩的四条腿有些发抖。父亲把他牵到一个贩子跟前，先让贩子看货。那家伙用手扳开男孩的嘴，看了看他的牙齿，又仔细地摸了摸皮毛，敲了敲他的腿和蹄子。

"这畜牲太瘦小了。在我们老家，这种马最多只值这个数。"他对父亲伸出了五个手指。

"你没有搞错吧，这匹马全身这么白，一定是纯种的，我当兵的时候也骑过马，你别唬我。"

他们讨价还价了半天，最后终于成交了。父亲把男孩交给了贩子，男孩回头看父亲，大眼睛里又落下了热热的眼泪。父亲拍了拍他的马头，叹了口气说："你啊，还真有情有义，不过，做畜牲，就是这个命，认命吧你。"

父亲走了，他又回去寻找儿子了，男孩目送着父亲远去的背影，发出一阵阵嘶鸣。

"永别了，爸爸。"

贩子大声说："别他妈的哀号了，现在你是我的了，我想怎么样就怎么样。来，跟我走。"

他把男孩带到了一间马厩里。然后从一个火炉上，用铁钳钳着一块烧得通红的铁。他微微一笑说："我要给你留个记号。"接着他把那块烧红的铁贴到了男孩的马屁股上。男孩感到了一阵撕心裂肺的疼痛，竭尽全力地嘶鸣着，前后腿乱蹬，但是全身都给束缚住了，动弹不得。

男孩疼得晕了过去。

十五

"快来看啊！从蒙古运来的纯种马，多漂亮，看，你看它屁股上的标记，它爷爷的爷爷是蒙古王爷骑过的，假不了，绝对的王室血统。"

"喂，老板啊，你不是在给我捣糨糊吧？说得也太玄了，就这么瘦的一匹马。"

"你不懂，这马耐力好着呢，再往上推，它的祖宗还是乾隆皇帝的坐骑呢。成吉思汗听说过吗？就是那个杀了几千万人，摆平了苏联的大亨，他当年胯下的马啊，全是单传。凡是好马，那都讲究计划生育，只生一个孩子，瞧，这匹马，就是成吉思汗的马的直系后裔，全世界只有它这一匹，其他的全是杂种。"

"这么说，这匹马那么有来头，价钱一定挺贵的吧。"

"不贵，就三千块。就三千啊，除了我这儿，上哪儿买这么好的马啊。"

"好，三千就三千，我买。"

于是，男孩又有了新的主人。

十六

主人的家大得惊人，三上三下，门口有条巨大的德国黑背大狼狗，还有好几个保姆。然后主人把狼狗和男孩都关在一个小院子里，主人对狼狗叫了起来："上啊，这可是匹纯种的蒙古马，上，跟它比试比试。"

狼狗绕着男孩转了几圈，一双发出幽光的眼睛直勾勾地盯着男孩。忽然，它的喉咙里发出一声沉闷的低吼，然后就张开血盆大口向男孩扑来。男孩一时手足无措，前胸让大狼狗给咬了一口，立刻就血肉模糊了。

"咬得好，给我咬。"主人站在楼上饶有兴致地看着。

男孩没有办法，只能用两条前腿去踢，居然还踢到了狼狗的脑袋上。

"好！这就叫泰森大战李小龙，够刺激。我的小马哥，拼命干啊。"主人饶有兴趣地看着，热情也越来越高了，就好像正身处于古罗马的大斗兽场。

狼狗显然被激怒了，它掉转了方向，冲到了男孩的后面，狠狠地咬住了他的屁股，并且咬紧了不放，血像喷泉一样飞溅了出来。男孩狂乱地跳着，就是甩不掉狼狗，最后他竭尽全力用两条后腿踢开了狼狗，然后用力一跳，居然越过了围墙。

"妈的，快追。"

在主人的指挥下，狼狗追向男孩。

十七

男孩在田野中奔跑着，身上流着血，洒了一路，狼狗循着血迹和气味追了上来。男孩虽然撒开了四蹄没命地跑，可是身上的伤使他越跑越慢。

他跑到了海边，跑上了大堤，眼前是一片无边无际的大滩涂，身后的狼狗继续不知疲倦地追来。

男孩跑入了滩涂，跑了很久很久，身后的狼狗不见了，但他还是在跑，他要去看大海。终于，男孩见到了大海，死灰色的大海，和天空一样的颜色。男孩跑进了大海里，海水很快淹没了他的蹄子、长腿，还有胸口。渐渐地，海水淹到了他的脖子上，男孩继续向前奔跑，他感到自己的四蹄已经离开了泥土，悬浮在了水中，就像是在云间飞行。

海水淹到男孩的眼睛了，他只看到了一片灰色的天空，然后全部都是灰色的海水。咸涩的海水让他的眼睛疼痛起来，大滴大滴的眼泪和海水混在了一起。再接下来，他就什么都看不到了——在一片黑暗的海底，忽然闪过一道亮光。

男孩终于见到了妈妈……

遗　骸

又是一个秋天，秋虫在茂密的青草中叫着，一种我叫不出名字的小花在这个时节开了，点缀在山谷中，一阵淡淡的花香慢慢地飘过青草尖被我闻到了。这很奇怪，虽然我早已经没有了嗅觉器官，可每年的这个时候，我都能闻到花香，初时觉得很淡，但渐渐地就嗅到了一种浓郁的芳香，就像家乡的小姑娘常常在马路上叫卖的白兰花。

小时候，我家屋后有一个小天井，天井里曾经种满了无花果树和竹子，还有各种各样不知名的花。后来没有人管这个小天井了，地上又长满了高高的野草。我常常在夏天或秋天，躺在野草丛里，身体完全被野草掩盖起来，静静地闻着花香，听着蟋蟀的叫声，看着阳光从头顶照射下来，穿过无花果树的树叶和竹叶，稀稀疏疏地洒在我的脸上。据说无花果树是不吉利的，所以躺在树下的我总是被大人训斥。

果然，我只活到了二十岁。

这片军事分界线以南的荒凉山谷里自然没有无花果树和竹林，有的只是野生的松树和栗子树，还有漫山遍野的野草，现在的我就像小时候一样，躺在几乎有半个人高的野草底下看着天空。天上的白云像瓦片一样堆积着，我必须承认这里的云彩特别美，也许是因为除此之外我什么都看不到，因为我已经这样躺了将近五十年了。

如果我还活着，那我快七十岁了，我能想象我的头发全白了，或者全掉了，弯着腰，弓着背，和满堂子孙在一起。不过，我不喜欢那样，我讨厌衰老，非常讨厌，甚至可以说对衰老充满了恐惧，所以，我还是感到自己是幸运的，至少我自己觉得我依然还是二十岁，尽管我只剩下了一把枯骨。

起风了，我居然能感到这风里所隐藏的凉意，风从日本海上吹过来，翻过高高的太白山脉，落在这片山谷中，野草尖被风掠过，轻轻地摇摆着。于是青青的草茎也左右摇晃地抚摸着我的骨头，软软的，就像妈妈的手。

真不知怎么搞的，我又想起了妈妈，她现在如果活着，应该九十多岁了吧，我不知道我算阵亡还是失踪，如果算失踪，妈妈还能不能享受到烈属待遇。妈妈曾经激烈地反对我参军，认为我是一个不能吃苦的人，但最后当我真的要走的时候，她还是好好地给我烧了一顿饭菜，送我上了火车。我清楚地记得她的眼泪在簌簌地流淌，那么多年了，我的记性居然越来越好，许多情景清晰得触手可及。

山谷里的花儿开了又谢，将近五十次了，于是，我学会了靠这个来辨别年份，这样算来，今年应该是 2000 年了。除此以外，下雪也能帮我辨别时间，冬天里，山上的雪特别大，把枯草全掩盖了，当然也包括我，我就隐藏在白雪之下，偶尔太阳出来的时候，雪线下降，我还能露出半个头盖骨，白色的骨头和雪的颜色融为一体，就像我活着的时候穿着白色的风雪衣在作战。一把枯骨是不会感到寒冷的，所以冬天里我还是过得比较舒服，运气好的话还能晒到阳光，让我仿佛又有了做人的感觉。总而言之，我爱这里的冬天，但有时，我也会回想起 1950 年的冬天。

那年冬天，我是从浮桥上跨过鸭绿江的。我们的部队没来得及发上冬衣，我穿着薄薄的棉衣，被冻得瑟瑟发抖，两只耳朵全冻坏了，我诅咒着这个倒霉的冬天，诅咒着朝鲜北方盖马高原的风雪。

说实话，一开始，我连美国人的影子都没看到，只看到天上的美国飞机扔下的黑色炸弹在雪地里爆炸。许多人被炸死了，有的人被炸成了碎片，手指头和肚肠都是一节一节的，好不容易才拼成个整尸，却发现拼错了。更多的人是冻死的和雪盲的，漫山遍野，有时候我真的羡慕那些冻死的人，我猜他们都是在安静中死去的，没有痛苦，更重要的是身体完整。他们一动不动地站在雪地里，保持着各种姿势，有的握紧了枪站岗，有的张大着嘴说话，还有的手舞足蹈着。他们浑身晶莹剔透像一件件雕塑一样，我不知道后人有没有冰雕，这就是我们那时候的冰雕。看到他们，我那时候既害怕又羡慕，因为那些被冻死的人死得实在太美了。可是后来，春天到了，冰雪消融，有些没来得及掩埋的尸体就开始发臭，据说来年的春天，长津江的两岸臭气熏天，蚊蝇成群。

第一次看到美国人还是在冬天，我们匍匐在山上的雪地中，每人在薄薄的棉衣上覆着一层单布做的白色风雪衣，从远处看，还真像是雪堆呢。美国人坐在山下公路的汽车里，隔很远，看不清，只能看到车外巡逻的美国兵穿着厚厚的皮大衣一跳一跳的，这些家伙也被冻坏了。接着，我们的冲锋号响了起来，所有的人都站起来向下冲去，在那座大山下，我们的白点子成千上万，就像雪崩了似的。美国兵为首的一辆车样子挺怪的，黑黑的没有车窗，后来我们才知道那叫装甲车，车上开着小孔，从小孔里喷出了一长串的火点子向我们打来。我看到冲在前面的人成排成排地倒下了，胸口炸开一个大洞，然后从山坡上滚下去，身后流下一长串鲜血。然后，又有一颗颗炮弹打到了我们中间，我身边好几个人都被炸到天上去了，不知道为什么唯独我自己没事，脑子里全是一片白茫茫的雪，什么都没有了，连枪都顾不上打了，只管向下冲去。最后这一仗我们赢了，俘虏了他们好几百人，但是我们也在战场上留下了几千具尸体，全都就地掩埋了。

一只虫子在我的肋骨间爬着，也许是把我的肋骨当成迷宫了。这里的动物非常多，有时候兔子会在我的骨盆底下挖洞，然后第二年生下一窝小兔子。也许是这里埋的死人太多了，据说每一尺的土地下都有死人骨头，所以动物很多，人反而少。

许多年了，自从我在这儿安家（尽管不是出于自愿），除了最初的几年因为军事重地而常有南朝鲜或美国的军队来往之外，此后就很难再见到活人了。四十年前，偶尔还有人到这儿来挖人参，他们衣衫破旧，看上去营养不良。又过了十年，就再也见不到挖人参的人了，而到了大约二十年前，我开始看到有人到这儿来拍照片，他们穿着很漂亮的衣服，个个白白胖胖欢声笑语。多年前，我甚至见到了一大群人，为首的一个好像穿着运动服，手里拿着一个火炬，真奇怪，这些人大白天的点什么火炬。每个人的衣服后面都印着五个圆环的标志，上面三个圆，下面两个圆，各有各的颜色，就像过节似的。

现在我忽然听到了一个女人的声音，然后又是一个男人的声音，他们在说些什么，我不知道他们为什么跑到这荒凉的山谷里。接着我又听到了一阵青草摩擦的声音，好像什么人倒在了地上，又是一阵奇怪的声音，女人开始发出尖叫声。一开始我还以为是杀人了，但慢慢地我才明白了这是怎么回事，毕竟，我死的时候已经有二十岁，懂一些事了。不一会儿，这声音又平息了下来，我听到了他们爬起来的声音，还有女人在欢快地窃窃私语，听声音她一定很年轻。忽然，我记忆里的某些东西被挖掘了出来，我发现她的声音很像一个人——我的未婚妻。

这是我妈妈为我定下的亲，那时候朝鲜战争还没有爆发，我只和她见了一面，说了些无聊的话，至于说什么我都记不清了，只有她清脆的嗓音我还牢牢记着。几个月后，我参军去了朝鲜，在这之前，妈妈曾坚持要提前为我们举行婚礼，但是由于我的反对没有办成，我走的时候她也没有来送我，也许她是对的。五十年来，我躺在这鬼地方，有的时候我会想到如果在去朝鲜之前就和她结了婚该多好，就算只有一晚上也足够了，这样的话，我短短的二十年生命也不算白活了。可有时候我又想，我这个人太自私了，如果真的这样，不是害了她一辈子吗？她在接到我的阵亡或是失踪通知书以后肯定会另外结婚的，现在她大概也快七十了吧，也许现在她会很幸福的。

那一男一女终于走了，又只留下我孤独地躺着，我多希望他们能在这儿多待一会儿。他们向南走了，在山谷的南端，过去是一个小村庄，不知道现在怎么样了。再往南，就是汉江了，我曾在汉江以南打过仗，在罕见的寒流中，美国兵用不计其数的炮弹攻下了我们的一个高地。那上面留下了几十个战士的遗体没来得及运下来，于是我们在黑夜里又重新冲上去抢遗体。美国人的曳光弹照亮了天空，我们时隐时现，就像一股无影无踪的风冲上了高地，我的冲锋枪里喷射出火舌，舔舐着美国人的胸膛，他们害怕地发出怪叫。靠远了，他们的火力相当猛烈，一旦我们靠近了，美国人放下武器掉头就跑。我们明白他们马上还会攻上来的，实在没办法运遗体了，我们抓紧时间一面继续向美军射击，一面就地掩埋战死的人。我在地上掘了一个大坑，把我最要好的一个战友放了进去。

他是四川人，我们叫他小四川，比我还小两岁，只有十八岁。他长得眉清目秀的，身体瘦小，还很腼腆，但打仗的时候最不怕死，总冲在最前面。他随身带了一些家乡的辣椒，在吃一把炒面一把雪的时候，他把辣椒分给了我们吃。虽然我们谁都吃不惯辣椒，但在连盐都吃不上的情况下，嘴里能嚼到些辣味实在是非常美妙的一件事，以至于我在死后的五十年里都被那种四川的辣味萦绕着。我想如果我现在能够复活，第一件事就是去吃辣椒。在那个被燃烧弹照得如同白昼的夜晚，我亲手掩埋了我的好朋友，他的脸已经冻得坚硬无比，胸膛上满是血污，开了一个大洞，内脏隐约可见。我的手颤抖着把最后一把土覆盖在了他孩子般的脸上，将他埋入了黑暗中。在那个瞬间，我突然想到自己是不是也会像他一样被自己的战友掩埋在阵地上。真可笑，当时我只想到这个，没有想到我居然连小四川都不如，没人能来掩埋我，孤独地在这儿躺了那么多年。我真羡慕我亲手掩埋的小四川,我真想他啊。

下雨了,秋后的天气就是这么多变,雨点透过野草敲打在我的骨头上,湿润了我的灵魂,最好永远都这样,细细的小雨,冲刷掉尘土,从我踏进朝鲜到现在,五十年了,我还从没像样地洗过一次澡呢,只能靠大自然的雨点来洗我的骨头。但有时候这雨真该死,它使我的肌肉和皮肤加速腐烂,早早地把我变成了现在这副样子。至于下大雨的时候则是一场灾难,在七八月份的雨季,我全身的骨头被大雨浸泡着,有时不太走运,山洪暴发,许多石头会从我的身上滚过去,把我的骨头弄得几乎散架。至少现在我的大多数骨头都已经开裂了,骨髓暴露着,在炎热的夏天会发出磷火,有好几根脆弱的肋骨早就断成了好几截。我无力地张着嘴巴,那些雪白的牙齿却奇迹般地完好无损,这样子真可笑,如果被妈妈看到,她也许会难过得去死。

死后最初那几年,我一直在愤怒中度过,到了十年以后,我希望那些偶尔来巡逻的南朝鲜士兵能把我埋掉,但没人这么做。到了二十年以后,我对南朝鲜人失望了,开始日夜盼着朝鲜人民军能够打过三八线来,又过了十年,我的这种希望也破灭了。到了四十年以后,我近乎绝望了,我孤独地躺在这里,望着天空,望着每一朵飘向西面的云。我不再对朝鲜人和美国人抱以希望,我只希望我的中国同胞能够来把我掩埋,我不需要进烈士陵园,我甚至连墓碑都可以不要,我只想让泥土覆盖我,那芬芳的泥土,浸染过我和我战友们鲜血的泥土。在这片地下,我一定能够见到他们,他们和我一样年轻,我们快乐地相聚在一起,可以在地下享受和平,也可以在地下和那些美国人继续战斗。

战斗,战斗,其实我这个人生来讨厌战斗,天生胆小的我第一次摸枪的时候让全连人都笑了起来,却没想到在1951年的五月,我成了战斗最勇猛的人。我记不清我打死了多少美国人,最多的一次是一梭子打倒了八个。但在那一年的五月,一个红色的五月,我们不太走运,当我们发现我们每天只能吃到两顿饭，子弹只有十几梭的时候，美国人铺天盖地的轰炸开始了。

他妈的这算什么战争，连人都没见到，只看到远方飞来的炮弹和头上的美国轰炸机，这也叫战争吗？这是屠杀。在狭长的山谷里，我们动弹不得，成了肉靶子，到处都是横飞的血肉、残缺的四肢，还有受惊后狂奔的骡马。我的耳朵，那双倒霉的耳朵，曾经在盖马高原冻伤，现在又被炮弹声震出了血。这时，我看到了美国坦克，先是飞扬的尘土，然后是那隆隆的履带声，再是高高的炮筒，最后是炮筒中火光一闪，它在向我们开炮。立刻，我们队伍的中央倒下了一大片。几十辆坦克肆无忌惮地来回碾压着地上早已失去抵抗能力的人。突然后面有人来通知，我们被包围了，与指挥部失去了联系，要我们自己突围。所有人都感到了一种绝望，我们没有逃，都向坦克冲去，但我们的人纷纷倒在了地上。我不想死，我们必须要活着突围回去，于是我们几百人向山上冲去，生存是人的本能，我们毫无遮蔽掩护地面对美国人的机枪阵地，我们奇迹般地冲了过去，消灭了他们几十个人，还抓住了一个俘虏。

我们带着俘虏在北汉江边的树林里穿行着，只知道向北去。因为我粗通英文，所以由我押着那家伙，他看上去年龄和我差不多，只是两腮布满了胡楂，他不愿和我们说话，懒洋洋的样子。当我们走到树林外的时候，忽然一阵暴风雪般的机枪向我们打来，我们快步穿过那一块空旷地向另一片树林冲去，但没想到那片树林里也有美国人，我们又死了一大片。我们退回了山上，天黑以后，冒险下山向一条小河偷偷地摸去。当我们正涉过寒冷的河水时，我身边的美国俘虏突然大叫了起来，立刻引来了美国人的一串子弹，他们的探照灯在河上扫过，在灯光下，我们的鲜血染红了整条河流。我用枪托打昏了那个该死的美国俘虏，然后丢下了他向河对岸跑去，我们只剩下了几十人，冲入了一条荒凉的山谷。

我知道，穿过山谷我们就突围成功了，我再也顾不上隐蔽了，撒开双腿飞奔着。那天晚上的月亮特别圆，我就向着月亮跑。月亮又圆又亮，不知什么原因，在我见过的所有的月夜里，那一晚的月亮最美。我的脚踩着高高的野草，晚风从我的两耳边掠过，我大口地喘着气，渐渐地，我发现只剩下我一个人了，我们的人全都死了。我忽然感到自己飞了起来，向月亮飞去了，我恍惚觉得圆圆的月亮就像妈妈的脸。

我飞得真畅快，从没这样畅快淋漓过。我就像一只鸟，俯瞰着整个山谷和朝鲜大地上的漫天炮火。我第一次感到这闪烁的火光如此之美，像正月里的焰火。我越来越轻，突然又像一片羽毛似的飘在山谷里，轻轻地跌落在草地中。我突然意识到自己的后背心被打开一个大洞，一颗美国子弹打碎了我的心脏。

我仰天倒在地上，鲜血像一条小溪渗入了青青的草根。我大睁着眼睛，月亮无限的明亮美丽，我明白我已经死了。

渐渐地，枪声稀疏了，到了天明时分，一切都平静了下来。然后，时间过去了将近五十年，一直到今天，就像做了一场梦。

黄昏时分，夕阳如血地照射着我，我仿佛又回到了血腥的战场上。我忽然听到了脚步声，似乎有许多人从山谷的另一头走来，我还闻到了活人的气味。有人来了，我看见了，是一大群南朝鲜人和几个美国人，他们的装束与几十年前已完全不一样了，他们的手里拿着各种奇形怪状的东西，像狗一样在草地里寻找着什么。快过来啊，快到我这儿来，我需要你们，就像过去我需要你们成为我的俘虏一样，来吧，快来，靠近我——发现我——掩埋我吧。如果你们心肠好，最好把我送回中国去。来啊。

谢天谢地，他们真的来了，他们看到了我。一个美国人面无表情地探下了身体，用手摸着我的头盖骨，比画了几下，像验收一件样品般看了半天，最后，他说了句："从头盖骨分析，这是个蒙古利亚人种，从遗骸身上残留的军服可以判断为中共的士兵。总之，这东西不是我们要找的。真讨厌，怎么在这儿找到的全是些讨厌的中国人？让他妈的中国人永远躺在这儿吧。"

忽然,一个南朝鲜人高声地叫起了什么,于是那帮人都围了过去,我能看到他们在草堆里找到了一根骨头,然后美国人又拿出了一个奇怪的仪器对那狗骨头般的东西照了照,最后他兴奋地说:"诸位,我宣布,我们终于找到了美国士兵的遗骸,仪器显示,这是一根高加索人种的小腿骨,即便不是美国人,至少也是联合国军中的英国人、法国人,或土耳其人。这是一个重大成果,让我们向这位勇敢的联合国军士兵致以最崇高的敬意。"

于是,所有的人都脱下了军帽,对着一块腐朽的骨头默哀了起来,这场面真有些滑稽。然后他们把那根骨头装进了一个金光闪闪的盒子,迅速离开了山谷。

"你们别走啊——别走啊——"

一具枯骨的呼唤是无法让人类听到的。

夜幕终于降临了,无边无际的夜色笼罩在荒芜的山谷中,一阵寒风吹过我的身体,将近五十年了,我第一次想流泪,可泪腺已经腐烂了几十年,我哭不出。

西面的天空闪烁着几颗星星,我盯着那儿看,西面,再往西,穿过高山,穿过丘陵,穿过平原,渡过大海,那儿,是我的中国。

妈妈,你还记得我吗?

[附记] 朝鲜战争,至少有数十万中国军人在异国战死。而其中第三、第四、第五次战役都是在三八线以南完成的,虽然我军有抢救烈士遗体或者就地掩埋的传统,但由于在某些战役中,我军遭到了重大伤亡和损失(如180师),有许多烈士遗体没能来得及抢救回来或者掩埋,暴露在南朝鲜的荒野中。难以想象南朝鲜人会给我们的战士修建坟墓,近年来常有新闻报道韩国在某地挖出许多志愿军遗骸等云云。而美国人为了他们的阵亡者遗骸可以不惜代价地寻找。虽说"青

山处处埋忠骨，何须马革裹尸还"，可是，哪个母亲能任由自己的儿子裸露在异国他乡的荒野，哪个妻子不想让丈夫在故乡入土为安。让我们记住他们，记住那些长眠于南朝鲜荒野的中国士兵，就像母亲不能忘了自己的儿子。

隐　遁

　　开头这些话，是给我在网上的朋友们的：几个月前，你们可能会收到从我的电子邮箱发出的邮件。邮件的主题大多是我的小说的名字。如果你打开了那封邮件，会发现正文是一段英文，附件通常有两个，一个是我的那篇小说，另一个是空的。如果你把两个附件全都打开了，那么我只能说非常对不起——你中病毒了。

　　事实上我也是受害者，我先收到了类似的邮件，因为是朋友发来的，所以并没防备就打开了附件，结果不知不觉中了病毒。然后每次上线，我的邮箱就会自动向外发出大量病毒邮件，通常是以我电脑硬盘里储存的小说为主题，而我则对此无能为力。最后因为杀毒不力，造成电脑彻底瘫痪，结果只能重新安装了 Windows。我硬盘里储存的资料和小说也就全部失去了，总之是损失惨重，不堪回首哉。

　　几个月后，我才从这次打击中慢慢恢复过来，又像往常一样在各文学论坛里"流窜"。我曾经常去一个以美国电影《云中漫步》命名的BBS，总觉得那里有些像十九世纪末二十世纪初维也纳的小文艺沙龙，充满了各种奇异的话语和文本。还有就是弥漫于那论坛里的一股淡淡的忧郁之气，其实我并不喜欢那种气氛，让人昏昏欲睡，绵软无力，不过倒是与"云中漫步"之名十分贴切。这里我还是有一些朋友的，比如A君，专门模仿艾伦坡的小说，他自称把自己关在一间不见日光的屋子里对着电脑没日没夜地写惊悚骇人的故事。又比如 J 君，好像是精神病医生，总是把他的病人写的小说贴出来，希望出版界的朋友看到以后能够为之出版成书，看了那些精神病人的小说后，向来把想象力引以为长的我也要自叹弗如了。还有 X 君、W 君、Y 君等，在"云中漫步"里，他们就像黑夜中的小动物那样忙碌着，从眼睛里放射着那么一些细微的光芒，尽管这光芒在我看来有如流星般美丽，也如流星般短暂。

当我时隔几月又回到"云中漫步"的时候，发现这里改变了许多，背景的颜色更深了，人气也似乎少了一些，更重要的是，过去那些朋友们的 ID 都不见了，全是些陌生的面孔。我注意到其中有一个不被人注意的帖子，主题为"隐遁"，发帖 ID 为马达。隐遁？马达？我似乎对这两个词有所印象，于是，我打开了那个帖子。那是一篇题为《隐遁》的小说，小说的第一句话是这样写的——

马达想要找到一个能把自己藏起来的地方。

这话对我来说是多么熟悉，似曾相识，现在就通过电脑屏幕出现在我的眼前，并泛出某种幽暗的光，似乎是在给我以暗示。我继续看了下去——

马达走过一条阴暗的小巷，他竖着领子，低着头蜷缩着脖子，但他的眼睛一直对着前方，时而躲避着迎面而来的那些目光。许多天以来，马达一直觉得有人在跟着他，现在，那个人就躲藏在他身后的某个角落注视着他。马达认为自己必须躲避那个人的跟踪，于是，他从这条街窜到那条路，又钻进许多条小巷漫游着，最后在拥挤的步行商业街的人流中不停地穿梭，看上去就像一张扑克牌在洗牌的过程中汇入了整副牌里，再也无法被分辨出来了。

但是，马达还是无法确认他是否甩掉了跟踪者，他十分谨慎地走到另一条街上，坐上了一辆公共汽车。公共汽车里很拥挤，在靠近前门的地方却有一个座位空着，似乎这个空位就是专为马达而准备的。马达虽然觉得有些古怪，但他还是准备坐下，就在这个时候，他忽然看到了空位旁边坐着的那个女子。女子看起来还很年轻，披着乌黑的长头发，但很散乱。她看起来还算是比较漂亮的那种，肤色虽然很白，但更像是那种面无血色的苍白。马达注意到她的眼睛很黑，很大，而且亮着一种特殊的目光，那目光正直勾勾地盯着他。对视着她的眼睛，马达忽然有些胆怯了，他像是被什么击中了似的，他甚至怀疑对方的目光里隐藏着伤人的匕首。但马达还是说不清女子的眼神里包含着什么，是善意还是恶意？是邀请还是拒绝？或者是绝望中的求助？因为就在此刻，马达于最初的恍惚之后终于看清了那女子的身上有着一摊殷红的印迹。那又是什么？在她那一身雪白的衣服上，那些红色的污迹就像是冬日里绽放于雪野的梅花那样醒目。马达还看到女子正向他摊开双手，似乎是在展示什么，也像是在祈求什么，她的手上，也全都是红色的污迹，甚至在她那苍白的脸上，也沾染着几点猩红。马达的背脊忽然有些凉，他立刻联想到了一幅鲜血淋漓的场面，怪不得周围那么多人站着，没有一个敢坐女子身边的空位。马达犹豫了片刻，最后退缩了，他转过脸去，立刻向车厢后部挤去。在拥挤的人堆里，马达只能看着窗外迅速移动的街景和一个断裂了的扶手。后来他试图向车厢前面张望，但人太多，什么都看不到。不知过了几站路，当车厢里人少了一些的时候，马达决定下车，他临下车前又向前看了看，他发现那个女子已经不见了。

下了车以后，马达确信没有人跟踪他了，他脑子里却全都是那个满身是血的女子（假定那些红色的污迹真是血）。不过马达更希望那红色是些别的什么东西，比如颜料，假设她是一个画家，这就很好解释了，这种人总是有些神经兮兮的，身上常常擦满各种颜料留下的污迹，或者干脆就是一个恶作剧式的行为艺术。可是，当马达又想起那女子直盯着他的那双大大的眼睛时，他就推翻了刚才全部的幻想，他总是联想到血，忽然，他产生了晕血的感觉。马达不愿意看到自己晕倒在街头，他有些踉跄地离开了这里。

踱过几条街以后，他钻进了一家网吧，在一个文学论坛里阅读一篇正在连载的小说。他已经连续两个晚上都待在网上了，只为了读完那篇似乎无穷无尽的连载。可是，他不知道那篇小说什么时候才能连载到结尾，于是就这么耗费了一个又一个夜晚。不知不觉中，在度过了一个夜晚之后，马达神情倦怠地走到了街上。故事的叙述者曾说过，其实马达的目的只是要找到一个能把自己藏起来的地方。所以，摆脱跟踪者（不管是臆想中的，还是事实存在着的），阅读网上的连载小说，都是为了这同一个目的。

不知走了多远，马达又来到那个公共汽车站，一辆公共汽车进站了，他好像有些控制不住自己，几乎是无意识地跳了上去，投了币之后，他用眼睛在车厢里搜索了一圈。这回车厢里空了许多，甚至还有好几个空位子，但是，没有发现他希望看到的那个人。马达忽然明白了自己上车的目的，他希望能再次看到那个浑身是血的女子，更确切地说，他渴望面对那双眼睛，代表绝望或是诱惑的眼睛。忽然马达注意到了车厢里有一个断裂的把手，于是他确定这就是昨天他所乘坐过的车，而昨天那个似乎刻意留给他的位子现在依然空着，仿佛那股特别的气息是挥之不去的，以至于让所有人望而却步，就像位子底下埋着一个随时可能爆炸的地雷。可马达反而对自己昨天的行为产生了后悔，他想：要是当时自己坐上去了呢？于是他真的坐到了那个座位上，而身边那个女子坐过的座位，依然空着。公共汽车晃晃悠悠地拐了好几个弯，马达看着车窗外的景象，这座城市就如同是用水泥钢筋铸成的莽莽丛林，各种钢铁野兽在呼啸着奔跑着，发出无数野性的声音。坐在这个几乎是预订好的座位上，马达忽然觉得自己映在车玻璃上的脸有了些隐隐的变化。

然后，他轻声对自己说——如果真的在她旁边坐下会怎么样？

小说就到此为止了，但我知道，这篇小说并没有完成，因为这篇小说的作者，就是我。

　　在帖子的结尾，有着作者的落款，正是我的名字。我终于想起来了，我确实写过这篇小说，在整整一年以前，当我写到这一句话——"如果真的在她旁边坐下会怎么样"的时候，我实在写不下去了，因为我的想象力还没有发达到能够凭空想象出后面将要发生的事情。在挤牙膏般地苦思冥想了几夜之后，我决定放弃，让这篇未完成的小说继续沉睡在我的电脑硬盘里，直到电脑遭到病毒攻击，全部硬盘内容丢失，我想到了一个不恰当的比喻：毁尸灭迹。事实上，我还有许多篇这样半途而废的小说草稿，像被一截为二的身体一样冷藏在硬盘里，而我几乎从来不去看它们一眼。我现在难以理解的是，这样一篇被我深锁着，而且已经被彻底毁灭了的未完成的小说片断如何又跑到"云中漫步"上来了呢？我又看了看发帖人的ID：马达。就是这篇小说的主人公的名字。

　　我更不理解了，不会这么巧吧，于是我就在这帖子后面跟了一贴——

　　　　马达，我是这篇未完成的小说的作者，请告诉我，你是如何看到上面那段文字的，谢谢。

　　发完这则跟帖以后，我离开了"云中漫步"，来到我做版主的那个科幻论坛里与朋友们交流，就这样大约过了一个小时以后，已经很晚了，而我没有熬夜的习惯，就决定下线了。下线前，我又去了"云中漫步"一次，又打开了那则以"隐遁"为主题的帖子，我发现在我的跟帖后面又跟了一则帖子，时间就在几分钟以前，跟帖人是"马达"，以下是他（她）的回复——

　　　　小蔡，对不起，未经你的允许就把你的小说贴出来，尽管还未完成。我知道你一定很奇怪我是如何看到这篇小说的？但我可以确定，几个月以前你和我一样也遭到了电子邮件病毒的攻击。因为病毒就是从你的邮箱里发出来的，邮件主题是《隐遁》，有两个附件，糟糕的是，我把两个附件全都打开了，其中一个就是你这篇未完成的小说片段，而另一个则含有病毒。不过，因为我杀毒方法得当，最后还是消灭了病毒。而这篇《隐遁》也被我保留了下来。最后，请问这篇《隐遁》到底写完了吗？能否告诉我后面所发生的故事，谢谢。

马达

原来是这么回事，天知道我那些已经丢失的资料和小说"疏散"到多少人的电脑里去了。我累了，于是就下了线。

几天以后，我的心里不断地出现这样一幅画面，一个叫马达的人，坐在公共汽车的座位上，神情迷惑而奇异。我知道是那篇小说在敲打我了，我时常有这样的感觉，小说是有生命的，特别是写到中途的小说，它会自己说话，有时候表示拒绝，有时候则是在轻声地呼唤，现在，它对我呼唤着。我无法抑制住这篇《隐遁》，于是就写了下去——

如果真的在她旁边坐下会怎么样？

马达胡思乱想了一通，罗列出了种种可能性，最好的一种是那个女子爱上了她，最坏的一种是那女子当场拿出一把刀捅死了他，处于中间的是什么也没有发生，最后两人各奔东西，终究还是形同陌路——本来就是嘛。这种胡思乱想的最终结果是——马达自己也搞不清究竟坐下去过没有，他对这两个座位莫名其妙地害怕起来，忽然就像触电似的跳了起来。

公共汽车一停下来，马达就跳下了车，在沿街的地方，他见到一栋西式风格的小楼，楼前聚集了许多人，还停着几辆警车。他本来是不喜欢凑这种热闹的，但这一回他好像觉得这可能与自己有关，于是就挤进了人群里。不一会儿，他看到两个人抬着一副担架走了出来，担架上是一个死人，看不到脸，用白布蒙着，只是能见到白布下的隐隐血迹。

周围的人议论纷纷，从他们嘈杂的说话声里，马达听出了个大概——原来昨天晚上，这栋楼房里发生了杀人案，一个男人，据说是一个非常有钱的画家，被人用刀子杀死了。而且有目击证人说是一个穿着白衣服的年轻女子干的，后来那女子浑身是血地向公共汽车站跑去，目击证人吓坏了，根本就没有胆量去追。

听完以后，马达有些吓坏了，他立刻退出了人群，一个人躲到了一条小巷里，他问自己：难道昨晚公共汽车上的那名女子就是杀人凶手？马达一阵战栗，他又竖起了领子，哆哆嗦嗦地向前走去，他走得越来越快，只想着离那座杀人现场的小楼越远越好。

整个白天，马达就在这个城市的各个角落游荡。晚上，他钻进网吧，在那儿没完没了地连载小说。小说长得惊人，似乎就是一个不断循环往复的故事，就像是一个圆圈，既没有起点，也没有终点。马达忽然觉得自己也渐渐变成了一个圆圈，一个渴望隐遁起来的圆圈。就这样，几天几夜过去了，虽然白天继续在这座城市里游荡，但马达再也不敢坐公共汽车，看到公共汽车，他甚至有些害怕，生怕那个白衣女人从车上走下来，用那双大大的眼睛盯着他。

但是，马达依旧在寻找一个能够把自己藏起来的地方。

直到那个黄昏，他竖着衣领走在街上，在忙碌的人群里，他目光敏锐地向四周扫视，但又在小心地躲避着别人的目光。突然，他看到了一身白衣在前头忽隐忽现，马达的眼睛像是被什么刺了一下似的，立刻就跟在了她身后。虽然四周人很多，但马达的眼睛相当敏锐，跟了一会儿，直到她拐过一个街角，马达才从侧面看到了她的脸。就是她，马达确定了，上次在公共汽车里看到的那个女人就在他眼前。就在这个时候，她也把头转了过来，看到了马达的眼睛。他们对视了片刻，一动不动，就像两尊街头的雕塑，只有不间断的人流从他们中间穿过。忽然，她转过身，向后面跑去，马达只见到一身白色在人流里跳动着。他立刻追了上去，人很多，两个人都跑不快，直到挤出人流，她跑进了一栋几十层楼高的大厦。马达紧追不舍地跟在后面，她冲进了电梯，马达没有赶上。但几秒钟以后，另一部电梯的门开了，马达也进去了，他不知道她会从哪一层出来，但冥冥之中，他有一种奇怪的预感，那就是顶楼。当电梯抵达顶楼的时候，里面只有他一个人了，他迅速冲出电梯，向最顶层的走廊里望了一下，一个白色的身影从他的视线里一晃而过。马达立刻追了上去，在他视线的尽头，那个白色的身影走上了一道楼梯。这里已经是顶楼了，马达明白，再往上就是天台了。

很快，他踏上了楼顶的天台。他看到了她，那一身富有诱惑力的白衣，在楼顶的急风里翩然而动。她回过头来，黑色的眼睛盯着马达。马达的头发乱了，猎猎的西风让他瑟瑟发抖，他顾不了这些，径直向她走去。她连退了好几步，一直退到天台的最边缘，眼看已经走投无路了。

"当心。"马达连忙喊了一声，担心她会摔下去。

她回过头向下望了望，从这栋三十层高楼看下去，地面上无数的人都显得如此渺小。马达也向四周张望着，这座城市真的像是巨树参天的森林似的，他现在正爬到了其中一棵大树的树冠上。黄昏时分的城市已经华灯初上，远方和近处的一切都在一片灯光中闪烁着，与西天的晚霞交相辉映。

忽然，她说话了："我知道你为什么要跟着我。"

"我只想知道真相。"他大声说。

"不，我没有杀人。"

"有人看到你杀人了，你应该去自首。"

她摇了摇头，表情有些痛苦，一阵风吹来，她黑色的头发四散开来，她抱着自己的双肩说："不，不是我干的，他是自杀的，他抱着我，他把刀子放在我手里，然后，他抓住我的手，把刀捅进了他的胸口，我没有用力，是他自己这么做的。"

"你说什么？"

"请相信我，我是无辜的。"她的眼泪终于缓缓溢出了眼眶，从脸颊上滑落下来，打湿了她的衣服。

看到女人的眼泪，马达的心立刻就融化了，从小到大，他都受不了眼泪的刺激，他的声音柔和了下来："为什么，他为什么自杀？"

"因为，他只想找到一个能把自己藏起来的地方。"

马达一下子怔住了，沉默了片刻之后，他才说："那，那他找到了吗？"其实，马达这句话也是为自己而问的。

"不，他永远都找不到那个地方，所以，他死了。"

马达忽然感到被什么重击了一下，他有些迷惑，也许，是因为她的眼泪。马达忽然觉得她很可怜，他缓缓走到她身边。他终于大着胆子伸出手抓住了她柔软的肩膀。她抬起头，两只神秘的黑眼睛盯着他，马达的一切都被这双眼睛融化了，他把她搂得更紧了。

然后，她吻了他。

当马达感到她的双唇冷冷的温度的时候，她的双手已经从后面紧紧抱住了他。接着，她的身体猛地向后一仰，抱着马达，从顶楼的天台上跳了下去。

三十层。

她的眼泪在飞。

从三十层高楼顶上向地面自由落体地坠落，无数的风在马达的耳边呼啸，马达什么也看不清，除了她那双眼睛。这个时候，她依旧紧紧抱着他，在他的耳边轻声地说——你终于找到一个能把自己藏起来的地方了，那就是天堂。

故事到此为止了，虽然有些莫名其妙和"安妮宝贝化"，不过那些后现代后先锋什么的不就流行这种东西嘛，好歹就凑凑热闹吧。而且那顶楼的意象其实也就是论坛的化身，因为网友们通常把论坛里最上面的帖子叫顶楼，帖子的排列还有种楼上楼下的叫法，从顶楼坠落也就是从网络上坠落的象征吧。然后我上了线，进入了"云中漫步"，把刚才完成的这些文字贴到了那篇《隐遁》后面，完成了这篇小说。

又过了几天，当我重新进入"云中漫步"时，发现《隐遁》再一次被提到了论坛的顶楼，我打开帖子，发现在我完成的小说后面，那个叫"马达"的网友又跟了则帖子，那则跟帖的题目是"这不是真相，我讨厌你写的那种东西，让我来告诉你故事的真相吧"。

下面是网友"马达"跟在后面的帖子——

　　如果真的在她旁边坐下会怎么样？
　　他的脑子里忽然一阵恍惚，似乎有一股什么东西进入了他的体内。他又伸出手抚摩着身边空着的座位，期望还能感到昨天的气氛。忽然，他像触电了一样，把手从座位上抽了回来，然后下意识地摸了摸自己的口袋。他摸到了一串钥匙，但是，这串钥匙并不是他的。事实上，自从他想要找到一个能把自己藏起来的地方以后，身上就从来没有带过钥匙。马达有些疑惑地注视着这串陌生的钥匙，这是一个银色的钥匙圈，只挂着一把钥匙，看起来应该是房门钥匙。他把这串钥匙放在自己眼前摇晃着，银色的钥匙圈和钥匙看起来还很新，并发出一些淡淡的反光。马达忽然觉得这摇晃的钥匙有些像他家老屋里那个巨大的摆钟，那发出银光的钟摆在下面摆动着，让人有种昏昏欲睡的感觉。别人的钥匙怎么会跑到他的口袋里？马达无法回答这个问题，难道，是自己的记忆出了问题？瞬间，他的脑子里又闪过一个念头——昨天他到底有没有坐下来过？
　　想到这个，他有些后怕了，马达的脑子里一片模糊，他的眼前只有那串不断晃动着的钥匙，几乎与他记忆里那钟摆的形象合二为一了，只剩下一片耀眼的白光。终于，他似乎隐隐约约记起来了，昨天在这辆公共汽车上所发生的一切。马达开始相信，他的记忆力原来出了问题，昨天，当他在这里面对着那个浑身是血的女子的黑眼睛时，他没有退缩，也没有逃跑，他并不是一个胆小鬼。事实的真相是——当时他大胆地坐在了那个女子旁边，是的，他真的坐了下去，没有半点犹豫。马达想，关于他并没有坐下去，而是挤到了后门的记忆是错误的。这大概是因为自己长期以来神经衰弱的结果，马达确信这会导致人的记忆力出现问题，使之记不清自己做过什么事，他以往有过类似的经验，这件事再一次证明，人的记忆是不可靠的。

然后，马达开始静静地回忆事实的真相，也就是昨晚他大胆地坐在那女子身边以后所发生的事情。马达记得那个女子的眼睛一直盯着他，直到他坐下，也这么盯着他，那眼神让马达有些不寒而栗。他想自己应该说些什么，嘴巴张大着，却什么话都说不出。

那女子倒是先说话了："请跟我走。"

马达有些诧异，为什么要跟她走？虽然心里这么想，但他却点了点头。接着，她站了起来，马达也站了起来，她的眼睛在暗淡的车厢里闪着幽光，就像是丛林里夜行的小野兽。马达跟着她，向后门走去，车厢里所有的人都闪向两边，几乎是自动为他们让开了一条道，他们似乎都对女子身上的血感到无比恐惧。很快，车子就像是专门为她而开的一样停在了站上，没有人下去，除了马达和女子两个人。他们走下了车，目送着公共汽车渐渐远去。一阵冷风袭来，马达终于反应过来了，他轻声地问她："你要去哪里？"

"跟着我走。"还是这句话，她的声音非常轻，就像一只猫在叫唤，但传到马达的耳朵里就似乎响了许多。他想也许这女子出了什么麻烦，看到那一身的血迹，也许她遭到了袭击，需要一个男人来保护她。马达把心中的想法告诉了她。

她没有回答，只是直直地向前走去。马达心想她不说话就是默认了，自然，如果女孩子遇到受袭的事情一般是不愿意对别人说的，在她们看来也许这是一个污点，还是什么话都不问为好。马达跟在她身后，她那一身沾染着血迹的白衣，在黑夜里特别显眼。他有些害怕，万一别人看到她这副样子，而自己紧跟着她，很可能会被误认为是个行凶的歹徒什么的。还好，她立刻就拐进了一条非常幽暗的小马路，两边几乎没什么灯光，只有两个人的脚步声打搅着这里的清静。一路上，马达一句话也没和她说，只是非常注意四周的动静，他想也许那个袭击她的歹徒随时都会冲出来，所有的风吹草动都让他心跳加快。最后，他们走进了一栋小小的楼房。走上狭窄的楼梯，楼板发出可怕的声音，好像随时都有可能塌下来。在三楼，她领着马达走进了一间屋子，开了灯以后，马达发现这个房间很小，最多只有十平方米，呈长条形，只有一个不大的窗户，外面黑黑的，什么都看不清。由于空间所限，房间里只有一张窄床，床的另一头有一台电脑。近门处还有一个超大型的冰箱，冰箱上有个微波炉，那么小的房间里却放这么大一个冰箱，显得极不协调。

　　"谢谢你送我回到这里。"她低声说，眼睛依然睁大着。

　　"没关系，你身上——"马达向她沾满血污的身上指了指，说，"到底发生了什么？"

　　她不回答，低下了头不说话，沉默了一会儿，才缓缓地说："请别走，等我片刻好吗？"

　　马达不由自主地点了点头。

　　她打开了一扇小门，原来这小小的房间里还套着一个卫生间，她走了进去，然后把门关上。接着，马达听到了水龙头放水的声音。她是去洗澡吗？马达问着自己。他局促不安地在这斗室里踱着步，他抬起头，望向天花板，顶上已经有些霉烂了，一些石灰剥落了下来。然后他又走到了窗边，打开窗向外看了看，外面都是些墙和树丛，只能看得清夜空。一股冷风袭来，马达又急匆匆地关上了窗。

卫生间里的水声越来越大，马达的心跳莫名其妙地加快了，这是暧昧的水声，马达突然想到了逃跑。他走到了门前，把门打开，但是，他没有出去，又把门关上了。过了一会儿，卫生间里的水声停了，他又镇静了下来。卫生间的门开了，女子走了出来，她披了一件厚厚的白色浴衣，把自己的身体裹得严严实实的。她的头发还是湿的，冒着热气，不过已经都梳理好了。她脸上的那几点血迹早就没了，恢复了原来的肤色，不像刚才那样苍白了。马达应该承认，她还是挺漂亮的，这使他更加有些不安。

"你已经没事了，我想，我该走了。"

"不，我还没有报答你。"

"可是，我也没做什么事，你没什么可报答的。"

她淡淡地笑了笑，表情有些莫名其妙，然后问他："你叫什么？"

"马达。"

"有趣的名字，你想要得到什么？"

又是一句非常暧昧的话。马达有些紧张，他不愿把自己的思绪带到某些方面，他忽然想到了什么，正如这个故事的叙述者在开头所说的那样，想要找到一个能把自己藏起来的地方。

于是，他脱口而出："我想要找到一个能把自己藏起来的地方。"

"一个能把自己藏起来的地方？"她用一种非常奇怪的语气复述了一遍。

马达紧张地点了点头。

她抿了抿嘴，然后靠近了他说："你现在已经找到了。"

"找到了什么？"

"一个能把自己藏起来的地方——就是这里。"

说完，她不知从哪里拿出了一串钥匙，放到了马达的手心里。马达下意识地握住了钥匙，不知道该说什么。这时候她伸出一只手，把房间里的灯关了，一片黑暗笼罩了他们。

"为什么关灯？"

"因为时间不早了。"

"不。"

他忽然有些恍惚了起来，眼前什么都看不到，只能感觉到她的呼吸扑面而来，还有手里那把冰冷的钥匙。马达渐渐感到自己仿佛坠入了一个无底深渊，在那里，谁都看不到他，他只能蜷缩着身体，就像是回到了母腹中的胎儿，被羊膜包裹着全身，静静地隐遁起来。

接下来，是一片无尽的黑暗，直到清晨的天光照射到马达的脸上。那束光线刺激了马达的眼睛，他终于醒了过来，睁开眼睛，发现自己正躺在一个长条形的小房间里的一张窄床上。床的另一头有一台电脑，床边的窗户很小，光线好不容易才透进来照在他的脸上。这是哪儿？他迷惑地看着陌生的环境，他忘了，他居然忘了昨天在公共汽车上看到那个女子以后发生的一切。倒是在网吧里彻夜阅读长篇连载小说的情景占据了他的记忆。马达发现自己的外衣被整齐地折叠好了放在床边，自己穿着内衣躺在被窝里。忽然，他感到自己的手心里一阵凉意，好像有个什么东西，他摊开手心，看到了那把房门钥匙。

马达越来越迷惑，他只回忆起自己走上公共汽车，见到了一个浑身是血的女子，他甚至还不记得自己是否坐在了她的身边。他迅速起来，穿好了所有衣服，然后打开房门，把钥匙塞进了锁眼试了试，果然，正是这间屋子的钥匙。他把房门钥匙塞进了口袋，再把门锁好，走下那摇摇欲坠的楼梯，离开了这栋小楼。

马达走出那条小马路，走上了大街，一辆公共汽车开来，他跳了上去，发现这是昨天那辆车，他面对着昨晚的那个空位子坐了下来。然后，他摸出了那把房门钥匙，终于，借助这像钟摆一样晃动着的钥匙，他把昨晚发生的事都回忆了起来，他确信，昨晚他确实坐在了那女子身边，现在他所回忆起来的就是事实的真相。

公共汽车靠站了，马达下了车，回到马路上，手心里紧握着钥匙，钥匙依旧冷冰冰的。他忽然觉得手心被硌得很难受，仿佛那把钥匙是有生命的，在他的手心里挣扎着。也许这钥匙正渴望着回到锁眼里去，打开那扇门。马达想至少得把人家的钥匙还回去。于是，他又把自己的领子竖起来，悄悄地汇入人流，像鱼一样游动着。

　　他穿过几条街，凭着记忆找到了昨晚的那栋小楼。现在他才重新看清楚了那栋建筑，四周有许多这样的楼，一点都不显眼。从外面看不到多少窗户，就像一个封闭着的罐头。马达走进了小楼，没有看到别人，只是小心地走上了楼梯。那让人心颤的声音又响了起来，几乎使马达一脚踩空摔了下去。他走到了三楼的那扇门前，先敲了敲门。过了许久都没人开门，她肯定不在。也许，是因为她把钥匙交到了马达手里，而她身上又没有备用钥匙，自然也就进不了门。马达打定主意必须要把钥匙还给她，他把钥匙塞进锁眼，立刻打开了房门。长条形屋子里果然是空的，那扇小窗里透进来的光线是如此暗淡，以至于整个房间似乎永远都处于黄昏或者黎明时的状态。早上他睡过的被窝还是那样凌乱，一切都和他离开的时候一样，她没有回来过，她去哪儿了？

　　马达决定等她回来，否则万一她真的没有备用钥匙的话，那她就有家不能回了，假定这里的确是她的家。马达又仔细看了一遍这房间，总觉得有一股霉味，而且实在太小了，就像是某种小动物建在森林里的巢穴。他重新把床和被子摊好，然后走进了卫生间。他不明白那么小的一间房子怎么还单独配有卫生间，似乎就是专门为了方便某个人长期隐匿而设计的。卫生间虽然也小得可怜，不过样样设施都齐全，甚至还能洗热水澡。马达试着拧开了热水龙头，很快一股热气从水里冒了出来，水汽模糊了卫生间里的那面镜子，也使镜子里的马达的脸一片朦胧。他甚至还想找到那件沾满红色污迹的衣服，以证明那是否是血，可却怎么也找不到。马达退出了卫生间，在房间的角落里，他找到两把折叠椅子，还有一个可折叠的小桌子，他打开一把椅子坐着，静静地等她回来。

　　天色又暗了下来，马达看了看窗外，那小小的窗户只能看到一方紫红色的天空。他忽然感到有些饿了，他想出去吃点什么，但又一想，万一离开期间她回来了怎么办？于是他还是留在了房间里，半小时以后，他实在忍耐不住了，就打开了那个大冰箱。马达没有想到，冰箱里居然塞满了各种食物，主要是袋装的冷冻食品，还有许多腌制过的熟食，这么多东西，足够吃一个多星期了。马达又等了一会儿，心想总不见得为了等她回来而把自己饿死，于是他从冰箱里拿出了一包微波炉炒饭，放进微波炉里转了转。热完之后，他打开了那张小折叠桌子，把热腾腾的炒饭放在上面吃了起来。马达忽然觉得这味道还相当不错，他甚至已经很久没有吃过这样棒的炒饭了，以前他一向很讨厌微波炉食品，但他现在莫名其妙地对微波炉喜欢起来了。解决了食欲问题以后，他继续等待着她的到来。

　　晚上十点了，窗外一片黑乎乎，马达困得都快睡着了，但他并不打算离开这里，相反，他打开了那台电脑。他发现这是一台可以上网的电脑，房间里连电话都没有，却可以上网也使他很意外。马达立刻进入了他的电子邮箱查收邮件，他收到了一份主题为"隐遁"的邮件，打开邮件，正文是一段英文，附件有两个，他打开了其中的一个，内容是一篇小说，小说的名字叫《隐遁》，那是一篇没有完成的小说，只有开头的一段。而且非常巧合的是，那篇小说里的主人公也叫马达，小说里的马达想要找到一个可以把自己藏起来的地方，他在这座城市中流浪着，在一辆公共汽车里，他见到了一个穿着白色衣服的女子，女子的身上有许多血迹，看起来很可怕。小说里的马达没敢坐在女子的身边，而是挤到了后门，并下了车，第二天早上他又来到了这辆公共汽车上，给自己提出了一个问题——如果真的在她旁边坐下会怎么样？

小说到此就戛然而止了，显然，作者并没有把小说写完，或者仍处于创作的过程中。

　　马达忽然感到了一阵惊恐，原来自己所做的一切都被别人知道了？甚至于自己错误的记忆也被别人窃取了，还好，小说里并没有把真正发生过的事情写出来。马达开始确信，这篇未完成的小说的作者，就是日日夜夜跟踪他的那个人，那个人同样也隐藏在茫茫的人流中，马达没见过他，但马达确信他的存在。不过，昨晚那个人一定把他给跟丢了，所以并不知道后来所发生的事。他知道另一个附件里也许很可能是病毒，他保留下了这篇未完成的小说，然后删除了病毒附件。马达忽然有一种感觉，也许那个跟踪者就在外面，这个城市里总是有一些窥探他人隐私的家伙，那些人的心理是扭曲的，简而言之就是有些变态。想到这些，马达不寒而栗，无论如何都不敢走出这扇房门了。他终于下定了决心留在这里，不管这房间的主人什么时候回来。

　　当这一夜平静地过去以后，马达忽然对自己说：我想，我已经找到了一个能把自己藏起来的地方。

　　网友"马达"为《隐遁》续写的部分就到此为止了。我不知道该怎样评价这篇文字，我总觉得这些文字的作者似乎与文中的人物有着某种微妙的关系。他居然完全颠覆了我想要表达的东西，而称之为记忆上的错误。忽然，我有一种冲动，很想和他交流一下。

　　于是，我又在这则帖子的后面跟了一帖：马达，我不知道你是谁，我想和你谈谈，如果你在线上，请到这个聊天室来，我等着你。我在下面放了一个聊天室的网址链接。

　　短短几分钟以后，"马达"就出现在了聊天室里。

　　他先向我打了招呼：你好。

　　我：你好，刚才看了你续写的小说，你是怎么想的，还有，故事的真相是什么？

马达：因为这就是我的亲身经历，也许你无法理解，但我就是你的马达。

我：对不起，我真的无法理解。

马达：好了，我告诉你，我现在就是一个隐遁着的人，我已经找到了一个能把自己藏起来的地方，我只是把自己所遇到的事情再原原本本地写出来而已。

我：世界上真有那么巧的事情吗？

马达：这不是巧合。

我：可是，你真的相信可以找到一个能把自己藏起来的地方吗？这样的地方，在今天还存在吗？

马达：绝对存在。

我：我不信。

马达：如果你不信，那你可以来找我，坐上××路公共汽车，到××路下来，再到××路100号301室，我等着你。

然后，"马达"下线了。

我面对着几乎是空白的电脑屏幕，心里迷惑地回想着"马达"所留下的每一句话。犹豫了几分钟以后，终于打定了主意，我关掉电脑，披上外衣，走出了房间。

我走到大街上，一阵冷风吹来，让我有些发抖，我不由自主地缩着脖子，向四周张望。我来到了公交站台，在寒风里等了许久，××路公共汽车才慢吞吞地进站，远远看去，车厢里似乎很拥挤。我上了车，果然很拥挤，但在靠近前门的地方却有一个座位空着。我刚要准备坐下，忽然看到了空座位旁边坐着的人。那是一个女子，看起来年轻且漂亮，披着乌黑而散乱的长发，肤色苍白。她的眼睛很黑很大，正直勾勾地盯着我。转瞬之后，我终于看清了她白色的衣服上有着一摊摊殷红的印迹，我下意识地想了想，有些似曾相识，却又不再记得了。她正向我摊开沾满红色污迹的双手，像是在企求什么。

片刻后，我真的大胆地坐在了她旁边。

　　她的眼睛一直盯着我，让我有些不寒而栗。我想自己应该说些什么，但我却什么话都说不出。

　　这时候，她轻轻地对我说："请跟我走。"

　　车窗不知被谁打开了，一阵寒风灌进来，吹得我头皮发麻，忽然，我听到了自己的声音：我该去哪儿？

　　我该去哪儿？

中锋在黎明前复活

献给加夫列尔·加西亚·马尔克斯

十九年后，我与李毅大帝重逢。那是 2014 年夏天的凌晨，我独自步行到大自鸣钟的包子铺，窄门里露出诡异白光，破旧的小彩电，直播巴西世界杯小组赛——意大利 VS 哥斯达黎加。幽暗的屋子深处，女人抱着孩子睡觉。看球的男人打着赤膊，后脑勺堆起肥肉，汗滴纵横在后背。他看到我，艰难地撑起拐杖，傻笑着露出发黄的门牙……最亲爱的朋友，我想跟你拥抱，你却说：早上六点才有包子！

拜我那篇文章的传播，李毅大帝包子铺生意不错，老婆给他生了二胎。我们商量要重新组建一支足球队。当年一块儿踢球的小伙伴们，既已作鸟兽散，亦被这世界蚀骨销魂。曾经的长寿街道马拉多纳，早在九十年代末的乙级联赛断腿成了瘸子。李毅只能做主教练，而我是球队经理——为此我狂玩三个月的足球经理游戏，却连十一个人都凑不齐，赞助商成了最大的难题。

2015 年的春天，我发了条微博"请替我和李毅大帝完成梦想，你将享有球队的独家冠名权和经营权"。我收到各种垃圾私信，东莞桑拿会所、澳门葡京赌场、缅甸果敢第四特区、日本东京热、旧金山致公堂、尼日利亚博科圣地、大叙利亚 ISIS 纷纷请求冠名——绝大多数是无聊网友冒充，如果是真的请你自动领走。

眼看球队的促成遥遥无期，李毅继续卖包子，而我接着写小说。冬至前后，我又收到一条私信："您好，蔡老师，我是红色十月殡仪馆党委书记，既是铁杆球迷，也是您的书迷，真诚地希望能赞助您的足球队，联系电话：234-44448888。"

妈的，四个四加四个八，还四个王的炸弹呢！

我把这条私信转给李毅。他闲得蛋疼，竟拨了那电话号码——舒伯特的《死神与少女》弦乐四重奏过后，响起一个酷似林志玲的女声，好像高德地图导航："您好，欢迎致电红色十月殡仪馆。上门收尸请按1，入殓化妆请按2，丧葬服务一条龙请按3，火化及骨灰盒预定请按4，购买墓地请按5，临终关怀请按6，查号请按7，返回请按#号键。"

不知死活的李毅按了7，响起个没好气的大妈的声音："这是殡仪馆，家里谁死了？"

三天后，大雪纷飞的黄昏，我和李毅来到昼夜不息的焚烧尸体的殡仪馆，见到外面套着西服、里面是阿森纳球衣的党委书记，原来今晚有伦敦德比。赞助协议在十分钟内签订，球队冠名"遗体告别大厅流浪者队"，这是个惊天地泣鬼神的名字。

我们凑齐了二十多人的大名单，一半是殡仪馆员工，一半来自民营丧葬业，有卖寿衣的、推销墓穴的，更有职业算命的。核心球员是党委书记连襟的中学同学表外甥的隔壁邻居，大家都叫他"十号"，从小在崇明岛练过三年，因为打架被徐根宝开除。十六岁登上去里斯本的航班，委托葡萄牙第三级别俱乐部培养，在远离欧洲大陆的马德拉岛，也是C罗的故乡。从崇明岛来到马德拉岛，薪水压着欧盟最低工资，赞助商是岛上排名第七的妓院，赢球奖金是免费去妓院玩乐。三千个座位的球场，刷成丰乳肥臀的图案，球员和教练要给妓院拍广告，自然少不了肉帛上阵。欧洲的天涯海角，海风中浓烈的白葡萄酒气味令人微醺，轮换睡着各种肤色的姑娘。他在大西洋上的孤岛踢了六年，才归国加盟中甲联赛，三年里一球未进。

屋漏偏逢连夜雨，他泡了夜总会老大的情人，被剁掉两根手指，二十五岁退役。幸好父母通过各种关系，让他拿到了殡仪馆的事业单位编制。而他有张能说会道的嘴，成为丧葬行业的金牌销售。

有了赞助商与明星球员，"遗体告别大厅流浪者队"报名参加2016年中国足球协会业余联赛（Chinese Football Association Amateur League），简称"中业联赛"（CAL），与中超并列的中国男子足球四大联赛之一。殡仪馆是赞助商，球衣很自然地设计成寿衣风格——主体颜色是喜庆的大红色，代表中国传统价值观；正反面密密麻麻金色铜钱，象征在阴曹地府腰缠万贯；对襟中间绣个大大的"奠"字，突显赞助商的行业特色。总之穿着这套球衣上场，光气势就把对手吓尿了，要是半夜上街撸串，估计有市民会报警。

冬训基地设在火葬场背后，搬来球门架，画出边线和禁区。每周末训练一天，周三或周四加练三小时，首先要把体能练出来。有人悄悄告诉我——尸体火化后，家属领走的只是一部分骨灰，剩余烧不干净的都要被遗弃，而我们这片训练场地，是专门用来撒骨灰的。我听了全身汗毛一竖，回家把球鞋洗了又洗。不过，我的球员们都是丧葬从业人员，见怪不怪，踩着无数人的骨灰前进，貌似也有"二战"胜利的好兆头。

遗体告别大厅流浪者队的第一场比赛，在2016年的春天，空气中弥漫着夹竹桃绽放的气味，脚下青草有泥土芬芳，天上飘起淅淅沥沥的小雨，似有白居易与苏东坡笔下的江南诗意，却让闻惯了焚尸炉气味的我队球员倍感不适！不过，我们的队服与红色寿衣战袍，给予了对手强大的心理震慑。前锋出身的教练李毅大帝，是天生的进攻狂人，不要命的433阵型。中锋"十号"连入两球，旗开得胜。当晚，我们在停尸房疯狂庆祝，成立"尸魔"球迷会，全部是殡仪馆员工。

中国足球协会业余联赛（CAL）各省市分赛区，我队分在本市D组，三战三胜闯入八强。1/4决赛，遗体告别大厅流浪者队6：1获胜。半决赛，是在多次举办过中超的球场，拥有四万个座位。对手是一家搏击俱乐部，球员都是练跆拳道和武术散打的。下半场70分钟，"十号"远射破门。对面的动作越发粗野，伤停补时，有个家伙贴地飞铲，钉鞋命中"十号"的脚踝。我清晰地听到胫骨与腓骨断裂的声音，像一支铅笔被掰断，断骨穿破护腿板和球袜，白森森地裸露出来。我的队员们见惯了尸体与骨灰，但这一幕仍把所有人吓坏了。惨叫声从浦东陆家嘴一直传到浦西人民广场，等到救护车进场，他已痛到休克。当晚，他在医院做了手术，骨头里的钢钉至少要打一年，别说踢球连走路都困难了。

李毅蹲在医院走廊里哭了，眼泪与鼻涕喷了一地板，我好像看到二十年前的自己。遗体告别大厅流浪者队赢得了半决赛，但七天后就是决赛，而我们痛失头号射手——五场比赛打进16球，其中15个是"十号"打进的，还有一个是对方乌龙。

我是球队经理，替"十号"交了医药费，强行把李毅带回殡仪馆，跟赞助商开会。我提出，必须增加一名前锋，具备职业足球经验，否则无法赢得决赛。还剩下七天，到哪里去弄个职业球员？党委书记沉默片刻说："你们相信科学吗？"

他把我们带到停尸房，拉开冰柜，躺着一具男人的尸体——在殡仪馆看到尸体，不就跟在海滩上见到比基尼美女那样司空见惯吗？这是个老外，乌黑的头发卷曲，年龄在四十岁左右，身材颇为高大，脸部线条明显有拉丁人种的特征，似乎是南美洲那边的。

"他叫迭戈·阿里萨·加西亚，1976年出生于哥伦比亚卡塔赫纳，1992年加盟麦德林国民竞技队，1996年南美解放者杯最佳射手，同年转会欧洲。他在西甲很多球队效力过：塞维利亚、皇家萨拉戈萨、维哥塞尔塔，还有巴塞罗那的同城对手西班牙人。他多次攻破过皇马球门。他代表哥伦比亚国家队出场过81次，打进49球，但没参加过世界杯，因为哥伦比亚缺席了从2002、2006、2010年的三届世界杯。"

党委书记的硕大脑袋，像一部1024G容量的移动硬盘。他能脱口而出1994年AC米兰的首发阵容、1995年英超联赛射手榜的前十名，以及九十年代以来历届欧冠决赛与半决赛的进球。

"昨晚，我们的殡葬车接他过来——看到脖子的瘀青了吗？他在酒店客房上吊自杀。三天前第一次到中国，旅游签证入境。"

"书记，你想干吗？"

"我在殡仪馆工作了二十五年，无数次在停尸房值夜班，以防配阴婚的王八蛋偷盗尸体，顺便不受任何人打扰地看英超与西甲直播。除了足球，我还有个私人爱好，就是民科。"

"民间科学爱好者？"

殡仪馆的停尸房里，看着前西甲巨星迭戈·阿里萨·加西亚，我倒吸一口冷气。这年头，民科的名声可不好啊。

"听我说，我常年观察尸体的变化，做过上千次秘密实验，得出肌肉记忆学理论——人死以后，肌肉细胞带有生前的记忆。只要没腐烂，死后 48 小时内，如果注入一种针剂，就可能唤醒肌肉，复原运动能力，并在原有基础上大为提高。"

"丧尸？"看着殡仪馆党委书记一脸认真的表情，我毫无意外地想起《行尸走肉》，"我怀疑你长期跟尸体相处，大量吸入腐尸的有毒气息，产生了幻觉——或者，停药了？"

"我是党员，也是一个坚定的马克思唯物主义无神论者，我相信科学的力量。"

我拽着李毅退出停尸房。暮春时节，后半夜，殡仪馆散发出淡淡的尸体腐烂味，混合着大量防腐剂，变成了类似瑞典鲱鱼罐头的味道。李毅不愿离去，仍然想着下周的决赛，球队的前锋在哪里？我用理智告诉他：我们的赞助商患有严重的精神病，球队不能继续比赛了。正当我和李毅激烈争论，停尸房的大门吱呀一声打开了……

幽暗灯光如但丁的炼狱，照亮半张苍白的脸。一米八五的大个子，双腿修长，每走一步就像迈克尔杰克逊在跳霹雳舞。你见过公鸡是怎么转动脖子的吗？我眼前的家伙就是这样。盖尸体的白布已滑落，大半夜停尸房里的裸男，露出两块胸肌与八块腹肌，全身青紫色没半点赘肉。

党委书记拿着一支针管，拍拍肩膀让他停下，又用手电筒照瞳孔，最后用螺丝刀刺入后背——太残忍了！尸体却不见任何反应。死人不会感觉到疼痛。

我和李毅互抽了两个耳光，确认不是噩梦，也不是借殡仪馆场地拍摄僵尸打丧尸的网络大电影。平生第一次见到行走的尸体——迭戈·阿里萨·加西亚，自杀身亡的哥伦比亚退役球星，在红色十月殡仪馆党委书记的指挥下，赤身裸体走出停尸房。这让我想起了阿诺德施瓦辛格主演的第一部《终结者》。

穿过凌晨两点的焚尸炉，仿佛穿越天堂与地狱的收费站。迭戈·阿里萨·加西亚，来到殡仪馆背后的空地——我们足球队日常训练的地方，也是无主孤魂的骨灰葬身之所。

挂着拐杖的李毅，送来遗体告别大厅流浪者队的球衣——球衣球裤加上球鞋，这套"寿衣"穿在哥伦比亚丧尸身上，竟毫无违和感。迭戈·阿里萨·加西亚活动四肢，本能地做了热身动作。我、李毅还有党委书记，都不懂西班牙语，不知道怎么跟他交流，我憋了半天，想出一句："Good evening！"

打开大灯，他的眼珠子转了一圈，瞳孔却没有因此缩小。根据我看《行尸走肉》的经验，丧尸缺乏表情，即便有也仅是本能。李毅把足球丢给了他。原本机械木讷的丧尸，脚下一碰到足球，却像烈日下枯萎的蔷薇被浇灌了泉水，右脚尖娴熟地颠了十来下，从脚尖到膝盖再到肩膀和头顶，全身每个关节和骨头都活络了。足球坠落到草地上，溅起颜色诡异的尘土（据说这片场地每公斤尘土里有 300 克骨灰，其中 1/10 被我们呼吸进肺里）。他带球折线奔跑，突发左脚打门。灯光强度有限，三十米开外的球门，只剩模糊的轮廓。

我和李毅闭上眼睛，让子弹再飞一会儿……远处的球门恍若世界尽头，远远传来皮球与门框的撞击声，就像胫骨与腓骨的断裂声，又如交响音乐会上的三角铁带着金属丝线的持久震颤。三十米开外射中门框，而且是在没有灯光的黑暗中，这是怎样的水平？下个奇迹接踵而至，皮球从球门方向弹回来——这下他没做任何调整，直接凌空右脚抽射。

足球消失了……黑暗中的殡仪馆上空，只有枉死鬼们的低吟。

我搀扶着李毅走过去，用手电筒照射球网，发现了死角里的皮球。李毅跪倒在球门线上，这是他一辈子都踢不出去的神仙球。而我回望殡仪馆的大烟囱，穿着寿衣战袍的丧尸，猎豹般地冲刺奔跑而来，掀起地面的骨灰狂潮。迭戈·阿里萨·加西亚来到我的面前。他的双眼无神，皮肤苍白，脖颈还有吊颈自杀的瘀青。丧尸散发着浓烈的鱼腥臭，来自故乡加勒比海的气味。

中锋在黎明前复活。

殡仪馆的凌晨三点，面对身穿红色球衣的迭戈·阿里萨·加西亚，这是我能想到的唯一赞美。

第二天，作为球队经理的我，给新球员办理了报名手续，球衣号码还是 10 号。中业联赛对外援没有限制，许多在中国工作的老外也能报名。我们伪造了一本哥伦比亚护照，给他改了个名字"塞萨尔·罗德里格斯"，简称"S 罗"，想要沾沾大罗、小罗、C 罗、J 罗们的运气。

迭戈·阿里萨·加西亚死后不久，哥伦比亚领事馆就派人来认过尸了。他没结过婚，也没有子女，父母双亡，没有亲戚朋友。我们就说为了防止腐烂，请了天主教神父来做了仪式，紧急把尸体烧了，只要把无人认领的骨灰盒，贴上他的名字交给领事馆就行。

遗体告别大厅流浪者队改在深夜训练。我向大家介绍了球队的新 10 号，也是首次从南美联赛引进的职业外援。我隐瞒了他的身份，更不能泄露丧尸的秘密。我只能说，这位球星有染色体缺陷，天生畏惧阳光，只能在黑夜训练和比赛。他虽然只会说西班牙语，但任何肢体语言甚至眼神，都能心领神会。至于他身上的腐臭味，我用外国人普遍的狐臭做了解释。李毅将阵型变换成了时下最流行的 4231，我们的丧尸中锋作为单箭头顶在前面。

　　我给 S 罗买了一台冰柜，放在殡仪馆党委书记的办公室。白天他躲在里面睡觉，晚上训练身体机能，恢复十多年前在西甲联赛的肌肉记忆。比赛前一天，民政局长来视察工作，天气太热，打开冰柜想喝杯饮料，结果看到一具丧尸。党委书记立刻用催眠术告诉局长："这是幻觉……这是幻觉……这是幻觉……"

　　当天晚上，民政局长梦见了《百年孤独》的马孔多小镇，迭戈·阿里萨·加西亚上校站在行刑队的面前。

　　周末，冠亚军决赛在夜间举行，球场上空的灯光打开，绿油油的草皮宛如英超、西甲。一面看台几乎坐满了人——对手是拥有几万名员工的大型国企，国企职员敲锣打鼓前来助威。相比之下，"尸魔"球迷会只有十来个人，气场却不落下风，清一色在殡仪馆工作的丧葬妹妹，从销售接待到女入殓师，穿着制服，手捧菊花，盛装出席，让人以为这是一场盛大的出殡或国葬。

　　遗体告别大厅流浪者队穿着大红寿衣登场，10 号 S 罗苍白阴郁的表情，骷髅般高大的骨架，让裁判组和球童们不寒而栗。场上飘过一阵若有若无的腐臭味，一大群苍蝇黑压压飞来。刚一开赛，S 罗抢断晃过后卫，右脚打门得分。13 秒，中国足球协会业余联赛最快进球纪录。裁判、对手还有本方队友，包括看台上一万多观众全蒙了。我和李毅笑而不语，丧葬妹妹们庄严地三鞠躬，用对遗体告别的方式庆祝进球。

　　不过，我方的后防线是豆腐渣，上半场临近结束，已被对手连续灌入四球。1：4 落后，中场被全面压制，无法顺利出球到 S 罗脚下，导致他再无触球机会，只能频繁跑动又徒劳而返。

　　中场休息，李毅疯狂地训斥队员。所有人气喘吁吁地喝水，只有 S 罗一个字都听不懂，拒绝了队友递来的矿泉水。

　　李毅关照大家："不要给他喝水！别看这家伙体壮如牛，却有慢性肠炎，一喝水就拉肚子。"

他不但不喝水，还从不流汗，甚至不喘气，这是让队友们最害怕的。

李毅又解释："不流汗好啊，不会流失盐分和电解质，S罗是先天没有汗腺的怪胎，只能像狗一样吐舌头散热。"

他秒懂主教练的意图，伸出一条长长的舌头——上吊自杀而死，舌头很自然地拖到胸口，恐怖片的气息再度笼罩更衣室。有几个队员的职业是运送尸体，常见自缢身亡的死者，纷纷表示见鬼了。

我只能干咳几声，把S罗的长舌头卷起来塞回他嘴里，尴尬地说："你们不知道啊，这家伙从前是个话痨，外号长舌妇。因为言多必失，被毒贩追杀，否则怎么会来中业联赛踢球呢？他发誓再也不开口说话了。你们就当他是哑巴好了。"

下半场，迭戈·阿里萨·加西亚掌握了控球权，他不再与队友们配合，单打独斗地过人与突破。无论对手后卫还是本方队友，没人追得上他，眼睁睁看他起脚打门。从第50分钟到90分钟，虽然我方球门两次失手，但是这具哥伦比亚丧尸，前西甲巨星，连续打进七球——每次都不庆祝，面无表情地走回中圈弧。继续抢断，继续进球。

终场哨响，我方以8：6的惊人比分获胜，再次创下中业联赛最高进球纪录。如果你没在现场，必然以为这是点球大战的结果。李毅扔掉拐杖，摔倒在跑道上，仰天看着刺眼的灯光，仿佛回到1994年的夏天，那个崇拜马拉多纳的少年，目送罗伯特·巴乔在世界杯冠亚军决赛中踢飞点球。我们的队员们失魂落魄，没人意识到赢得比赛，反而为后防线被戳了六个洞而羞愧不已。十号S罗默默往回走，仿佛球场上的行尸走肉，也是进球得分的机器人，对手和裁判自动让开一条道儿。我用扇子替他赶走成群结队来产卵的苍蝇，以免下场比赛他的眼里爬出蛆来。

比赛才刚刚开始。

遗体告别大厅流浪者队进入中国足球协会业余联赛全国决赛阶段。整个夏天，我们都在休整和集训。迭戈·阿里萨·加西亚继续住在党委书记的办公室，每夜跟主教练李毅一起训练。但每次不能超过三小时，否则腐烂气味让人受不了，必须赶快回到冰柜冷藏。

秋天到了，殡仪馆派遣七辆殡葬运尸车，带着我们全体队员，奔赴决赛所在的城市——想象七辆黑色的特种车，大大的"殡葬"二字，如同新人的婚车排着队，浩浩荡荡开上高速公路，沿途无数次被交警拦下，就差在第一辆车头挂出哥伦比亚人的遗像，太拉风了！

全国总决赛首战告捷，虽然丢了三个球，整条后卫线XJBT，但S罗打进五个球取胜。小组赛第二场，我们的防守形同虚设，被拥有多名退役职业球员的对手狂灌七个，结果以4：7告负。出线形势急转直下，如果第三场再输，就要卷铺盖回家了——不，是回殡仪馆。

输球之后，球员们灰溜溜回更衣室，主教练李毅怒不可遏地训斥白痴般的守门员——开球的门球居然打在对方前锋头上，诡异地弹回球门丢分。他怀疑队员们是不是自己买了球？还是被赌球集团买通了？可转念一想，妈的，谁会买业余联赛？

灯光依次熄灭，整座球场只剩下一个人，站在中圈弧的边缘，面向一侧球门。

黑夜里的哥伦比亚丧尸，穿着大红寿衣球服，脚下踩着一只足球，早已脑死亡的大脑皮层，回想起2006年5月7日——

巴塞罗那的春天即将死去，飘满地中海的气味与加泰罗尼亚语。联赛倒数第二轮，人声鼎沸的诺坎普大球场，巴塞罗那VS同城死敌皇家西班牙人。梦二王朝的巴萨已提前夺冠，准备十天后的欧冠总决赛。当年初出茅庐的梅西，因伤作壁上观。里杰卡尔德执掌教鞭，阵中有罗纳尔迪尼奥、哈维、伊涅斯塔、德科，加上射手榜排名第一的埃托奥。

客队的头号球星是哥伦比亚国脚迭戈·阿里萨·加西亚。他刚满三十岁，已在西甲十年，辗转于数支中下游球队，本赛季大器晚成，惊人的25球，在射手榜位居次席，若再进球将追平西甲金靴。德比没有奇迹，西班牙人在巴萨面前毫无还手之力，0：2——这比分并不丢脸。伤停补时，哥伦比亚人竟从哈维脚下断球，连续过掉范布隆克霍斯特、普约尔、赞布罗塔三名后卫名将，进入小禁区要射门时，守门员巴尔德斯扑倒了他。没有判点球，而他的左腿意外骨折，胫腓骨全部折断，整个诺坎普都能听到惨叫声。

迭戈·阿里萨·加西亚职业生涯的最后一场比赛。

但他遗憾的不是断腿，而是没能在最后一分钟打破巴萨大门。

手术、治疗、康复训练、有球训练……一年后仍未彻底恢复。他也想过回哥伦比亚踢球，因为俱乐部主席被毒贩吊死在球门上而作罢。

退役之后，他用在西甲十年的积蓄，在老家卡塔赫纳，买了栋殖民时期的石头房子。面朝大海，窗台一年四季开满鲜花，塞维利亚式的庭院种植杧果树，令人时常想起那头波浪般的栗色长发。这间卧室的历史超过两百年，每逢深夜，墙壁缝隙里窃窃私语着十八世纪的西班牙语，黑奴爬上寡妇女主人的大床。梦中总觉得那对男女躺在他身上，脸颊布满幽灵们热情的汗水。他在大屋里深居简出，养了一大家族的猫。偶尔出门购买面包，或与妓院里的十六岁姑娘过夜，他都要戴着帽子与墨镜，没人知道他在西甲出场过 318 次打进 102 球。

哥伦比亚在 2014 年打进世界杯八强。巴萨在法兰西大球场获得欧冠后，先后在瓜迪奥拉、路易斯·恩里克带领下拿到六个西甲、三个欧冠冠军。梅球王加冕，MSN 天下无敌，谁还能记得有人在 2006 年 5 月 7 日的诺坎普的最后一分钟突破巴萨禁区？

他没有结婚，甚至没再谈过恋爱。他拒绝了所有邀请他做主教练的 Offer，其中甚至有一支中超俱乐部。每次接到哥伦比亚足协或体育记者的电话，他就说自己退出了足球圈。他孤家寡人地生活，每个清晨看西甲转播，下午睡个漫长的午觉，傍晚给窗台上的鲜花浇水，晚上去妓院寻求慰藉。有人说迭戈·阿里萨·加西亚早已死亡，整栋大屋散发着腐烂的恶臭，深夜在他窗边出没的人影，还有妓院姑娘们所拥抱的身体，不过是一具移动的僵尸。

2016年的秋天，他不知道自己为何会出现在中国。这里既没有加勒比海岸的炎热潮湿，也没有波哥大内陆高地的凉爽，更没有巴塞罗那的明媚阳光。姑娘大多平胸窄臀，男人们毛发稀疏而阴郁，到处是密集的楼房像千万个墓碑。此地的足球水平还不如西班牙的高中联赛，踢业余足球的都是一群孱弱不堪的废物。他忘了自己是怎么死的了，也不明白为何足球回到脚下。

但他饿了。

深夜十点，遗体告别大厅流浪者队坐上殡葬车准备回酒店，却发现球队的10号不见了。大家翻墙回去寻找，在中圈弧发现孤零零的哥伦比亚人。

迭戈·阿里萨·加西亚，我们只管他叫S罗。

守门员拍拍他的肩膀，突然被他咬住喉咙，发出男人的惨叫声。队员们感到迷惑不解，有人误以为守门员和前锋在搞基？S罗挨个攻击他们，从1号到22号，所有人的脖子都被他咬了。

月光下有几只蝙蝠飞过，足球场宛如尸横遍野的战场。我们的丧尸中锋，正在寻找新的猎物，渐渐靠近主教练和球队经理……正当我和李毅抓狂时，我突然想起党委书记给我的一个针管——装有特制的血清，如果丧尸失控，注射这个就能让他安静。我从包里摸出针管，装上针头，迭戈·阿里萨·加西亚张开嘴巴，针头刺入他的咽喉。

他的牙齿距离我的脖子只剩五厘米。

哥伦比亚丧尸倒在地上，血清全部打入体内。我颤抖着搀扶李毅起来，看到S罗安静地睡着了，或者说恢复成了真正的尸体。

怎么办？我们的十号死了。我和李毅面面相觑，不晓得该为此庆幸还是悲伤。

当我重新抬头，发现月光下的球场，站着二十多个幽暗身影。他们穿着深红色的寿衣球服，机械地移动双腿，摇晃的骨架像进行着某种巫术仪式。我用手电照射每个人的脸，他们的瞳孔再也没有反应。他们面色苍白，失去了呼吸和心跳，脖子上有新鲜的伤口，说不出一句话。

遗体告别大厅流浪者队终于名副其实，整支球队二十二名队员，全部变成了丧尸。

不过，他们还认得教练和经理，也能听懂人类语言。在我的指挥下，秩序井然地走出球场，再也没有闲聊天了，也没人会落伍，更不会互相递烟，像支真正的职业球队。沉睡的十号S罗，被大家抬回了殡葬车。

这一晚，我向酒店借了个大冰柜，把迭戈·阿里萨·加西亚关进去，就放在我的床边，等待第二天的太阳。

清晨，我问自己，昨晚是在做梦吗？打开冰柜，哥伦比亚人沉睡在里面。其他房间的队员们没有一个醒来，他们都睡在床底下，为了避免被太阳晒到。我依次给家属打电话，说是球队封闭集训，严禁受到外界骚扰，所以把手机都没收了。我告诉酒店白天不要打扫，等我们晚上出去训练，服务员才能进入房间——万一闻到什么臭味不要奇怪，因为运动员的脚汗太重。

连续三晚，殡葬车在深夜出动，拉着二十来具新鲜出炉的尸体到体育场。成为丧尸以后，运动能力得到巨大提升，高强度对抗两小时，又绕圈跑了一万米，没有一个流汗喘息，全都面不改色，统一的死样。同时，丧尸也消灭了个人无政府主义，球队变得训练有素，无论队形还是战术，高度贯彻主教练意图。迭戈·阿里萨·加西亚不再单打独斗，与队友形成了默契，甚至可以传球助攻。

小组赛第三场，比赛过程与结局都堪称完美，遗体告别大厅流浪者队以5：0获胜。中锋S罗打进三球，我们的后卫和中场各进一球，射手榜上不再只有十号的名字。再也没人注意力不集中，更不会犯低级错误。下半场，对手纷纷躺倒抽筋，我方照旧活蹦乱跳，裁判也对我方队员不流汗不喘气满头围绕着苍蝇而感到恐惧。

当晚，我们为杀入全国八强而狂欢，殡葬车开到郊外墓地，举行了一次丧尸派对，差点把地底下的孤魂野鬼都惊出来。天亮之前，我们回到酒店休息，以免被晒得灰飞烟灭。

迭戈·阿里萨·加西亚跟我住同一个房间，我刚要把他塞进冰柜，他便粗暴地将我推开。我努力保护脖子，以免被丧尸咬到，他却打开电视机看西甲直播。我把厚厚的窗帘拉紧，跟他坐在床上看巴萨与西班牙人的巴塞罗那德比。他依然听不懂中国话，我也不会说西班牙语。但他用行将腐烂的五根手指，抓紧我的胳膊，让我误以为他的性取向有问题。

皮肤火辣辣地痛，宛如烙铁要烧穿肌肉。我的眼前飘过某种古怪的东西，鼻子闻到热带植物和鲜花的香味，炽烈阳光吹来咸得发馊的海风。我看到一大片破烂房子，层层叠叠的简易屋顶，不同肤色的男人与女人，交易肉体或者毒品。堆满塑料垃圾的海滩，上百个孩子在踢足球。镜子前有个少年，十六岁，两条修长的腿，赤裸的上半身，在阳光下发出葡式蛋挞般的反光。他有着茂盛的乌黑卷发，几乎遮住眉毛，还有着高挺的鼻梁与薄薄的嘴唇，可能混有1/16的黑人或印第安血统。他抱着足球，穿过穷人的公墓走到老城区，这里到处遍布着殖民地时期的深宅大院，有些已被卡塔赫纳的名门望族盘踞超过两百年。在狭窄的小巷里，他和一群混混在踢球，意外打碎了楼上的玻璃窗。所有人一哄而散，一个姑娘探出窗户，愤怒地注视着踢球的小子。风从古巴和佛罗里达吹来，越过整个加勒比海，入侵马格达莱纳河三角洲的湿热平原，穿过十六世纪西班牙人建造的堡垒和房子，拂动少女的栗色发丝，似琴弦纠缠白皙的古典吉他。

1992年10月，她刚满十六岁，像颗尚未成熟的杧果散发着香味，成群结队的蝴蝶围绕着她飞舞。而他赤裸胸肌，低头看自己的光脚丫，非但没有逃跑，反而爬上石头大宅的落水管。他的四肢修长，像只灵敏的猴了似的，从她的窗台上捡回足球。她将一盆热水泼在非法入侵的少年身上。他坠落到地面，幸好双腿并未受伤，但是肩膀脱臼了。她喊了辆出租车带他去医院。那天傍晚，他的肩膀在惨叫声中被医生复位，女孩替他支付了医药费。

迭戈·阿里萨·加西亚，他的妈妈是个服务员（实际上是个妓女），而他是个私生子，从未见过爸爸，只听说他可能是个作家或记者（也许妈妈从未搞清楚过是那两个男人中的哪一个）。

送他去医院的少女叫费尔明娜·皮萨罗·莫雷诺，属于五百年前就已踏上美洲的西班牙征服者的家族，曾毁灭过特诺奇蒂特兰的阿兹台克帝国，也深入到安第斯高原上俘虏并烧死印加皇帝阿塔瓦尔帕。她的爸爸在首都波哥大做大学教授，外公是上一任卡塔赫纳市长。阿里萨对此一无所知，他在医院门口的杧果树下，亲吻了费尔明娜的脸颊，并得到了对方的电话号码。他回到妈妈谋生的妓院，握着写有电话号码的纸条彻夜难眠，庆幸自己的第一次尚未被妈妈的朋友们夺去。

第二天，迭戈·阿里萨·加西亚接到了麦德林国民竞技俱乐部的试训通知。他必须在当天乘坐长途巴士出发，如果不能及时报到，就会被淘汰，这辈子再没机会成为职业球员。背井离乡之前，他先去了老城区的石头大屋，想跟费尔明娜告别。不巧的是，房子的主人刚从首都回来，皮萨罗教授痛殴了他一顿，警告穷小子别再接近他女儿。那一天，他以耶稣的名义发誓要成为足球明星，西甲联赛的射手王，代表哥伦比亚获得世界杯冠军，衣锦还乡住进这栋大房子。教授嗤之以鼻地说他白日做梦。

到了四季如春的麦德林山谷，后来又横渡大西洋去了伊比利亚半岛，他给费尔明娜打过无数电话，也托人去大房子找过她——但她搬家了，住了两百年的老宅变卖，全家移民美国，谁都不知道她在哪里，有没有结婚，是否还记得踢碎她家玻璃的小子。

十五年后，迭戈·阿里萨·加西亚回到卡塔赫纳，买下老城区的石头大宅。他住进费尔明娜的闺房，每晚睡在古老的木床上，闻着少女从七岁到十六岁的气味入眠。

但他再也没见过费尔明娜。

几天后的1/4决赛，遗体告别大厅流浪者队以6：2淘汰对手，10

号 S 罗连进三球戴帽。半决赛的对手异常强大，裁判各种黑哨，还罚下去我们两个后卫。85 分钟，比分还是 1∶1，我们的门将扑出一个点球。最后阶段，丧尸球员爆发出强大的体能优势，对手完全被拖垮了，7 号、8 号、11 号各进一球。4∶1，裁判也累得倒地抽筋。我们平静而低调地退场，没有任何庆祝仪式，默默等待三天后的全国冠亚军总决赛。

决赛前夜，最后一次训练后，我和李毅带队回到酒店。刚把迭戈·阿里萨·加西亚塞进冰柜，我就接到某位十二年未见的老友来电，约我在顶级的夜店会面。犹豫再三，我还是决定单刀赴会。并非我贪恋夜生活，而是那位老友位高权重，若不给面子，恐怕会对明日的决赛不利。

在莺莺燕燕环绕的包房里，我的老友只出现了十分钟便离去，又多了一位新朋友，原来是决赛对手的球队经理——衣着光鲜的富二代纨绔子弟，足球不过是他的玩物，就像他的座驾——兰博基尼跑车。他喝了半杯波尔多葡萄酒，用 10 欧元点燃哈瓦那雪茄，包房里弥漫着刺鼻的臭味，让我想起冰柜里的哥伦比亚人。

那小子说，他的球队是德国四环汽车赞助，主教练来自德国，执教过慕尼黑 1860、沙尔克 04、汉诺威 96 等德甲劲旅。当家球星代表国足参加过三届世界杯外围赛，当年以步行者闻名，如今尚在当打之年。他们每年有 1500 万预算，明天的赢球奖金是 300 万。

相比之下，遗体告别大厅流浪者队简直是乞丐。虽然拥有全亚洲最恐怖的前锋线，却没有任何现金赞助，全靠红色十月殡仪馆的实物支持——出人、出丧尸、出寿衣球服、出殡葬车，死后免费化妆和火葬，墓穴七折优惠……

富二代对我这个职业作家、业余足球经理很敬佩，更对我们能杀入全国冠亚军总决赛而折服。我不讨厌他，因为他说话很直接——他必须拿冠军，才有资格继承他老爸从钢铁厂到天然气田再到西班牙海滩的资产，而他老爸才有资格从某地方政府拿到数万公顷的商业用地。

他请求明天的决赛，我们让给他一个球，简简单单的 1∶0，就像无数次世界杯冠亚军决赛。为了表达敬意，他将送给我一辆全进口的德国四环跑车，附赠这个包房里所有姑娘。至于我的主教练还有上场球员，他准备了150万的现金打点，平摊到每个主力头上，足够这些殡葬从业人员一年的薪水。如果十号S罗有任何特殊需求，他也可以满足。

我迟疑了一分钟，看着满屋子网红脸的姑娘，拒绝了富二代的美意。

那位可爱的纨绔子弟，意外中摇头又淡淡一笑，他拿出一把手枪和一段视频，往我脸上喷了一口雪茄烟雾说："明天晚上，你们一定会输。"

面对他胸有成竹的眼神，我确信他并非嗑药嗨了胡说八道。

我拨开姑娘们千手观音般的胳膊，忧伤地起身而去，但并不为错过了一辆跑车而后悔。

中国足球协会业余联赛（CAL）全国冠亚军总决赛。

阴历九月十五，晚上七点半，月光照射看台上数万观众，一半来自德国四环汽车中国分公司，一半是从附近大学拉来的学生，每人发了二十块钱。谢天谢地，那个王八蛋没动用背景关系，将比赛时间调到下午，那样我们整支球队都会在阳光下化为灰烬。

殡仪馆党委书记带领全体员工，在球门背后的看台上，拉起两面巨大的旗帜。第一面印着"遗体告别大厅"，第二面印着"上门收尸请拨234-44448888"。同时，"尸魔球迷会"模仿职业联赛，给每位球员悬挂了大幅头像。出于职业习惯，全部做成了黑边框的黑白照片。请略微想象下——黑夜的看台上，悬挂着二十多张巨幅遗像，一股科幻恐怖片的诡异气氛扑面而来。裁判与比赛监督倒吸一口冷气，难道是遗体告别大厅流浪者队根据周易排出了某种阵法？胜队捧起冠军奖杯后，就要直送火葬场或墓地？

但我发现一个小细节，对方守门员临时换人了，报名表上是个陌生的名字——皮肤白嫩的小伙子，穿着全黑的宽松球衣，却顶着丸子头的发髻，很有仙风道骨的感觉。个头不到一米七，是我见过的最矮的门将，技术动作也完全不对。然而，只要他站在门前，我方球员就无法靠近禁区，就像有道无形的墙或壕沟，任何人越雷池一步就会粉身碎骨。S罗几次突破到大禁区线，速度立刻变慢，远射也绵软无力。我蹲在场边看了半天，终于发现端倪——任何丧尸接近他至二十米以内，皮肉就会开始腐烂。果然，我方的7号倒在前场角球区，担架抬下场时，整张脸爬满蛆虫，皮肤流出绿色浓汁，白色颧骨裸露着，场边的球童都被吓哭了。

李毅做出了换人调整，但我方球员全是丧尸，无一例外受到严重干扰，又不敢向裁判投诉。上半场临近结束，对方通过反击头球破门，我队暂时落后一球。

中场休息，更衣室一片死寂，每个人都出现了腐烂现象，有的肚子开始膨胀，有的皮肤和牙齿脱落，还有的呕吐出大团绿色尸液。与此同时，成千上万的苍蝇闻风而来，以至于隔壁公园的青蛙都跳了过来，伸出舌头享受大餐。

我在走廊遇到对手的球队经理，昨晚的富二代——他得意地告诉我，两天前，他上了一趟茅山，在上清观请出了守门员，中国道士足球联赛的MVP。

我晕，什么是道士足球联赛？

不待我说出心中疑问，富二代便解释道："那是一项秘密的足球赛事，多年来秘不外宣，参赛球员必须是在道观修行的神职人员。就像欧洲的皇马与巴萨，中国道士足球联赛也有终南山全真派、湖北武当派、四川青城派、江西龙虎山、安徽齐云山等五大豪门。茅山上清派属于后起之秀，去年逆袭得了全国冠军。道士们踢球，表面切磋球技，其实是进行法术对抗，通过足球提升降魔除妖的业务水平。茅山派的守门员，别看年龄不过十九岁，却是从小养在道观的弃婴，绰号小神仙，从穿开裆裤起练习法术，如今已是丧尸克星，不动声色间让大粽子、古曼童等灰飞烟灭。"

听到这里，我的后背心全是冷汗，遗体告别大厅流浪者队的秘密，原来早已被人发现。既然如此，为何不去比赛委员会举报？虽然，国际足联并未明文禁止丧尸参赛，但跟活人比赛明显不公，我们算是开外挂作弊了。

富二代微笑着说："迭戈·阿里萨·加西亚，前哥伦比亚国脚，皇家西班牙人的 11 号，05 和 06 赛季取得西甲银靴后退役。今年五月，他在中国一家酒店自缢身亡，原因不详。随即在中国足球业余联赛的花名册上，出现了名为 S 罗的南美外援，效力于遗体告别大厅流浪者队——这很容易让人联想起什么。而你们用过的更衣室，每次都会出现密密麻麻的蛆虫。但足球场上的事，还是通过足球来解决吧。既然你们请来了丧尸中锋，我自然想到了道士守门员。"

魔高一尺，道高一丈，没什么可说的了，我们能走到冠亚军决赛，已如黄粱一梦。最后，富二代说今晚还要请我去夜店喝酒，我转身暗暗竖起中指。

下半场，球场弥漫着尸体恶臭。月光下盘旋着无数乌鸦，这些可恶的食腐动物，已预订我方球员作为夜宵。比赛进入垃圾时间，我们无法发起有效进攻，哪怕远远瞄上对方球门一眼，都会被茅山法术弄得皮开肉绽。李毅不再拄着拐杖指挥，他知道败局已定，安静地坐在教练席上抽烟，也没再布置任何换人战术。而我不断往球场里喷射驱虫水与防腐剂，直到被裁判出示红牌驱逐上看台。

我们的 S 罗无数次摔倒，又爬起来带球冲向禁区，像没死透的人醒来发现被送进了火化炉。伤停补时，比分还是 1：0，眼看冠军就要决出。突然，他从后卫脚下断球，突破整条后防线，千里走单骑。

不要啊！我声嘶力竭地吼起来。我知道，一具丧尸面对法力高深的道士，会有怎样的下场，哪怕他是从地球另一端漂洋过海而来的。

迭戈·阿里萨·加西亚带球进入大禁区。他双臂的肌肉在腐烂，皮肤在月光下飞速分解，如同黑夜里的雪花飞舞，留下一连串小骨头和器官，唯有两条腿仍然奔跑。他没有选择第一时间打门，而是盘带到小禁区，距离守门员近在咫尺。十九岁的茅山道士，消灭过不计其数的丧尸，他也吓得面如灰土，反复念诵东晋祖师爷葛洪的九字真言："临兵斗者，皆阵列前行……"

哥伦比亚人的两条腿行将断裂，突然左脚尖轻巧捅射——皮球从守门员双腿之间穿过，羞辱性地越过了球门线。

裁判哨声表示进球有效。

全场静默，一阵风从白莲花般的云层里吹来，夹带着内蒙古和华北平原的风沙，让许多人睁不开眼。当我泪眼婆娑地看向球门，十号S罗已消失不见。小禁区里多了具彻底腐烂的骷髅骨架，小腿骨、股骨、骨盆、脊椎骨还有24根肋骨，散落在月光下的绿草地上。唯有头颅骨如同足球，缓慢地滚向球门线。

突然，一双手抱起这颗头骨。皓月当空，年轻的道士守门员，依次捡起对方中锋的枯骨，一根根搂在怀里念念有词。他用茅山术的通灵眼，看到十年前的春天，巴塞罗那的诺坎普球场，最后一分钟的迭戈·阿里萨·加西亚。

这是一场用生命和骨灰进行的足球比赛，九十分钟常规时间打成平局，没有加时赛，直接进入点球大战。但是，对方守门员是茅山道士，我方的丧尸球员一律弃权，不战而败。遗体告别大厅流浪者队，获得2016年度中国足球协会业余联赛亚军。

这一晚，我们没有任何庆祝仪式，带走10号的所有骨骸，连夜乘坐殡葬车返回。作为球队经理，我创造了中国业余联赛的奇迹，甚至有两只中甲俱乐部向我发来高薪邀请。不过，除非是殡仪馆赞助的俱乐部，球队核心还必须是个死人，否则我只会说不。

幸存的二十多具丧尸，党委书记让他们回殡仪馆继续上班。他会对这些人的家属做思想工作——他们并没有死亡，只是生病了，患上一种永生不死的绝症。如果指望着老公死后攫取遗产，那你趁早离婚滚蛋吧，你老公至少还会活一万年。

凌晨四点，黎明之前，迭戈·阿里萨·加西亚的遗骸被全体队友送进火化炉，党委书记亲自按下点火开关。哥伦比亚人的骨灰被分为三份：

一份撒在殡仪馆火化炉背后的训练场，就跟所有无人认领的骨灰一样；第二份寄往巴塞罗那，拜托皇家西班牙人俱乐部的球迷，洒在诺坎普球场当年他断腿的位置；第三份，被我装进精美的小礼盒，将要送给一个像杧果树那样散发着香味的女人。

半个月后，我替阿里萨找到了费尔明娜。

那是市中心的足球场，各种肤色的小男孩正在踢球。穿着绿色花纹长裙的女子，独自在看台上发呆。我安静地坐在她身边，欣赏她杏仁绿的眼睛，略带波浪卷的栗色长发，只是她的眼角多了几根细纹。球场上的卷发男孩叫胡安，是她的第二个儿子，在国际学校读一年级。

1992年，费尔明娜跟随全家离开卡塔赫纳，告别家族生活了数百年的石头大宅，移民到了纽约。五年后，她嫁到另一户来自哥伦比亚的移民家庭——丈夫是电子工程师，同样家世显赫，毕业于曼哈顿的哥伦比亚大学。她在一家拉美裔报社工作过两年，生了两个儿子一个女儿。三年前，丈夫被公司派遣到中国，她带上三个孩子随行。

今年春天，她带着小儿子来此踢球。有个哥伦比亚男人爬上看台，坐到她的身边，就跟此刻的我一样。

"费尔明娜，我是阿里萨，我找了你二十四年。"当时，男人说道。

但她已完全不认得这个男人。

他说，他知道她有丈夫，还有三个孩子。他希望费尔明娜离婚，跟他回到卡塔赫纳老城的大房子，回到她曾祖父和曾祖母睡过的床。如果不想再回故乡，他们还可以远走高飞去巴塞罗那。他会视若己出地照顾她的孩子们，并会训练她的小儿子成为下一个足球巨星。

费尔明娜还是没想起"阿里萨"是谁？她早已是美国公民，期望儿子将来成为硅谷的工程师，而不是足球运动员。她觉得这个男人有精神病，拨打110报警了。

当晚，迭戈·阿里萨·加西亚在酒店客房上吊自杀，他被殡葬车送到停尸房，成为遗体告别大厅流浪者队的十号 S 罗。

秋天的艳阳下，不必担心像丧尸那样灰飞烟灭，我跟费尔明娜并排坐在球场的看台上，闻着她头发里的杧果香味。我掏出一个小礼盒送给她，包装精美到让人误以为这是个钻戒。我暂时没告诉她盒子里装的是 45 克骨灰。

然后，我用刚学来的西班牙语说了一句：Hola.MellamoAriza.Teamo.

既见君子，云胡不喜？我想象自己被迭戈·阿里萨·加西亚的灵魂附体，探身向前亲吻了费尔明娜的嘴唇。

她的冰块般湿润而坚硬的嘴唇，充满落落寡欢的香蕉树的气味，又将我的每寸皮肤与肌肉烧成灰烬。而我代替阿里萨的这个吻，让她回到十六岁的黄昏，翘起双腿坐在卡塔赫纳石头大屋的阳台，就像两百年前她曾祖母的曾祖母，眺望着巴拿马方向熊熊燃烧的落日，从古巴和佛罗里达吹来的海风撩起少女的栗色长发。